내 영혼의 스승, 아버지

내 영혼의 스승, 아버지

김윤옥 지음

참글세상

차례

3부 다볕마을 이야기

글을 시작하며

"나는 누구인가?"

이 화두가 이 책을 내고 싶다는 마음을 일으켰다.

"나는 어떻게 살아야 하나?"

이 화두가 한 자 한 자 부족한 글이지만 써내려가게 하는 힘이 되고, "나는 이렇게 살아야겠다." 하는 답을 향해서 이 책을 마무리 할 수 있었다.

도솔천의 일주일이 지상 400년.

도리천의 일주일이 지상 100년.

나는 천상세계 숫자로 지상에서 살고자 했다.

그래야 초를 다투는 치열한 삶을 살아 낼 수 있고, 하늘이 기뻐하는 진실을 향해 앞만 보고 걸을 수 있기 때문이다.

너무나 부족하고 세상의 해석으로 합당치 않을 수도 있는 글들이라 많이도 망설이고 부끄러웠는데 용기를 주신 법보신문 남배현 사장님, 도와주신 총무보살님, 너무나 선하게 생기셔서 돈 많으면 잔뜩 드리고 싶은 참글세상 이규만 사장님, 임동민 님, 그 외에 이 책을 내도록 도와준 분들께 지면을 통해 감사를 드린다.

무엇보다 차영철(법명 慈珉)님은 중요하고 고마운 인연으로 이 책을 내도록 처음서부터 끝까지 때로는 사대천왕처럼 때로는 동진보살처럼 큰 힘이 되어 주어서 너무도 고마운 사람이다.

끝으로 이 책을 나의 10만겁 인연법으로 이 생에 인연된 나의 자식들인 조정훈, 조정민, 배민영 , 또한 아픔으로, 스승으로 큰 공부를 하게 해주신 돌아가신 나의 어머니 '김금동' 님께 이 책을 바친다.

2011년 겨울 시작
천황봉 다별당에서
김윤옥 합장

1부

내 아버지 인산 선생

슬픈 초여름

1992년 5월 19일(음력).

나의 스승이시며 아버지이신 인산 김일훈 선생께서 오신 곳으로 돌아가신 날이다.

그 날은 양력으로 내가 웨딩드레스를 입은 날이기도 하다. 아버지께서 날짜를 잡아 주신 내 어리석은(?) 결혼식 양력 날짜가 음력으로 아버지께서 돌아가신 날인 것이다.

솜털이 일어날 만큼 다 알고 계시는 아버지께서 잡아 주신 날짜이니 그냥 우연으로 넘겨 버릴 수 없는 것이다.

돌아가시기 며칠 전 아버지를 뵈러 갔을 때 내 아이들을 보고 싶다 하셨고, 왜 자주 안 왔느냐 하시며 나는 조금 있다가 온 곳으로 다시 돌아갈 것이라고 하셨다.

그러면서 지긋이 바라보시는 아버지 눈가에 눈물이 맺히셨다.

아마 한동안 힘들게 살아야 하는 딸을 보고 가슴이 아프서서 일 것이다. 이런저런 사정으로 둘째 오빠 집에 계시다가 그곳에서 다시는 안 오실 이생을 마치셨다.

돌아가시기 이틀 전 꿈이었다.

대전에 사는 우리 집으로 아버지께서 오셨다.

아버지 환갑잔치 하시던 날.

　하루를 주무시고 가시는데 무척이나 아쉬운 표정을 지으시기에 "아버지 더 계시다 가세요." 하니까 "그러고 싶은데 누가 싫어한다." 하시며 자식들 중 한 사람 이름을 말씀하셨다.

　그러더니 금으로 만든 아주 굵은 어린아이 주먹만한 링으로 계속 연결된 긴 목걸이를 걸어 주시고 돌아가신 것이다.

　대전에서 함양까지 가는 차 안에서 내 머릿속은 텅 비어있어 아무런 생각도 떠오르지 않으며 마치 넋 나간 사람처럼 멍하니 앉아 있었다.

　둘째 오빠 집에 도착해 아버지를 뵈었는데 나는 아버지께서 살아계신 줄 알았다. 누워 계시는데 표정이 너무나 맑아 마치 행복한 꿈을 꾸시며 주무시는 줄 알고 아버지를 깨웠다. 그런데 행복한 꿈꾸시는 표정은 여전한데 일어나실 생각을 하지 않으셨다. 그제야 돌아가신 줄 알고 펄썩 주저

앉아 대성통곡을 했다. 내 울음소리에 스스로 놀랄 정도로 그런 통곡이 쏟아졌다.

나는 아버지 손을 잡았는데 또 한 번 놀랐다. 주무시는 분의 손, 바로 그 느낌이었다. 살아 계시는 분 같아 계속 손을 잡고 울고 있으니 어느 분이 와서 그러면 안 된다는 말에 아버지 손을 놓았다.

아버지께서 집을 나서실 때에 꽃상여를 타고 가셨다. 꽃상여가 출발하기 전 온 동네가 떠나가도록 통곡을 그치지 않고 했다. 아마 내 온 생을 통해서 그런 통곡을 다시는 할 일도 없겠지만 나오지도 않을 것이다.

만장을 앞세우고 꽃상여가 읍내를 통과하여 고단하셨던 육신을 놓고 가실 터인 삼봉산 인산농장까지 계속 타고 가셨다.

그 모든 시간을 나는 쉬지 않고 통곡을 했는데 아마 난 그때 울었던 울음이 내 인생에 흘려야 할 눈물을 다 흘린 것처럼 눈물이 쏟아졌다.

왜 그렇게 눈물이 쏟아졌을까?

인연망 그물에 얽혀 재대로 아버지를 바라 볼 시간이 없었다. 바라 볼 시간이 주어졌다 해도 어리석어 눈을 뜨지 못했었다. 그러니 어찌 흐르는 것이 눈물 아닐 수 있겠는가.

인산농장 자락으로 올라가시기 위해 큰 도로부터 꽃상여가 출발할 때 사람이 서 있기 힘들만큼 바람이 불기 시작했다.

그런데 참 신기한 것이 꽃상여에 빼곡히 달려 있는 그 엄청난 가냘픈 종이들이 하나도 흔들리지 않는 것이었다. 그 거센 바람에 종이 하나 흔들리지 않는 모습이 긴 시간 지난 지금도 생생하게 살아 있다. 그것은 아버지께서 마지막 가시는 길에도 잊지 않고 딸을 챙겨 주신 아버지께서 주신 화두이다.

지리산에 흘린 눈물

'나는 누구인가?'

우주만큼 큰 부피의 화두이다.

'무슨 인연으로 왔을까?' '무엇 때문에 왔을까?' '무엇을 하기 위해 왔을까?' '내가 왜 인산 선생님의 자식이라는 인연으로 왔을까?' '나는 왜 김금동이라는 여인의 배를 빌어 왔을까?'

56세라는 이 나이까지 끊임없이 화두를 풀고 또 풀며 살고 있는데 아직도 그 화두는 끝나지 않았다. 엄청난 부피의 화두를 풀어 가면서 화두도 세월을 따라 성숙되는 것 같다.

제일 먼저 온 화두는 '탄생'이다.

아버지께서는 부인이 있었다. 두 아들도 있었다. 사시던 곳을 나오셔서 굳이 대전의 어느 숙소를 잡아 놓고 지내셨다고 한다.

엄청난 분이 출연했다는 소문이 도는 것은 당연한 것이다. 아버지가 계시는 곳이 삽시간에 소문으로 번져 유성 시골에 사시는 어머니의 귀에 들어갔고 젊은 나이에 과부가 된 어머니는 당신의 서러운 인생에 대해 훌륭한 누군가를 붙들고 묻고 싶었을 것이다.

그때 마을에 사는 친구에게 대전에 엄청난 분이 계시다는데 그곳을 찾아가 보자고 이야기했다고 한다. 그래서 친구와 함께 어머니는 아버지를

윤세 오라비 중학교 졸업식 때의 아버지 · 어머니 모습.

찾아 갔었다. 그날 아버지께서는 그 친구에게는 그 자리에서 묻는 대로 알려 주시고 어머니께는 다음날 다시 오라고 했다. 그렇게 내일 오라, 내일 오라 해서 계속 갔었는데 한 달 째 되는 날 아버지께서는 어머니께 같이 살자고 했다고 한다.

어머니는 아버지께 왜 결혼하지 않으셨냐고 물으니 아버지께서는 이북이 고향이고 이북에 있는 백두산, 묘향산에서 공부하느라 결혼하지 못했다고 대답하셨단다.

그래도 의심이 남아 가정을 가진 사람이 아니냐고 몇 번을 계속 물으니 그때마다 아버지는 아니라고 하셨다 한다.

거기에서 내 화두가 쉽게 풀리지 않았었다. 아버지가 일반 분이라면 내 화두는 쉽게 풀렸을 텐데 그렇지 않으신 분이라 화두를 푸는데 긴 세월 보냈고, 화두가 풀렸을 때의 무거운 생각은 이생에서 내가 할 일이 있기 때문이라는 것을 알게 된 것이다. 도망갈 수 있다면 도망가고 싶었다. 그 무게를 감당할 수 있는 능력이 없는 것 같았다.

어쨌든 다시 탄생 화두의 이야기를 계속 이어 나가야겠다.

어머니는 자식 둘이 있는 과부이고 그 시대에 과부가 자식을 두고 재가를 하는 일은 흔한 일이 아니었다 한다. 보통 결심이 아니고서는 받아들일 수 없는 일이었다.

어머니 시댁과 친정이 같은 유성이고 그 작은 시골 마을에서는 상상할 수 없는 일이었다.

그런데도 어찌 아버지 말씀을 따르지 않을 수 있었겠는가.

너무 멋있어 기절하게 되는 아버지, 멀리서 보아도 광채가 나고 가까이 계시면 아무 생각도 일어나지 않고 그냥 입만 벌리고 좋아서 멍하니 앉아 있게 되는 그런 아버지신데 어찌 어머니가 그런 아버지의 말을 거역할 수 있었겠는가.

그렇게 아버지는 어머니와 함께 사시고 내가 태어났다.

그러던 어느 날 아버지 친구분께서 오셔서 "윤옥이 엄마! 윤옥이 아버지가 처자식 있는 사람이오. 정말 몰랐단 말이오." 하는 하늘이 무너지는 소리를 들었다 한다.

그 친구분께 사정해 아버지 처자식이 있다는 지리산 골짜기를 찾아 가 보니 진짜 부인과 아들 둘이 있었다.

어머니는 아버지 부인께 무릎을 꿇고 "나를 용서해 주시오. 처자식 없다는 다짐을 받고 같이 살았지 처자식 있다면 절대 살지 않았을 것이오. 남의 눈에 눈물 나게 하면 내 눈에 피 눈물 나는 법인데 어찌 그런 일을 했겠소. 내 이 길로 내려가면 내가 죽을 때까지 근처에 얼씬도 하지 않고 죽은 듯이 살겠소." 했다.

또 어머니는 "이 아이 윤옥이는 그래도 아버지 곁에서 살아야 하니 놓고 가겠소." 했는데 아버지의 큰 부인이 절대로 키울 수 없으니 데려 가라고 하였다. 또 마침 내가 안 떨어지려고 하도 울어대서 어머니는 "자식을 아버지 곁에 두고 가는 것이 맞는 것이지만 이 어린 것이 이리도 떨어지지 않으려고 하니 이 아이는 내가 데려 가야 할 것 같소이다. 이 시간 이후로 죽을 때까지 다시는 눈앞에 나타나지도 않을 것이며 평생 살아 있다는 표시 하나 없이 살아가겠소." 하면서 내려 와 그때부터 종적을 감추고 죽은 듯이 살았다는 것이다.

시댁 쪽 친정 쪽 근방이나 자식들 앞에나 나타날 수가 없으니 어머니와 내가 살아가는 길 그것은 거지 생활이었다.

사람 사는 마을은 지나 갈 수 없으니 언제나 계룡산을 넘어 다녔다.

어머니는 다른 사람을 마음 아프게 한 부분을 그렇게 고행을 통해 조금이라도 덜고 싶었을 것이다.

아니 여인으로 인간적으로 표현하면 어머니는 그때 정신이 나갔을 것이다. 청상과부된 지 얼마 안 되 철석같이 믿었던 아버지께 처자식이 있다는 말을 듣고 확인한 어머니는 정신이 나가 미쳤을 것이다.

미친 어머니가 할 수 있는 일은 눈 덮인 계룡산을 넘고 또 넘는 일 밖에 없었을 것이다.

눈보라 치는 한겨울에 얇은 윗도리 하나만 걸치고 아기는 여름 포대기로 덮어 업고 눈보라 치는 산을 넘다 보면 춥고 배고픈 어머니는 미쳐서 정신이 없었겠지만 뒤에 업힌 애기가 춥고 배고프다고 통 운적이 없기 때문에 알 수가 없었다고 했다.

그리다가 등에 업힌 아기가 다리가 축 늘어지고 고개가 늘어지면 춥고 배가 고파서 혼절한 것이라는 것을 그때야 느낄 수 있었다 했다.

그렇게 산길을 타고 다니며 몇 년간 거지 생활을 하다가 하루는 너무 배가 고파 산길을 내려 와 잠깐 어느 영아원(고아원)에 밥을 얻어먹으러 들어갔는데 그곳 원장이 어머니를 보더니 어린 것 데리고 그렇게 고생하며 다니지 말고 여기서 애기들도 돌보고 밥도 하며 지내면 어떻겠느냐고 해 그곳에 숨어 살면 되겠구나 싶어 한동안 그곳에 살았다는 것이다.

어머니가 이런 이야기를 할 때 내가 그 영아원 원장 생김새가 기억난다고 하니 그렇게 어릴 땐데 어찌 기억할 수 있겠느냐고 하셨다.

언제나 검정 담방 치마(무릎 밑까지 오는 한복 치마를 일컬음)에 흰 저고리 가끔 같은 검정 저고리도 자주 입었고 가지런히 빗어 비녀로 쪽진 머리와 작은 눈에 얼굴이 동그랗게 생겼다고 말을 하니 어머니께서 "독한 년 그 어릴 때의 기억을 다 해내다니 참 독하구나." 하면서 마주 보고 웃은 적이 있다.

그때는 전쟁 끝나고 얼마 되지 않은 때이라 전쟁고아도 많고 굶는 사람도 많은 어려운 때였다.

원장이 나를 예뻐해 가끔 안고 가서 미제 구호물품(그때는 미국 원조를 받아 고아원 영아원을 운영 했던 것 같다)이 도착하면 맛있는 것도 골라 주고 옷도 좋은 것으로 골라 주었던 것까지 기억해내니까 어머니가 더 많이 놀랐던 것이다.

거지 생활할 때 부서져 실로 곳곳을 꿰매어서 들고 다녔던 그 바가지를 어머니가 보여 주어 한 동안 가지고 있었던 적이 있다.

나는 어렸을 때 많이 굶은 경력이 있어서인지 정말 굶는 것은 자신이 있었는데 요즈음은 나이가 먹어서인지 굶는 것도 자신이 없어졌다. 그래도 아직 잘하는 것 중에 하나인 것은 맞는 것 같다.

무지갯빛 대전

그 탄생 화두를 가지고 많은 세월 동안 엄청난 생각 속에 빠져 풀지 못하고 언제나 슬픔에만 갇혀 제대로 된 삶을 살지 못했었다.

아버지!

보통 분이라면 아주 쉽게 화두를 풀었을 것이다. 그런데 아버지가 누구시든가. 그 엄청난 분이 왜 그러셨을까. 그러니 어찌 내가 바로 화두를 풀어 낼 수 있었겠는가.

아버지께서 처자식을 두고 거짓말까지 하시면서 어머니를 만나 내가 태어나야만 했던 그 화두.

아버지께서 자주 "너는 내 인연으로 온 내 자식이다 너의 엄마 자식이 아니다." 하시는 그 말씀 때문에 엄청 혼란했었지만 그 말씀이 없었다면 아마 지금도 풀지 못했을 것이다.

나는 꼭 아버지의 인연으로 이생에 자식으로 와야만 했고 아버지 인연으로 이생에 내가 꼭 해야만 하는 일이 있었기 때문에 아버지는 그렇게 하셔야만 했을 것이다.

또 군이 어머니를 통해 내가 태어나게 해야만 했던 것은 아주 먼 생 아버지와 어머니의 힘든 연이 털끝만큼이라도 남아 있으니 이번에 깨끗이 정리하고자 하셨을 것이다.

일반적으로 말하면 어머니는 아버지를 목숨 걸고 사랑했다. 그 사랑이 지나치면 애착·집착이 아니던가. 그리고 그것은 얼마나 다른 사람을 힘들게 하는 것이던가.

어머니를 만나서 힘든 연을 다 풀고 가셨어야 했고, 내가 두 분의 자식으로 태어난 것은 아마도 보너스로 가지고 오는 무엇이 있었을 것이다.

그것은 명 짧은 것, 지독히도 몸이 약한 것으로 와야 되는 것이 필수 과목 아니겠는가.

그러니 아버지를 목숨 걸고 사랑하고 그 사이에서 태어난 나에게 어머니가 목숨 건 자식 사랑을 보여 주는 것은 정해진 이치가 아니겠는가.

아버지는 그래서 고통을 행복하게 받아 들이시여 모든 인연을 아주 부드럽게 풀어내신 것이다.

목숨을 건 사랑, 그 악착같은 엄마의 마음이 결국은 병약한 나를 살려냈고, 그것은 나를 세상에 태어나게 하기 위해 아버지가 겪으셨을 인욕 고행인 것이다.

나는 꼭 이 생에서 아버지께 받은 그 사랑을 실천하고 가야 하는데 내 자신이 너무 미운 것은 나는 지독히도 나약하다는 것이다.

마장으로 가지고 온 것, 그것은 나약하고 여리고 답답한 구석이 있는 내가 과연 그 큰일을 해 낼 수 있을까?

큰일, 사람 살리는 일보다 더 큰일이 어디 있을까?

사람 살리는 공덕보다 더 큰 공덕이 어디 있을까?

큰일을 해내기 위해 끊임없이 연습한 것은 내 것을 주고 또 주고 망할 때까지 다 주어도 마음에 걸림이 없게 되기까지 연습하고 또 연습해 이제는 어느 정도 경지에 도달 한 것 같다.

그래야만 사람 살리는 일을 할 수 있는 기본 틀이 갖추어지는 것 아니겠는가.

작게 또는 크게 끊임없이 주고 또 주는 일을 해 온 지금 사람 살리는 것이 어떤 것인지 어떤 행을 해야 하는지 어떤 마음을 먹어야 하는지 생각하고 또 생각하고 행하고 또 행한다.

그것만이 이 생에 나를 태어나게 하기 위해 아버지께서 행하신 모든 것을 최고로 만들 수 있는 것이다.

아주 오래 전 서울 조계사 뒤편에서 산 적이 있었다. 나는 가끔 조계사 법당에 앉아 있다 오고는 했는데, 하루는 아버지께 "나는 절에 있는 단청 무늬도 좋고 향내음도 좋고 법당에 앉아 있으면 참 좋아요." 했더니 아버지께서 "너는 전생에 인연이 깊어서 그렇다."고 하셨다.

내가 전생에 공부한 인연을 놓치지 않고 가는 길 또한 수행자들이 꼭 가지고 오는 것이 있다. 그러면서 또한 이생에 큰 의무를 가지고 오는 자들이 무슨 정답처럼 가지고 오는 것이 있다.

그것은 명이 짧고 병약한 것이며 마음이 지독히 여리고 세상눈으로 보면 팔자도 무지하게 드세고 인생의 굴곡을 많이 겪게 하여 단련시키는 인생의 내용을 아주 많이 가지고 오는 것이다.

그것을 해결하기 위해 아버지는 나를 어머니에게서 태어나게 해야 하셨고 또 거지로 살게 하신 것이다. 아버지를 향한 어머니의 집착이 결국 나를 너무 힘들게 하였고, 그 때문에 몇 번 죽었다가 살아난 적도 있다. 그때마다 어머니께서는 언제나 "너를 너무 사랑하기 때문이다."라고 말씀하셨다.

가끔 약한 자신이 싫어 "아버지 보약 좀 해 줘" 하고 투정을 부리면 참으로 가난했던 그 시절 약재를 사 오셔서 주전자에 다 넣고 끓이신 다음 주시고는 하시기에 왜 약 탕관에 끓이시지 않으시냐고 했더니 "한꺼번에 끓이면 훨씬 약효가 좋다 예전의 약재하고 지금의 약재는 너무나 차이가 나기 때문이다." 하셨다.

"아버지, 나는 왜 이리 병약해." 하면 "쭈그렁밤이 3년 간다고 골골해도 오래 산다. 우리 딸 오래오래 살 거니까 걱정하지 마라." 하셨다.

눈보라 치는 한 겨울 동태가 되어 굶주리고 다녀서인지, 거지 생활을 하면서 또한 못 먹어서인지 그 후유증으로 나는 10살까지 틈만 나면 집안이고 학교고 길거리고 간에 기절을 했다.

기절했다가 한 30~40분 만에 깨어나면 언제나 어머니의 행동은 바늘로 내 코를 찌르고 입으로 내 코를 빨고 있었다. 아마도 그 길 밖에서 나를 깨어나게 하기 위해 어머니가 할 수 있는 유일한 행동이었을 것이다.

그렇게 병약하게 살면서 가끔 나는 아버지가 안 계시냐고 하면 너의 아버지는 지리산 속에 구름타고 계신다는 말만 듣고 살았다. 그때는 그 말이 무슨 말인가 모른 채 그냥 아버지는 이 세상에 살아 계시지 않는구나 하면서 살았다.

나는 호적에 이윤옥으로 올라 있었다. 아버지가 지어 주신 이름 윤옥이만 불리고 있을 뿐 호적에 올라 있지 않았기 때문에 학교 들어 갈 때 어머니 전 남편에게서 낳은 아들 앞으로 올리다 보니 이윤옥이 되었고 그 이름으로 학교에 다니고 있었다.

10살 되던 해 어느 날, 학교에서 집으로 돌아와 방문을 여니 멋있게 생긴 남자분이 앉아 계셨다. 나는 놀랐다. 왜냐하면 우리 집에는 한 번도 남자가 집에 온 적이 없었다.

그런데 참 이상한 일이었다. 언제나 나는 아버지가 안 계시고 그 안 계신 아버지는 돌아가신 줄 알고 살았기 때문에 아버지라는 생각을 할 수 없는 것이 당연한 일인데 방문을 열고 앉아 계시는 남자 분을 보는 순간 저

분이 내 아버지이시구나 하는 생각이 들었다.

나는 무엇이든 금방 금방 잊어버리는 연습을 하며 살아왔기 때문에 무엇이든 잘 잊어버리는 편인데 희한하게도 아버지에 관한 일은 마치 조금 전에 일어난 일처럼 기억이 생생하다.

그 순간 어머니께서 "너의 아버지이시니 와서 절해라." 하셨다.

내가 절을 하고 앉으니 "너를 찾기 위해 무척 애썼다 이리 오너라" 하시며, 다가 선 나를 안아 무릎에 앉혀 놓으셨던 기억이 아직도 생생하다.

지나가는 사람 빼고 남자를 만난 것은 아버지가 처음인 것으로 기억난다. 언제나 집에는 찾아오는 사람도 없고 엄마와 둘이서만 살았다. 하루 종일 말 한 마디 안 하고 산적도 많았다. 선생님이 학교에서 학년이 바뀔 때 통 한 마디 말이 없으시니 혹시 벙어리인가 확인도 했었다.

먹고 살기 힘들 때이니 언제나 엄마는 먹고 사는 것 해결 하느라 힘들었고, 하루 종일 집안에 있다가 식량을 구하러 간 엄마를 기다리기 위해 골목 밖 전봇대 밑에 쭈그리고 앉아 엄마를 기다리는 것이 변화된 내 유일한 행동이었다.

아버지는 나를 만났을 때 대전 시내로 나만 데리고 나가시더니 앞면에 구슬이 달린 예쁜 하늘색 스웨터와 꽃 자주색 예쁜 바지도 사 주고 빨간 운동화도 사 주셨다. 그 옷으로 갈아입고 좋은 음식점에 가서 맛있는 음식도 먹고 과자도 사 주고 손잡고 극장 구경도 시켜 주며 며칠을 지내셨다.

내 생각에 아마 그때가 최초로 최고의 호사를 누린 것 같다. 그때만 해도 국민 모두들 다 어렵게 살 때이므로 그렇게 좋은 옷 입고 좋은 음식 못 먹고 살 때이므로 참으로 큰 호사였다.

그 후 아버지는 자주 오셨다. 나중에 어머니로부터 들은 말인데, 아버지께서 어머니에게 아이들을 키울 사람은 엄마밖에 없으니 좀 키워 달라고 사정을 하셨단다. 첫째 부인이 돌아가셔도 만나지도 나타나지도 않겠다고 하셨기 때문에 계속 같이 살자고 하시는 아버지의 청을 어머니는 그때마다 거절하셨다고 한다.

아마 아버지 첫째 부인께 어머니가 약속을 한 것이 있어서 그러신 것 같다.

그러나 아이들을 잘 키워 달라고 부탁하는 아버지를 어머니는 끝내 뿌리치지 못했다. 그것은 그 부인이 돌아가시고 자식을 잘 키워 줄 사람을 애타게 바라고 있다는 말에 마음이 약해지셨던 것이다.

그래도 그 전에 어머니는 여러 명의 여자를 아버지께 소개시켜 드렸다. 그 중에 한 명은 나도 아는 분이었다. 어머니는 그렇게라도 하셨어야 했을 것이다.

자식 사랑이 깊은 아버지의 간절함을 어머니도 아시고 있기 때문에 결국은 아버지께 어머니가 다시 진 것이다.

그런 어머니의 결정을 나는 참 잘 하셨다고 생각한다. 내가 아버지와 함께 살고 싶어서라기보다는 아버지 말씀대로 진짜로 어머니는 자식들을 잘 키우는 분이다.

어머니가 승낙하자마자 아버지는 곧바로 아들 4명을 데리고 오셨다. 어느 날 학교에 갔다가 돌아 와 보니 남자 애들 4명이 앉아 있었다. 그토록 외롭게 살던 내게 갑자기 4명의 남자 형제들이 생긴 것이다.

하루에 한마디도 하지 않는 나를 반 친구들과 선생님은 벙어리인줄 알았다고들 하니 어지간히 짐작 할 수 있으리라.

아버지께서 어찌 하셨는지 이윤옥에서 김윤옥으로 호적이 바뀌었고 그 덕에 아이들이 많이도 놀렸었다.

어머니

어느날 아버지께서 남자 형제 4명을 데리고 오셨을 때, 얼마나 힘들게 살았으면 꼭 부황 걸린 아이들 같았고, 큰 오빠라는 사람은 모든 치아가 썩어 문드러진 것처럼 얼굴 볼이 어른 주먹만큼 부어오르며 아파서 밤새 잠을 못자면 어머니가 물수건으로 찜질을 해주고 어디서 구했는지 과일을 갈아 몇날 며칠이고 먹이는 모습을 보았던 기억이 난다.

작은 오빠라는 사람은 별명이 우량아로 불릴 만큼 먹성이 너무 좋아 얼마나 먹어대는지, 또 밑에 남동생 둘은 그 나이까지 힘들게 살아서 정신적으로 불안했는지 오줌을 이불에 연신 싸대는데 정말 정신이 하나도 없었다.

엄마가 돈을 벌기 위해 악착을 떠는 것이 느껴졌던 것은 그 남자 형제들이 오고 나서부터인가 보다. 돈 버는 것은 무엇이든 했고 그렇게 번 돈으로 남에게 돈도 빌려 주고 이자도 받는 것 같았다. 그렇게 무척이나 애쓰는 모습을 보았던 것이 지금도 기억난다.

나와 어머니와 둘이 살 때는 그러지 않았는데 아버지와 형제 4명이 오면서부터 어머니는 돈은 벌기 위해 노력할 수밖에 없었으리라.

"어머니는 행동이 번개와 같다."

아버지가 자주 하시던 말씀이다. 음식솜씨가 무척이나 뛰어나셨다. 한 가지 재료를 가지고 몇 가지 반찬을 하고, 충분하지 않은 양념으로 맛있

어머니와 찍은 어릴적 유일한 한 장의 사진.

게 요리를 해내는 것을 본 아버지께서 다른 사람들에게 가끔 "집사람 음식 솜씨가 무척이나 뛰어나 부실한 재료를 가지고도 기가 막히게 맛있게 음식을 만들고, 또 밥도 잘 지어 밥맛이 꿀맛 같고, 한 가지 반찬이라도 입에 짝 달라붙게 맛있게 하니 밥 먹고 가라."고 붙잡아 많은 사람들이 자주 밥을 먹곤 하였다.

아버지께서 어머니 행동이 번개와 같다고 하신 말씀은 정말 다른 사람이 하루 종일 할 일을 어머니는 한 시간이면 해치울 정도로 엄청나게 빨랐기 때문에 그렇게 별명을 붙여 주신 것 같다.

어머니가 아버지께 사랑 받은 것보다 아버지에게 목숨을 건 사랑을 한 것이, 아버지처럼 위대한 분의 사랑을 받는 것보다 사랑을 하는 것이 업을 덜고 갈 수 있는 최고의 보너스 아니겠는가.

지금도 참으로 신기한 것은 정말 춥고 배고픈 그 시절에 어찌 그리 제사상과 차례상을 그리도 많이 차릴 수 있었는지 신기하지 않을 수 없다. 가끔 돈을 꾸는 것도 같았다. 적은 돈 가지고 가장 많은 내용을 만들어 내는 어머니의 음식 솜씨가 아버지께서 다른 사람들에게 자랑할 만한 것이었다.

우리는 제사상을 베니어판 제일 큰 것으로 맞추어서 아버지께서 칠을 하신 것을 사용했다. 그 큰 제사상을 다 채우고 남을 만큼 음식 준비를 하면 가끔 제사상 끄트머리에 음식이 걸린 적이 있을 정도로 많이 준비한 기억이 난다.

어머니께서 제사 음식과 차례 음식을 준비할 때 보면 모든 것을 집에서 다 준비했다.

팥떡, 백설기, 흰 콩떡, 무지개떡, 인절미, 겨울에는 호박떡, 가을에는 송편(산에가 소나무 잎을 따다 만든 송편은 정말 맛있었다) 등 언제나 그 많은 떡을 집에서 다 찌었고 한과도 만들었다.

쌀 과자 종류도 3가지 이상을 만들었고 검은깨, 흰깨, 강정, 송화가루, 계피가루 넣은 다식 등 그 많은 종류를 집에서 다 만들었다. 전도 흰 밀가루전, 고추전, 고구마전, 동그랑땡, 꼬지전, 고기전, 깻잎전, 두부전(두부도 집에서 만들어 썼다) 등 그때그때마다 계절에 맞게 9개 정도를 집에서 다 만들었고, 나물종류도 고사리, 숙주, 취, 콩나물(집에서 길렀다) 시금치, 도라지, 무채나물 등 언제나 기본이 일곱 가지에서 아홉 가지 정도였고 식혜, 수정과도 집에서 다 만드셨다.

철마다 과일도 대여섯 가지씩 올리고, 또 과일을 보면 언제나 가장 크고 가장 싱싱한 것만 어찌 그리 잘 골라 오는지 놀라웠다.

소고기를 통째로 삶아서 올리고, 양념해서 구워서 올리고, 가장 큰 조기를 올리고 오징어, 포, 문어포(문어 사다가 일일이 가위로 오려 모양을 만들었다)를 올렸다.

소고기, 두부, 무우만 넣은 탕국은 그 맛이 일품이었다.

울긋불긋 사탕도 5가지 정도 올리고, 김도 일일이 참기름 발라 구웠다. 참기름도 항상 직접 짜서 사용했다. 다 기억나지 않지만 이 정도만 준비해도 엄청난 것이다.

추석, 설 차례상을 보면 언제나 열한 분께 올렸다. 열 분은 5대조까지이고 한분은 아버지 첫째부인 것이었다.

조상 분들 제삿날이 돌아와 상 차릴 때도 언제나 그 큰 상 가득이고, 아버지 첫째 부인 제사상 차릴 때 마찬가지였다.

제사 음식, 차례 음식을 만들 때 보면 음식 쪽으로는 다가서거나 근처에 얼씬도 못하게 하였다. 먼지가 떨어진다고 다가서거나 기웃거리지도 못하게 하였다. 만들다가 잘못된 것이 있으면 한 개만 먹고 싶어 달라고 해도 손도 못 대게 했다. 무조건 제사나 차례 끝나고 음식을 먹어야지 그 전에는 그 어떤 것도 손도 못 대게 했다.

그때마다 어머니 하시는 말씀은 조상님들이 정성을 기울이는지 마음을 잘 내서 하는지 다 내려다 보고 계시기 때문에 절대 흐트러진 마음 한순간도 먹으면 안 된다는 그 말을 귀에 못이 박히도록 들었다.

만들다가 잘못된 것 한 개 정도는 먹는 것도 괜찮지 않느냐고 하면 무조건 제사상에 먼저 올리기 전에는 손도 대면 안 되고 더욱이 절대 먹어서는 안 된다고 하였다.

어머니의 그런 행동을 보며 자라서인지 제사 음식이나 차례 음식을 준비할 때는 최고의 정성을 기울어야만 한다는 것을 알았다.

아무튼 지금 생각해 보면 아버지께서 어머니를 번개와 같다고 하신 말씀이 맞다.

그렇게 평상시에도 절대 못하게 하셨지만 명절 바쁠 때 어머니가 일을 시키려 하면 방으로 살짝 불러서 아버지 옆에 앉아 있게 하였다. 어머니가 문을 열고 들어오셔서 "세상에 당신만 딸 있느냐. 어찌 그리 아무것도 안 시키느냐."고 말씀하셔도 꼭 붙잡고 앉아 있으라 하셨다. 그 많은 제사 음식을 아침에 시작하면 제사나 차례 음식 차릴 시간에 다 준비하시는 것이었다.

그때만 해도 연탄불로 할 때도 있었고 석유풍로로 할 때도 있었지만, 제일 좋았을 때는 가스 불 2개로 할 때였다.

처절하게 가난하고, 처절하게 비참하고, 죽을 만큼 고달픈 환경에서도 참으로 씩씩하게 잘 살아온 어머니께서 아버지가 세상에 알려지면서 돈이 들어오기 시작하니까 변한 것이다.

돈을 모아서 어머니의 전 남편과 아들딸에게 주고 싶었을 것이다. 아버지의 자식들을 키우느라 어머니의 자식들은 배우지도 못하고 참으로 불쌍하고 비참하게 살았었다. 그것이 언제나 가슴에 한으로 맺혀 있었을 것이다. 그런 어머니의 한을 아버지께서 알고 계셨기 때문에 한동안은 말없이 내버려 두셨다.

죽염회사를 하는 형제로부터 죽염을 사지 않고 다른 사람이 만든 죽염을 가져와 파는데 아버지가 크게 뭐라고 하지 않으시니까 언젠가 죽염회사 하는 형제가 아버지께 한 말을 해 주셨다.

아들이 죽염회사를 하는데 다른 곳에서 죽염을 가져다 파는 것도 볼썽사납고 엄청난 양의 죽염을 팔아서 돈을 챙기는데 아버지는 왜 가만히 내버려 두시는지 이해가 안 되며, 그것도 죽염 안 사는 사람, 무우엿 안 사는 사람에게 어머니가 그렇게 나쁘게 하면서 팔고 있는데 왜 가만두냐고 엄청나게 따졌다는 것이다.

그래서 아버지는 뭐라고 하셨는데요 하고 물으니까 아무 말도 안 하고 그냥 듣고 있었다고 하셨다.

너의 엄마가 왜 자식 때문에 한이 없겠느냐며 내가 다른 사람들에게서 욕을 먹고 자식에게까지 안 좋은 말을 들으면서도 너의 엄마 하는 행동을 내 버려두고 있는 중이라는 것이었다.

그렇게 해 주신 아버지가 어머니 보고 이제 그만큼 벌어서 자식 주었으면 웬만큼 한이 풀렸으니 이제 그만 마음을 비우라고 계속 얘기했지만 돈에 취해 버린 어머니는 아버지 말을 듣지 않았다.

그런 중에 형제로부터 너무 심한 말을 들은 어머니는 살아갈 수 없을 만큼 분해서 울부짖었고, 그런 일들을 보신 아버지께서는 작은 초막을 어머니 몰래 팔고 형제 농장으로 올라가 버렸다. 자식을 먼저 생각하시는 아버지의 행동을 나는 이해할 수 있다. 그것이 가장 최소한 자식을 향한 아버지의 순리이기 때문이다. 어머니 보고 따라 오라고 하셨지만 어머니는 가지 않으셨다.

행동 빠른 어머니는 그 초막을 다시 사셨고 그때부터 일어나는 그 전쟁.

간략하게나마 그때의 이야기들을 적어내려 가려 하니 심장이 송곳으로 찔리는 것처럼 아프다. 그때 어머니가 아프다고 울부짖던 세월이 자그마치 몇 년 동안 계속 되었었기 때문에 아직도 그때의 시절을 떠 올리려면 심장이 아프다.

결혼 후 대전에 살고 있는 내게 어머니는 1분에 한 번씩 전화를 해서 아픔을 호소했다.

날마다 들어오던 돈이 딱 끊어지니까 아주 힘드셨던가 보다.

아니 그보다도 자신이 키운 자식인데 그런 자식에게서 차마 듣고 싶지 않은 말들을 들어야 했으니 어찌 잠이 오고 음식이 들어가겠는가. 아마 숨쉬기 조차 힘들었을 것이다.

형제가 한 행동을 생각하면 분하고 살이 떨려 잠 한숨 못자는 세월을 보내면서 그 한을 달랠 길 없어 그나마 자식인 내게 하소연 하면 나으려나 하고 그렇게 전화를 했을 것이다. 어머니는 하소연하고 나보고 한을 풀어 달라고 사정했다.

"네가 아버지 찾아가서 울고 매달리면 너의 말은 들어 줄 것이다. 언제나 너의 말은 잘 들어 주시던 아버지 아니냐. 그러니 제발 찾아가서 아버지를 다시 이집에 들어와 사시게 해 줘라. 그러면 내가 조금은 이 피맺힌 한이 풀릴 것 같다."

그런 이야기를 전화로 하루 종일 사정해도 나는 어머니 소원을 한 번도 들어 드린 적이 없다. 그럴 때마다 내가 하는 말은 언제나 비슷했다.

"그것 봐 엄마, 내가 어느 정도 한을 풀었으면 그만하라고 얼마나 사정했어. 아니 처음부터 뭐라고 했어. 아픈 사람에게 돈을 뜯어 쌓아 놓으면 오래 가지도 못하고 결코 남아 있지도 않으며, 또한 좋지 않을 것이라고 얼마나 애원했어. 그렇게 하지 말라고 사정했는데, 그럴 때마다 엄마는 나한테 얼마나 난리를 치고 뭐라고 했어.

엄마가 아픈 사람에게 돈을 뜯어서 키우지 못하고 두고 와 마음에 걸려서 한 맺힌 아들딸 그만큼 도와주었으면 되었으니 이젠 그만 욕심 부려, 인간의 욕심은 끝이 없잖아.

엄마가 아픈 사람들에게 모진 소리 하고 악담하고 해서 돈 벌은 죄값 치른다 생각하고 욕심을 버려 아버지도 엄마의 한을 알고, 그런 엄마가 아버지 자식들을 잘 키워 주고 조상님들 잘 받들어 준 것을 알기 때문에 엄마의 행동을 모두 아버지께서 그렇게 욕을 먹으면서 참아 주셨잖아.

그러니 이제 가난하던 시절보다 많이 좋아졌으니 엄마가 억울하다고 생각하지 말고 마음을 잘 다스려."

언제나 내가 어머니께 하는 말은 항상 이런 말이었다.

그러면 "너는 어찌 그리 네 아버지와 한 치도 안 틀리냐. 그런다고 너의 형제들이 너의 마음을 알아 줄 것 같으냐. 다른 딸들은 다 지 엄마편을 든다는데 너는 어찌 그리 네 아버지편만 드느냐. 네 아버지와 낳은 자식은 너 하나뿐인데 네가 내 소원을 안 들어 주고 내 한을 안 풀어 주면 누가 해 준단 말이냐."고 하면서 어머니는 갖은 방법으로 나를 설득했다.

그럴 때마다 "엄마, 누가 알아주지 않으면 어때. 내가 똑바른 마음먹으면 그뿐이지. 왜 꼭 누가 알아주기를 바래. 또 누구편이 아니라 엄마가 옳은 것을 시키면 말을 듣지만, 옳지 못한 것을 시키면 아무리 불쌍하고 또 불쌍한 엄마라도 난 엄마가 시키는 것을 죽을 때까지 하지 않을 테니까 엄마가 그만 포기해." 하고 이야기했다.

아버지께서 그렇게 엄마를 남겨 두고 형제 농장으로 올라가시고 난 후 돌아가실 때까지 몇 년 동안 다섯 손가락 꼽을 정도로 아버지를 뵌 것이 몇 번 되지 않았다.

내가 순수하게 아버지를 보고 싶어서 한번 가면 어머니는 당신의 한을 전해달라고 한 시간이고 두 시간이고 아버지께 드릴 말씀을 세뇌시킨다. 나는 그 세뇌시킨 말을 하지 않고 돌아온다. 그 후로 나는 더욱 더 아버지 근처에 얼씬도 하지 않았다.

그렇게 가끔 나타나는 딸의 모든 내용을 아버지는 다 알고 계시기 때문에 내가 나타나면 아버지께서는 언제나 눈물이 맺혀 계셨다.

돌아가시기 며칠 전 마지막으로 아버지를 뵈러 간 날 아버지의 눈에 눈물이 맺혀 떨어졌다.

"아버지! 내가 자주 안 오는 것을 아버지는 알지?"

또 눈물이 맺히신다.

언제나 그렇게 가끔 갈 때마다 꼭 내 아이들을 찾으셨다. 내 아이들을 보고는 "네 자식이다. 그 아이들은 애비 자식이 아니고 네 자식이다." 하셨는데 그 당시에는 잘 이해되지 않았지만, 세월이 많이 지난 지금 왜 그렇게 말씀하셨는지 화두가 풀렸다.

아버지는 내 아이들을, 특히 큰놈을 무척이나 예뻐하셨다. 그 마지막 뵈러 간 날도 어김없이 문을 닫지 못하게 하고 지키고 있었다. 아마 어머니의 말을 전할까봐 형제가 그리한 것이다.

그 아버지의 맺힌 눈물, 내게만 보여주셨던 아버지의 눈물. 나약해서 주저앉고 싶을 때마다 나를 일으키는 힘이다.

아버지께서 나를 예뻐해 주신 것을 세상 사람들이 알 필요는 없다.

아버지와 나만 알면 그뿐, 그것이 나 또한 좋다.

그렇게 어머니의 부탁을 한 번도 들어준 적이 없이 지낸 나도 참 독하다.

어머니의 성격이 하루에 한 번씩 그러는 것이 아니고 집요하기가 대한민국 누구도 따라 갈수 없을 만큼 대단하기에 하루 종일 사정한다.

한 달의 전화비가 그때 돈으로 백만 원이 넘을 정도로 전화를 한다. 내가 전화를 안 받으면 대전에 사는 어머니의 전 남편 자식들이 밤새 잠을 못자고 우리 집에 전화 받으라고 쫓아와야 하는 일이 생기기에 삼십초에 전화를 한 번씩해도 다 받아야 했다.

우리집 주위에 사는 사람들의 전화번호를 다 적어가지고 가서 내가 전화를 받지 않으면 동네사람들이 밤이고 새벽이고 잠을 못자는 일이 생기기 때문에 전화를 안 받을 수가 없었다.

그래서 한번은 일년 가량 함양의 엄마 옆에 와서 같이 살면서 그 사정하는 소리를 날마다 들었다. 어머니께서 하신 말씀은 세상에 너같이 독한 년 처음 보았다는 것이었다.

그렇게 애타게 하소연 하는데도 꿈쩍도 하지 않는 나를 보고 어찌 어머니가 아무 말 안할 수 있겠는가?

어머니가 돌아가시기 전 아주 자주 하신 말씀은 "내가 세상에서 못 이기고 가는 사람이 딱 두 사람 있는데, 네 아버지와 너다." 라고 하셨다.

한참 아버지께서 세상에 많이 알려지실 무렵이고 지금은 죽염회사 있는 자리 농장에 엄청나게 많은 사람이 오고 갔을 때이다.

아주 가까운 사람들 아니고는 아버지에게 딸이 없는 줄 안다.

얼마 전 어떤 아는 사람이 자기 아는 사람과 이야기를 나누다 아버지 이야기가 나오게 되었고, 내가 아는 사람이 자기도 인산선생님을 안다면서 그 따님하고 친하다 하니깐 인산선생님은 딸이 없다고 하더란다.

많은 사람들이 그렇게 알고 있거나, 형제 회사에 있던 경리 직원이 딸이라고 또 다른 사람들은 그렇게 알고 있다.

책을 본 사람들은 딸이 기독교 신자인 전도사이며, 딸자식도 배신하는데 하는 이야기가 나오니깐 아예 만나지도 않았으면서 또 애기를 나눠보지도 않았으면서 자기네끼리 천하의 나를 몹쓸 년으로 만드는 사람들도 있다. 기독교 신자인 전도사 딸은 어머니의 전 남편에게서 낳은 자식이다.

그래서 아버지는 항상 어머니의 자식들까지 합쳐서 5남 2녀라는 말을 하셨다. 그렇게 지내며 있다가 아버지께서 돌아가셨다. 그때부터 참 나는 어머니께 잔인하게 대했다.

아버지가 살아 계실 때는 아버지를 향한 어머니의 애절한 마음을 안다.

그 애절한 마음이 욕심으로 가득찬 마음이라서 그 소원을 들어드리지 않았지만 왜 가련한 마음이 없었겠는가.

욕심을 멈추지 못하는 어머니의 마음을 보며 가슴이 너무 아팠고 세상의 기준으로 보면 어머니가 아버지께 목숨을 건 것을 나는 알고 있다.

어머니의 전남편에게서 나온 아들인 그 오빠도 어머니의 그 마음을 읽고 있었다. 그래서 어머니와 한 번도 같이 살고 싶단 생각을 해본 적이 없고, 그 애절한 마음을 알고 있기 때문에 자신이 욕심을 부릴 수가 없다고 했다.

그 오빠는 참으로 효자였다. 지나치고 미련할 만큼 참으로 착했다. 어머니가 형제에게 그토록 참담한 모욕을 당하고 한 맺혀 살고 있을 때 나중에 그 사실을 알면서도 가서 듣기 싫은 소리 한마디 못하는 착한 사람이다. 혼자 가슴만 끙끙 앓고 있을 뿐.

그런 착한 아들이라는 것을 아는 어머니는 어떻게 해서든 그 아들에게 돈을 많이 주고 싶었을 것이다.

어떤 때는 어머니가 가끔 내게 미안한지 너에게도 내가 돈을 만들어주마 했다. 그럴 때 나는 "엄마, 나한테는 돈 안 주어도 돼. 혹 내게 줄 돈 있으면 그 오빠 다 줘." 하면서 내게 있는 것을 그 오빠와 올케에게 다 주었다. 그것이 어머니의 마음을 편하게 해주는 것이라는 것을 안다.

나는 아버지 어머니 곁에서 살고 있지만 그 오빠는 어머니와 살아본 적이 없으니 당연히 내게 좋은 것이 있다면 다 주어야 되는 것이 당연한 이치인 것이다. 그 오빠가 지극히 효자인 것을 아는 어머니는 그 오빠에게 돈을 주어 어머니의 한을 풀고 싶었을 것이다.

그래서 그토록 모질게 욕을 먹으면서도 돈을 벌기 위해 악착을 떨었을 것이다.

아버지와 세상 인연이 다 되어 아버지께서 돌아가셨으니 이제 어머니도 그 악착을 놓을 수 있을 것이다. 아버지 돌아가시고 내가 너무나 잔인하게 하니깐 어머니도 결코 호락호락한 분이 아니기 때문에 어머니는 세상의 방법이란 방법은 다 동원했다.

어머니의 욕심 때문에 아버지 곁에 갈 수 없었고 아버지께서 보고 싶다고 하실 때에도 못 갔고 내 자식들을 보고 싶다고 하시는 데에도 보여 줄 수가 없었다.

아버지 눈에 눈물 맺히게 해드리면서까지 어머니께 욕심을 버리시라고 설득하고 또 설득하며 살았다. 그렇지만 어머니는 그 뜻을 꺾이지 않기 위해 수단 방법을 가리지 않고 나를 이기려 하였다. 그래도 나는 어머니의 욕심을 결코 도와주지 않았다. 그것이 진정으로 어머니를 위한 일이고, 또 진정한 효도이기 때문이었다.

어머니는 뒤늦게 한 맺힌 자식들을 위해 돈을 악을 써가며 모으셨고, 그것이 돌아가시기 전까지 편집증적인 성격을 보이기까지 했다. 그런 당신을 돕지 않자 내게 그 화를 다 품어냈고, 야속함을 호소했다.

그럴 때마다 나는 이렇게 말했다.

35

"엄마 돌아가셔서서 하늘나라에 올라가면 그때 내가 엄마를 도와주지 않은 것에 대해 고맙다고 할 때가 있을 거야. 그게 더 큰 효도라는 것을 알게 될 거야. 엄마가 옳은 길을 가기 위해 도와달라면 내가 목숨 걸고 도와주지만, 엄마가 나쁜 길을 가기 위해 도와달라면 내 앞에서 엄마가 죽는다 해도 도와주지 않을 거야. 이 세상에 욕심 부린 것을 가지고 저 세상에서도 써 먹을 수 있다면 엄마가 말하기 전에 내가 먼저 눈을 뒤집고 욕심을 부렸을 거야. 그러니 제발 욕심을 버려."

그렇게 어머니를 몇 년 동안 설득했다. 그러다 아버지께서 돌아가셨고, 그날부터 울기 시작해 10년이 넘는 세월을 울다가 지금은 울음을 그쳤다.

어머니가 아버지를 향한 무서운 집착을 버릴 수 있는 환경, 즉 아버지가 돌아가시자 나는 무섭게 돌변했다. 왜냐하면 아버지를 향한 그 무서운 집착이 아버지께서 돌아 가셨기 때문에 어머니는 그 집착까지 합쳐 내게 더 무서운 집착을 부리기 시작했다.

우리 집에서 같이 살고 싶어 하는 그 소원을 들어 주지 않았다.

아버지에 대한 집착, 돈에 대한 집착이 커지면서 무서운 편집증적인 성격을 보이더니 나중에는 수습이 안 될 정도까지 심해지기 시작했다.

아버지 돌아가시고 나는 바로 함양으로 이사했다. 집에 찾아와 말이 되지 않는 이야기와 행동을 하면 나는 온 동네가 떠나가도록 더 큰 소리와 억지 행동을 한다. 길거리에서는 안 그러겠지 하는 어머니의 생각을 뒤집고 이 좁은 함양땅 중앙로에서 소리 치고 난리 치는 행동을 했다.

나는 항상 같은 생각이다. 어머니의 안 좋은 생각과 행동을 나의 어리석음 때문에 더 나빠지게 하지 않아야 한다는 생각과 지혜롭게 잘 생각해 어머니의 생각을 더 좋은 쪽으로 가게 하는 것이 진정한 효도라고 생각한다.

내 어머니라는 인연으로 마음이 메여서, 효도라는 글자에 막혀서 다른 사람들이 어떻게 볼까 하는 두려움 때문에 진정한 효도를 놓치는 경우가 많기 때문이다.

아니 거의 대부분 사람들이 그렇다. 그러므로 효도라는 것은 한 가지 방법밖에 없다는 고정적인 생각에서 벗어나는 사람들이 거의 없기 때문이다.

이 산속으로 들어와 같이 살고 싶다고 하면 수단 방법을 가리지 않고 잠도 안 자면서 몇 날 며칠이고 싸워서 이 산속을 내려가도록 했다. 그렇게 울면서 이 산속을 내려가는 것을 반복했다.

왜 극단적인 방법을 꼭 동원하느냐고 하면 무서운 집착이라는 병에 걸린 사람들의 특징이 있다. 내 곁에는 어머니 말고는 그 어느 누구도 살지 못하게 한다. 그리하어 내 주위에 있는 사람들을 갖은 방법을 동원해 그들을 떠나도록 한다.

어머니의 방법이 얼마나 집요하냐면 한 사람도 어머니의 그런 모습을 보고 견디어 낸 사람이 없기 때문이다.

세상 속에 살 때는, 아버지 살아 계실 때는 그런대로 그런 어머니의 행동을 받아 들여 참아 내었다. 그런데 아버지 돌아가시고 수행에 목숨 걸고부터는 어머니의 집착병을 한 순간도 도와주지 않았다.

우리 아이들을 볼모로 잡기 시작했다. 내가 목숨처럼 자식을 사랑하는 것을 알고 있기 때문이다. 처음에는 아이들을 통해서 어머니가 고통에서 벗을 수 있다면 그렇게 해야지 했는데 더 지내다 보니까 아이들도 안 좋겠다 싶어 온갖 방법을 동원하여 아이들을 데려왔다.

어머니는 아버지를 향한 목숨 건 사랑이 참을 수 없을 만큼 비참한 생활을 견디어 낼 수 있었고, 또한 목숨 건 사랑이 육신적으로 뼈가 가루가 될 만큼 고통스러워도 어머니는 견디어 내었다.

자식 사랑이 너무 지나쳐 자식들이 숨이 막힐 만큼 힘들어 할 정도인데 그런 자식들을 떼어 놓고 그 한 맺힌 가슴을 안고 아버지 자식들을 키울 수 있었던 것도 아버지에게 목숨을 건 어머니 사랑 때문이었다.

그런 아버지가 돌아가시기 몇 년 전 어머니를 버리고(어머니 표현이지만) 형제 농장으로 들어가시고 난 후부터 어머니는 지나친 욕심이 부른 편집증이 지나쳐 정신분열 상태에까지 이르게 되었는데 그런 어머니를 돕는 길은 어머니의 생각과 행동을 수단 방법을 가리지 않고 차단시키는 것이었다.

효도, 살아 있을 때의 효도는 하늘을 감동시키는 무서운 힘이다. 그러나 돌아가신 후의 세계까지 챙겨 드릴 수 있는 효도는 무서운 힘보다도 아름다운 것이다. 그 아름다운 힘이 죽어서의 무서운 세상의 것들을 해결하는 큰 힘이기 때문이다.

어머니는 말본새도 무척 좋고 다른 사람이 어머니의 말과 행동을 보면 안 넘어 가는 사람이 없다.

내가 잔인하게 할 때 처음에는 형제들, 아는 사람들, 아버지 따르는 사람들 할 것 없이 전국에 아는 사람은 다 동원해서 내가 어머니께 하는 행동을 무진장 부풀려서 이야기를 했기 때문에 전부 다들 놀라서 찾아오고 전화하고 어쨌든 내게 별소리들을 다 했다.

내 대답은 간단했다. 지지부지 설명하거나 이해시키지 않고 곧바로 말한다.

"엄마가 말한 것이 다 맞다. 그러므로 나는 나쁜 년이다. 그러니 다음부터 아는 척 하지 마라."

그렇게 말하면 대부분의 사람들은 상관하지 않게 된다.

어머니가 물었다.

"내게 그렇게 하는 이유가 무엇 때문이냐?"

그래서 이렇게 대답했다.

"아버지께서 엄마의 두고 온 아들딸에게 얼마만큼 돈 모아 주어 한도 풀고 하게끔 그 많은 사람들에게 엄마로 인해 그 욕을 다 먹으면서도 엄마의 한을 풀어 주었는데, 이제 그만 하면 한이 풀렸으니 나쁜 짓 그만하라고 한 말을 엄마가 듣지 않았어. 또한 엄마의 욕심을 채우기 위해 도와 달라고 말도 되지 않는 거짓말과 억지로 내게 하소연을 해. 하지만 결국 엄마의 욕심 채우는 것을 도와 줄 수 없어서 아버지가 나 보고 싶어 하는데 갈 수 없었고, 내가 아버지를 만나고 싶어도 만날 수 없게 만든 것과 수많은 사람들에게 죽염이나 무우엿을 사지 않으면 퍼 부었던 악담, 모진 말, 잔인한 행동들로부터 돌아가시기 전 고통으로 업을 덜고 가시고, 또한 처절함을 겪으시라고 하는 거야.

돌아가셔서 업을 덜려면 얼마나 힘들겠어. 이생의 업을 덜고 갈 수 있는 절호의 기회인데 그 기회를 낭비하고 탕진하고 가면 바쁜 저 세상에 가서 다 어찌 감당하려고 그래.

그래서 살아있을 때 업을 조금이라도 덜고 갈 수 있는 일이 생긴다면 그런 복이 어디 있겠어. 그러니 돌아가시기 전까지 엄마가 몸과 마음으로 겪고 갈 수 있는 고통을 다 겪었으면 좋겠어. 이생에서 벗고 갈 수 있는 것이 가장 큰 행복이라는 것을 엄마는 저 세상 가면 금방 알 거야. 저 세상 가면 업을 덜고 갈 수 있는 절호의 기회인 이 세상에서 삶이 얼마나 소중한 것인 줄 알게 될 거야. 저 세상 가서 후회하지 말고 절호의 기회를 부여받은 이 세상에서의 시간들을 절대 낭비하지 말고 가면 좋겠어.

기회를 다 놓치고 시간을 낭비하면 그곳에서는 너무나도 냉정하게 절대로 기회도 시간도 주지 않는데 그때 가서 땅을 치고 후회한들 무슨 소용이 있고, 엄마 업이 얼마나 많이 덜어 지겠어."

그렇게 엄마에게 얘기하면 돌아오는 말은 언제나 비슷하다.

"독한 년, 나 죽은 다음에 울고불고 하거나 후회하지 마라."

그러면 언제나 나는 똑같은 대답이다.

"걱정 하지 마. 엄마 죽으면 절대 울지 않아. 엄마 때문에 아버지를 향한 후회가 우주를 덮을 만큼인데, 엄마를 향한 후회가 티끌만큼이라도 남아 있을 수가 없어. 그러니 제발 그만 모든 욕심을 버리고 집착을 끊고 남은 생을 살길 바래.

이 세상에 머물다 가는 것은 잠깐이고 나중에 받는 과보는 너무나 무섭고 긴데, 왜 그리 집착을 놓지 못하는지 모르겠어.

돈도 춥고 배고플 때 생각하면 재벌이 되었고, 한 맺힌 자식들 그만큼 주었으면 되었는데 아직도 돈을 그렇게 악착같이 벌려고 하는 거야.

집착도 악을 쓰며 하면 악착인데 그렇게 해서 아무것도 남는 것이 없어.

이생에 사람으로 온 것이 얼마나 큰 영광인데 그것을 그렇게 탕진하려 드는지 모르겠어.

엄마가 이 세상 모두를 동원해서 나를 꺾으려고 해도 난 안 꺾여 진정으로 엄마를 위한 효도이니 이제 그만 좀 해."

정말 나는 어머니 돌아가시고 나서 눈물 한 방울도 흘리지 않았다. 사람들이 군데군데 모여 쑥덕거려도 절대 눈물을 흘리지 않았다. 언제나 어머니께 했던 이러한 말 때문이기도 했다.

나를 낳았기 때문에 전 남편 자식인 오빠와 언니를 두고 와 한 맺힌 것을 안다.

또 나와 아버지 자식 넷을 키우며 뼈마디가 가루가 되고 온몸이 다 찢기는 것 같은 죽음과 같은 고통을 느끼면서 고생한 그 삶을 안다.

그래서 아버지 살아 계실 때 어머니 전 남편에게서 낳은 오빠, 언니에게 잘 하라고 해서 일부러 같은 동네에 집사고 그 오빠, 언니와 그렇게 친할 수 없을 정도로 가깝게 지냈다.

어머니가 모은 돈은 무조건 그 오빠, 언니 주라고 했다.

가끔 엄마가 너는 서운하지 않느냐 물으면 절대 서운하지 않으니 주라고 하지 않았던가.

그래도 어머니는 마음에 걸렸든지 내게 돈을 주면 나는 그 오빠, 언니에게 다 주고, 또 필요하다는 것은 전부 사 주고 하여튼 몽땅 주었다.

언젠가 때가 되어 내 길 찾아 가면 후회하지 않으려고 최선을 다해 잘 했다.

그것이 두고 온 자식들 때문에 한 맺혔던 어머니의 마음을 조금이라도 위로하는 것이라 생각했고 그것이 효도라 생각했다. 어머니 살아 계실 때까지만 잘 지낼 것이라 생각했다.

왜냐하면 나는 늦게라도 꼭 수행을 하고 싶고 절대 무슨 사명이라도 띄고 온 양 꼭 수행을 해야만 한다는 생각으로 살았다.

어머니 전 남편 자식들인 오빠, 언니의 삶의 모습이 어머니 돌아가시고 끝까지 잘 지낼 수 없을 모습이었기 때문이다. 그들은 그냥 욕심 많고, 착하고, 어리석은 생각들을 자연스럽게 행동하고 사는 너무나도 지극히 평범한 사람들이다.

나는 언제나 돌아설 때 결코 후회하지 않기 위해 인연 닿는 시간까지 최선을 다 한다.

무엇이든 내 것을 아까워하지 않고 다 주면 돌아설 때 가장 편안한 마음이 되기 때문이다. 어머니 살아 계실 때 최소한 할 수 있는 것은—지나칠 만큼 자식 사랑이 깊은 어머니가 죽은 전 남편 자식들을 두고 아버지와 인연 맺어 태어난 나로 인해 아버지 자식 넷을 키우며 눈에서 피가 뚝뚝 떨어지는 고생을 한 어머니께—어머니의 전 남편 자식인 오빠와 올케 그리고 언니에게 무조건 잘 하는 것, 마음이 상한 일이 있어도 절대로 밖으로 드러내지 않고 모든 것을 참으며 모든 것을 내가 먼저 잘 해 주는 것이 내가 태어났기 때문에 아버지와 살면서 전 남편 자식을 두고 온 어머니의 그 한을 조금이라도 덜어 드리는 것이라 생각하며 살았다.

아버지께 향한 모든 마음이나 행동도 아버지 살아 계시는 동안 어머니 곁에서 지켜 준다는 생각을 하는 것이 최소한 어머니를 향한 내 의리였다.

아버지께서 "너의 엄마 곁에 가지 마라. 네 엄마는 장희빈 같아 자식도 죽인다. 그러니 아버지 옆으로 와라." 하고 말씀하시는 뜻을 나는 안다.

어머니의 욕심과 집착이 자식을 죽일 만큼 지나치다는 것을 아버지는 아시기 때문이다.

실제로 어머니는 두고 온 그 자식들을 엄마 손아귀에 넣고 숨을 쉴 수 없을 만큼 꼼짝 못하도록 했다.

그래서 그 오빠는 몸에 병도 들고 성격이 순했지만, 어머니의 그 강함을 이기지 못하였으므로 술을 많이 먹었는데 술 먹고 주사도 심하고 그 버릇을 손자가 이어 받아 입에 술을 달고 살았고, 그 언니는 기독교에 거의 광신적으로 매달려 전도사 생활을 하더니 교통사고로 일찍 죽고 말았다.

함양땅에 계시면서 대전땅에 살고 있는 아들, 손자며느리, 딸과 사위, 외손자까지 전화로 인생을 다 관여하고 엄마 뜻대로 했으며, 시간 시간을 전화를 집에 걸어 일일이 그 많은 식구들의 모든 행동을 감시했다.

전화해서 식구들이 다 전화를 받지 않으면 받지 않는 식구가 전화를 받을 때까지 1분마다 전화를 했다. 밤에 시간이 많이 되었는데 누구든 한명이라도 안 들어 온 사람이 있으면 가족 모두가 대전 바닥을 다 뒤져서라도 안 들어 왔던 식구를 찾아서 전화를 받게 해야 했다.

그런 어머니를 아시는 아버지는 내가 걱정 되어 언제나 아버지 곁에 머물기를 바라셨다.

그러면 나는 "아버지! 아버지는 아들 넷이 있고 엄마는 나 하나뿐인데 불쌍하잖아. 아버지 자식이 나 하나뿐이라면 당연히 아버지에게 가지. 그런데 그렇지 않으니까 엄마 옆에 있을게. 아버지 만나 아들 넷을 키우며 그렇게 눈물 나는 고생을 한 엄마에게 내가 할 수 있는 최소한의 도리야. 그러니 아버지가 가슴 아파도 서운해도 참아."

그렇게 말씀 드리면 아무 말씀도 없으셨다. 똑바른 생각하니 기특하단 생각을 해 주셨기 때문이다.

아버지 살아 계실 때 어머니께 그렇게 의리를 지키며 아버지께 가까이

가지 않고 몇 년의 세월을 살았다. 아버지가 세상에 많이 알려지실 때였으므로 내가 아버지 자식으로 아는 사람이 드물 정도이다.

아버지 돌아가시고 아버지에 대한 집착이 어느 정도는 없어진 것 같았다. 그러기에 어머니께 모질게 대하기 시작했다.

아버지처럼 위대한 분하고 오랫동안 산 것은 영광이고 엄마의 복인데 어머니가 그 영광과 복을 다 털어 버리고 짓밟는 것을 도와줄 수 없었기 때문이다.

마지막까지 영광과 복을 털어 버리는 어머니를 향해 내가 할 수 있는 효도는 어머니가 육신을 지니고 사는 이 세상에서의 나머지 시간을 더 고통스럽게 사시다가 가시기를 바랬다.

그래야 어머니가 털어 버린 영광과 복을 조금이라도 챙겨 가지고 가 하늘 세계에서 그나마 덜 초라하게 사시게 하기 위해서였다.

어머니는 아버지를 참 많이도 힘들게 해 드렸다. 엄마가 아버지를 괴롭게 해 드리는 것을 시작하면 일주일이고 열흘이고 간에 괴롭게 하였다. 온 동네가 떠나가도록 소리를 지르고 입에 담지 못할 말을 하면 아버지께서는 그 말도 안 되는 기가 막힌 소리를 들으며 참으셔야 했다. 아버지 주위에 사람들이 같이 있지 못하도록 들볶았다.

그러므로 어머니는 아버지를 힘들게 해 드린 죄, 아픈 환자들에게 어머니께 이익 주지 않는다고 악담하고 처방전 뺏으며 모질게 대한 죄, 어머니 욕심을 채우기 위해 자식인 내가 아버지 가까이에 가지 못하게 해 가슴에 눈물이 고이게 한 것 등 그 모든 것을 돌아가시기 전에 그것도 자식인 나한테서 받은 처절한 고통과 슬픔으로 인해 어느 정도 벗어나서 이제는 천상에서 어느 좋은 자리 잡고 잘 살고 계시리라는 것을 알고 있다.

나머지 또 내가 천상에 계신 어머니께 더 보태 드릴 것은 어머니가 나를 낳으셨고 길러 주셨고 어머니가 나를 힘들게 했던 모든 것을 뒤집으면 큰 스승이고 내가 큰 공부할 수 있는 길을 주셨기 때문에 나는 나머지 삶을 딱 목숨을 걸고 수행을 할 것이다.

내가 영혼을 가꾸고 키워서 잘 살면 어머니께 조금이라도 천상세계 좋은 곳에 사시게 해드리는 것을 할 수 있기 때문이다. 나는 그것이 가장 큰 효도라고 생각한다.

어머니의 명(命)

아버지께서 어머니의 명을 연장할 수 있는 방법을 알려 주셨는데 그 중 기억나는 것 몇 가지만 적어야겠다.

어머니의 팔자는 일반적으로 따지면 엄청나게 나쁘다.

일찍 과부가 되어 아버지를 만나 어머니 자식들은 두고 온채 다른 사람들 낳은 자식들 키우며 가난을 등에 업고 살면서 아버지께 사랑 받는 모습을 본 적이 없다.

육체적으로 고달픈 것을 따지자면 금방 목숨을 끊고 싶을 만큼 힘들었고, 지독히도 처절하고 가난하여 남들에게 받는 멸시는 또 어떠했는가.

어머니 당신을 위한 것은 아무것도 쓰지 않았다.

속옷은 언제나 걸레 같았고 겉옷도 얼마나 초라했으면 보는 사람들마다 거지라고 생각할 만큼 초라했다.

아마 더욱 비참했던 것은 아버지를 찾아오는 사람들이 모두 어머니를 보고 다 식모라고 생각하고, 또 그렇게 대하는 사람도 있었다.

온갖 고통과 수모를 겪는 것이 수족처럼 어머니의 곁에 붙어 있었다.

그런 어머니를 생각하면 너무나 불쌍하고 가여워서 피눈물을 수십 년 흘리며 가슴 아파해도 그 세월이 짧을 것이다.

그러나 나는 그렇게 하지 않는다.

고통 받고 산 어머니가 자랑스럽다.

고통과 비참함과 수모를 참아내고 명을 이어 오래도록 살다 간 어머니가 자랑스럽다.

또한 아버지께 사랑 받는 것보다 어머니가 아버지를 목숨 걸고 사랑하신 것이 자랑스럽다.

모든 전생의 업장을 이생에서 다 풀고 가셨을 것이라는 생각에 자랑스럽다.

업장을 덜고 갈 수 있는 삶을 산다는 것, 그것보다 더 큰 행복이 있을 수 있겠는가.

그러므로 어머니는 무지무지하게 행복하게 사신 것이다.

모든 고통을 뒤 집으면 그것은 행복이기 때문이다.

이제 어머니의 짧은 생을 오래 살 수 있도록 그 방법을 알려 주신 아버지와 그것을 실천하신 어머니 그 이야기를 기억나는 대로 적어보도록 하겠다.

어머니가 병에 걸린 적이 있었다. 지금 생각하면 암이었던 것 같다. 아무것도 먹지 못하고 꼬챙이처럼 말라서 제대로 활동도 못하고 자리에 누워 계셨다.

아버지께서 어머니께 알려 주신 방법은 반듯이 앉아 가슴을 내밀고 가슴을 쫙 펴서 양옆으로 몸을 흔들라고 알려 주셨다.

어머니는 한 사람 누울 수 있는 그런 부엌 골방에서 커피포트에 물을 가득 채우고 쌀 반 주먹 넣고 끓여서 그 물만 계속 마시며 가슴을 펴고 몸을 양옆으로 흔드는 일을 두문불출하고 몇 개월을 계속 하셨다.

아버지께서는 방법만 알려 주셨을 뿐 완전 무관심하셨다.

참 어머니는 대단했다. 외롭게 혼자 앉아 쌀 물을 마시며 가슴을 펴고 양옆으로 흔드는 방법으로 그 무서운 암을 이겨 내고 다시 일어섰다.

그 후에도 자궁암을 이겨낸 일을 어머니가 다른 사람에게 자랑스럽게 얘기 하는 것을 자주 들었다.

내 기억으로 어머니가 암을 이겨낸 일이 몇번 더 있었던 것 같다.

적다 보니 어머니가 암을 이겨낸 일보다 훨씬 전에 일어난 일을 쓰고 넘어 가야 될 것 같다.

어머니가 큰 병에 걸렸다.

언제나 그랬지만 그때도 우리 집 형편이 어려울 때였다.

아버지께서 함양으로 이사 오셔서 사실 때이고, 그때 병든 어머니는 대전에 있는 아들집에 가서 아들과 며느리의 간호를 받으며 병마와 싸우고 있었다.

정말 물도 못 넘기고 계속 병증이 더 악화 되더니 결국 며칠 살지 못하신다는 상황까지 되었다.

그렇게 병이 깊이 질 때까지 아버지께 몇 번 편지를 보냈지만(예전에 그때는 전화가 없었다) 아버지께서는 한 번도 오시지 않았다.

병원도 다니고 무당들이 와서 자주 굿을 하는 일도 있었다.

그렇게 어머니가 돌아가실 날이 오늘 내일 하는 절박한 상황까지 되었는데 하루는 "너의 아버지께 분명히 무슨 일이 있는 것 같다. 함양에 가야겠다. 여자가 있는 것 같다."고 말씀했다.

그런데 참으로 이상했다. 관까지 짜 놓고 기다리고 있는 상황까지 갔었던 어머니가 벌떡 일어나더니 버스를 타고 함양까지 달려가는 것이었다. 신기한 것이 그럴 때는 차멀미도 하지 않았다.

정말 함양 집에는 어떤 부인이 있었다. 인연 없는 사람이 아니라 인연이 깊은 분이었다. 그런데 아버지의 행동이 상상을 초월했다. 죽음 직전까지 갔던 어머니께 밥을 해 오라고 했다.

그때만 해도 불 때서 밥하는 부엌 시설이었다.

그런데 어머니는 밥을 해서 상을 차려서 갔다 아버지께 드리면 아버지는 그 밥상을 마당 쪽으로 획 던지시고는 다시 차려서 오라고 하셨다.

하루에도 몇 번씩 일어나는 일이었다. 그럴 때마다 어머니는 말없이 계속 밥을 다시 해서 상을 차려서 갔다.

아버지가 시키셨는지 아닌지는 잘 모르지만 그 부인은 아버지 옆에 앉아서 꼼짝도 하지 않았다. 어머니가 말대답이라도 할라치면 금방이라도 때려죽일 기세이셨다.

밤에 잘 때도 한방에서 아버지와 그 부인이 같이 주무시고 어머니와 나도 같이 잤다.

나는 한동안 참다가 도저히 참지 못해 대전으로 오고 말았다.

어머니는 그렇게 몇 개월을 버티며 그 모든 고통을 다 참아냈고, 또 다시 건강을 되찾는 기적이 일어났다.

그 부인은 어머니께서 참아내는 대단한 행동을 보시더니 견디다 못해 다시 서울로 올라가 버렸다.

그때는 정말 이해할 수 없었다.

그런데 아주 한참 뒤 그런 아버지의 행동이 어머니의 목숨을 구했고, 어머니를 오래 살게 하는 것이 딸인 내게 얼마나 큰 사랑을 주신 것인지 알게 된 것이다.

아버지, 어머니가 장수하면 딸인 내가 장수할 수 있는 것이다. 또한 어머니의 인고의 세월이 어머니의 업을 더는 것은 물론이고 그 업을 덜어 낸 그 세월이 내게는 엄청난 보너스로 잘 살 수 있는 거름이 되기 때문이다.

그 사랑을 알았을 때 내가 할 수 있는 일이 무엇이겠는가. 그저 울 수 밖에 없었던 것이다. 아버지의 그 큰 사랑을 살아 계실 때 알아채지 못한 그 어리석음 때문에 참으로 많은 세월 울었었다.

아버지를 향한 어머니의 사랑, 정말 무서울 만큼 대단하셨다. 그 사랑이 어머니 당신의 목숨을 구할 수 있었던 것이다. 그처럼 어머니를 대하는 아버지의 겉으로 드러난 모습은 잔인하게 보이지만 그 속은 목숨을 구해 주는 우주를 덮을 것 같은 그 큰 자비심으로 가득하다.

이처럼 아버지의 큰 사랑을 받고 살아 온 나는 세상에서 가장 행복한 사람이다. 그래서 언제나 전 세계에서 내가 제일 행복한 사람이라는 말을 입버릇처럼 달고 살게 되었다. 힘든 일도 웃으면서 참아야 하고, 고통이 주어져도 그것은 행복한 고통인 것이다.

그래서 보너스가 더 늘어 난 것이다. 그것은 세상에 겁나는 것이 한 가지도 없다는 것이다. 날마다 씩씩할 수 있는 것이다.

한번은 이런 일도 있었다. 어머니의 칠순이셨든가 어쨌든 생신상 한번 제대로 받아 본적이 없는 것을 아는 나로서는 생신상 한번 제대로 차려 드려야겠다는 생각에 여러 사람 동원해 제법 큰 상이 될 정도로 음식을 준비한 적이 있었다.

그리고 자랑하듯이 아버지께 말씀 드렸더니 차려진 상을 보시고 막 혼을 내시는 것이었다. 처음에는 서운했지만 나중에 아버지께서 말씀해 주셔서 알게 되었다.

"복 없는 사람이 생일상 거창하게 받으면 아프고 명 짧아진다. 그러니 다음부터는 하지 마라."

타고 나기를 어머니도 명이 짧고 딸인 나도 명이 짧으니 어머니의 명을 길게 하여 그 덕을 보고 딸인 내가 이생에서 명을 이을 수 있도록 가르침을 주신 것이었다.

그 가르침을 거울삼아 업장을 소멸할 수 있도록 모든 생을 수행에 걸었고 또 명을 이을 수 있도록 언제나 물질을 베풀고 절대 모으려고 노력하지 않았다.

내 모든 깨달음에는 언제나 아버지가 계셨다.

어머니는 아버지께서 베풀어 주신 방편에 의해 목숨을 여러 번 구했고 이생에 업을 덜고 갈 수 있는 시간을 벌었다.

그래서 어머니는 이생에서는 최고로 불행하고, 비참하고, 초라하고, 서러워도 천상에서는 어느 정도 좋은 위치를 확보하고 행복하게 사시고 계실 것이다.

어머니를 그렇게 되도록 해 주신 아버지의 그 큰 자비심, 그 큰 자비심 뒤에는 언제나 딸인 내가 있었다. 그러기에 전 세계에서 아버지께 가장 큰 사랑을 받은 나이므로 언제나 행복하고 자랑스럽다.

어머니가 천상에 가셨을 때 처음 한동안은 고통을 받으셨을 것 같다.

이생에서 아버지의 따뜻한 사랑을 받지 못해 비참하다고 느껴 피해망상 환자처럼 아버지를 향해 독설을 퍼 부으며 아버지를 괴롭힌 적이 많아서 천상에 가셨을 때 그 벌로 고통을 받으셨겠지만, 이제는 그 어리석었던 행동을 깨달아 좋은 곳에 계실 것이다.

천상에 가서서 깨닫는 시간이 고통으로 주어졌을 때도 어머니는 아주 강하게 그 모든 것을 이겨 내셨을 것이다. 그러므로 이제는 아주 안락하게 쉬시고 계실 것이다.

아버지께서는 어떤 오해를 받으시든 전혀 개의치 않으시고 오로지 이생에서 어머니의 업장을 덜고 갈 수 있는 환경을 만들어 주셨다.

업장을 덜어 내는 방법이 어찌 꽃피는 봄 날 같은 것이겠는가. 당연히 고통이 따른다. 그것만이 업장을 덜 수 있는 유일한 방법인 것이다. 그러므로 어머니를 향한 아버지의 자비심, 즉 겉은 고통이지만 속은 자비로운 아버지의 그 행동이 있으셨기에 어머니는 이번 생을 낭비하지 않고 치열하게 사시면서 업장 소멸하고 가신 것이다.

이야기를 접으려니 생각나는 이야기가 한 가지 더 있어 적어야겠다.

어머니의 친정 쪽이 유성에서 꽤 큰 부자이셨다. 딸 일곱에 제일 아래로 아들 둘인 형제에 다섯째 딸로 태어나셨다.

큰 아들, 즉 큰 외삼촌은 6·25때에 전사하였고, 막내 외삼촌은 보약을 과하게 먹어 고열에 시달려 듣지도 말하지도 못하게 되었다. 그 막내 외삼촌이 명이 짧아 외가댁이 절손, 즉 손이 끊기는 것은 정해진 순서였다.

그런데 아버지께서 외가댁 재산을 사업한다고 가져다 다 잃어 버리셨다. 외가댁 재산이 다 날라 가고 아주 늦은 나이까지 장가 못가고 있는 늙은 총각에게 시집 올 여자는 단 한 명도 없었다. 먹을거리 걱정해야 할 가난한 집이며 게다가 듣지도 말하지도 못하고 배운 것 하나 없고 재주 없고 게다가 나이까지 많은 그 외삼촌이 어찌 상가갈 수 있을 것이라 생각할 수 있었겠는가.

그런데 그런 외삼촌에게 기적이 일어난 것이다. 곱고 착한 여자가 시집을 온 것이었다. 외삼촌이 명이 짧고 게다가 손이 끊기는 집안이라고 한 뭐 좀 볼 줄 알거나 잘 맞추는 사람들이 모두 그렇게 말한 집안에 떡두꺼비 같은 아주 잘 생긴 아들 셋을 내리 연달아 낳은 것이다.

명이 짧다는 외삼촌은 아직 살아 계시다. 재물이 있은들 손이 끊기는 집안에서 무슨 소용 있겠는가. 재물이 있은들 죽으면 무슨 소용이겠는가. 하여튼 재물을 다 없애고 손이 끊긴다는 그 집안의 대가 이어졌으니 그것이 기적이 아니겠는가.

세상에 큰 것을 얻으려면 큰 것을 놓아야 하는 것 아니겠는가. 그런 아버지의 자비심을 누가 알겠는가.

그 말 못하는 외삼촌이 가끔 찾아와서 아버지께서 가져다 날려버린 그 재물을 달라고 손짓 발짓 해 가면서 아버지를 원망하는 모습을 자주 보았다.

그 많은 이모들도 나서서 그냥 지나치겠는가.

그렇게들 할 때마다 아버지는 아무 말씀 없으셨고 그런 외삼촌의 행동을 당하면서도 고통 없이 다 받아 들이셨고 그런 아버지를 그 당시 나도 이해하지 못했었다.

철이 들고 수행을 하기 위해 준비작업 하는 마음을 가졌을 때여서인지 아버지가 보여 주셨던 화두가 하나하나 풀려 나가는 것을 깨달았다. 다른 사람을 살리는 자비심은 내가 큰 고통을 겪으면서 해 나가야 한다는 것을 깨달았다.

누구든 남을 위한 일이 자신이 고통을 겪어서 되어야 되는 일이라면 아무도 하지 않는다.

그런데 언제나 아버지께서는 남을 위한 일이 아버지께서 큰 고통을 겪어야 하는 일인데도 불구하고 한 번도 그런 일을 피하시거나 비켜서시는 것을 본 적이 없다.

그런 아버지의 가르침이 없었다면 참을성 없는 나는 수행을 하지도 못했을 것이며, 벌써 지쳐서 나가 떨어져서 해답을 찾지 못한 채 많은 세월을 허우적거리고 헤매었을 것이다.

자비심을 베푸는 것이 내가 고통스러워야 한다는 것을 느끼지도 못했고 행하지도 못했을 것이다.

어머니의 업장을 소멸하는 길에 친정 쪽까지 세심하게 챙겨 주신 것은 딸인 내가 받을 큰 보탬을 미리 도와주시기 위한 깃이라는 것을 안다.

아버지의 이러한 가르침을 통해서 얻은 것은 목숨을 걸고 수행하는 것이다. 그래서 오늘도 나는 한 순간도 놓치지 않고 가기 위해 눈을 똑바로 응시하고 정신을 칼끝처럼 세우고 정진하고 있다. 그것이 아버지께 받은 사랑을 보답하는 길이다.

동백 아가씨

헤일 수 없이 수많은 밤을
내 가슴 도려내는 아픔에 겨워
얼마나 울었든가 동백 아가씨
그리움에 지쳐서 울다 지쳐서
꽃잎은 빨갛게 멍이 들었소.

동백꽃잎에 새겨진 사연
말 못 할 그 사연을 가슴에 안고
오늘도 기다리는 동백 아가씨
가신님은 그 언제 그 어느 날에
외로운 동백꽃 찾아오려나.

위 글은 〈동백아가씨〉 가사이다.

국민 학교 시절이었던 것 같다. 가끔 아버지는 나를 불러 우리 딸 아버
지 위해 노래 좀 불러 주렴 하시면서 시킨 노래가 〈동백아가씨〉였다.

그 후 세끼 밥도 먹기 어려울 때 나는 철없이 아버지께 야외 전축을 사
딜라고 졸랐다. 60~70년대에 나오던 것으로 들고 다니며 건전지 넣어서

아버지께서 노래를 들으실 때 이런 표정을 지으신다. 운전하면서 듣는 음악 제1번에 장사익의 〈동백아가씨〉가 들어 있다. 그 다음 《전수경》신묘장구대다라니, 준제진언, 김수철의 《8만대장경》, 해인사의 〈산사의 새벽〉 등이다. 예전에는 당연히 이미자의 〈동백아가씨〉였는데 세월이 변해서인지 장사익의 〈동백아가씨〉가 더 들을 만하다.

레코드 올려놓고 듣는 미니 전축을 그때 살았던 분들은 기억할 것이다.

철없는 딸이 밥도 못 먹던 시절 조르던 것들을 웬만하면 사 주셨던 아버지를 생각하면 지금 내 자식들에게 내가 아버지께 받은 사랑 만분의 일도 돌려주지 못하고 있다.

그 야외 전축을 사 가지고 오던 날, "아버지 듣고 싶은 것 다 말씀해보세요. 사서 들려 드릴께요.(사실 아버지께 거의 존댓말 하지 않았는데 이곳에 존댓말 한 것처럼 글을 쓰니 조금 어색하고 쩔린다)" 하였더니, "그러면 이미자의 〈동백아가씨〉 들어 보고 싶구나."

"또 뭐 듣고 싶은데 아버지." 하니까 "이은관의 〈배뱅이굿〉 하고, 〈회심곡〉 들어 보면 좋겠구나." 하셔서 맨 먼저 그 레코드판들을 사 와서 아버지와 자주 듣던 기억을 잊을 수 없다. 노래방에 가도 제일 먼저 아버지 생각하고 〈동백아가씨〉를 부르고 자동차 안에서 듣는 음악도 〈동백아가씨〉부터 듣는데, 자주 듣는데도 언제나 똑같이 아버지를 그리며 울고는 한다.

그런데 신기하게도 왜 들을 때마다 가슴에 눈물이 고이지 않는 날이 없는지 내가 나중에 아버지를 그리워하며 울 것을 아시고 미리 아예 지정곡을 정해 주시고 가신 것 같다.

신묘장구대다라니, 불설소재길상다라니, 〈동백아가씨〉 언제나 들어도 아버지 생각하며 가슴에 눈물이 고인다.

이렇게 아버지를 그리며 눈물이 고이는 것 같지만 내 가슴에 고이는 눈물은 스승을 그리워하는 제자의 눈물이다.

아버지의 눈물

고등학교 3학년 때였다.

남들은 대학에 가려고 열심히 공부하는데 나는 무슨 일인지 고아원을 찾아 다녔다.

혼자 다니다 나중에는 같은 반 친구들에게 반협박식으로 용돈들을 추렴해 아이들 먹을 것을 사들고─어쨌든 지금 기억으로─열심히 다녔다.

고아원에 찾아가면 아이들은 온통 내 손가락 하나라도 먼저 잡으려고 난리치며 서로 싸우고 손가락 옷자락조차 잡지 못한 아이들은 마음 상해 하고는 했다.

그 모습이 안타까워 그 일을 그만두지 못하고 공부는 뒷전인 채 토요일 일요일은 살다시피 했던 것 같다.

아버지께서는 내가 어디를 가는지 말씀 드리지 않아도 다 아시고 계셨던 같다.

하루는 부르시더니 "너무나 복 없이 태어난 사람을 너의 마음 안타까워 도와주면 그 사람을 돕는 것이 아니고 해치는 것이다. 그 사람의 업을 힘 들어도 풀고 갈 수 있도록 해 주는 것이 돕는 길이다. 그것을 깨닫지 못하고 애처로운 마음만 앞서 도와주면 결국 그 복 없음이 도와주는 사람에게 까지 미치는 법이니 어리석은 짓은 하지 마라."고 하셨다.

어느 날 아는 지인이 카메라를 들고 와 "선생님 사진 찍어 드릴께요. 따님에게 책을 펴고 가르치시는 것처럼 해 보세요." 하니까 아버지께서 포즈를 취하신 것이다. 37년 전쯤인 것 같다. 그때는 카메라가 귀할 때였다.

　　사춘기 소녀의 행동을 걱정하신 아버지의 말씀을 흘려버리고 그 날도 고 아원을 찾아갔었다. 친구 두 명을 함께 가자고 설득해 데리고 갔다.

　　종로에 있는 학교를 다녔는데 그 고아원은 천호동 변두리 지역에 있었 다. 지금은 교통편이 너무나 좋아졌고 도로도 너무나 좋지만 그때는 천호 동 가는 버스를 타면 시골길을 달리는 버스처럼 창밖으로 보이는 풍경은 거의 논밭이었다. 35년이 훨씬 넘은 40년 가까이 되는 세월이니 그럴 수밖 에 더 있으랴.

　　천호동에서 내리기 위해 일어서 손잡이를 잡은 것까지만 기억난다. 교 통사고였다. 버스가 바퀴가 빠지면서 차가 뒤집혀 논바닥에 쳐 박혔단다. 그 사고로 나는 뇌를 크게 다쳐 필동에 있는 성심병원 응급실에 있었다. 희미하게 정신이 돌었는데 아버지의 벼락 치는 것 같은 음성이 병원 응급실을 쩌렁쩌렁 울리고 있었다.

"내 딸이 어떤 딸인데, 이 개만도 못한 의사 놈들이 내 딸을 개, 돼지 다루듯 다루며 함부로 하느냐!" 하시면서 고함을 치시는 목소리가 희미하게 들렸다.

그리고 조금 있다 눈을 뜨니 제일 먼저 아버지의 얼굴이 보였다.

아버지의 두 눈에서 눈물이 주르륵 흐르고 있었다. 조금 있다 복도에 계시던 엄마가 달려 와 우셨다.

나중에 어머니께 들었는데 내가 머리가 다쳐서 푸른 물을 계속 쏟아내고 머리도 밖으로 터지지 않고 안에서 터졌는데 그 부풀어 오른 크기가 간난 아기 머리만해서 양의학에서는 100% 죽은 것이고, 심장만 뛰고 있었기 때문에 의사의 판명은 사망이었다고 했다.

그러나 아버지께서 계속 지키셨고 3일 만에 정신을 차린 것이라 했다.

조금 있다 의사가 왔기에 "의사 선생님 서운해 하지 마세요. 자식 가진 아버지들은 다 그래요." 하니까 "아니 학생은 3일 만에 깨어나서 오히려 누구를 위로 하느냐" 하면서 이곳저곳을 진단하였다.

아버지께서 지켜보고 계시니까 의사가 나를 아주 조심조심 다루는 것이 역력히 보였다. 그 후로 퇴원할 때까지 아버지 무서워 의사와 간호사들은 내게 정말 친절하게 잘 해 주었다.

그때 아버지께서는 60대 이셨는데 꼭 40대 같아 보이셨고 멀리서 뵈도 빛이 날 정도로 서 계시는 그 주위가 훤했기 때문에 지나가는 사람들은 꼭 한 번 더 쳐다보고 갔고 아버지 앞에서 떨지 않는 사람이 없고 어떤 사람들은 밥숟가락을 떠느라고 밥도 제대로 못 먹는 사람도 많이 보았다. 그러니 의사들이 떠는 것은 당연했다.

응급실을 거쳐 중환자실을 거쳐 입원실로 옮겼다. 6-7인용 입원실이었다. 입원실로 옮긴 것을 알고 오신 아버지께서는 "아니 우리 딸을 이런 돼지우리 같은 곳에 갔다 입원을 시키다니" 하시며 화를 내시고 나가셨다.

그 입원실에 있던 사람들이 기분 나빠 하는 것이었다.

자기들은 그럼 돼지들이냐고 하기에 미안하다며 사과를 하고 있는데, 조금 있다 갑자기 간호사들이 입원실이 바뀌었다고 하며 다시 어디로 데려 갔다. 2인실이었다. 들어가서 조금 있으니 버스 회사 사장이 들어 와서 내 손을 잡고 "학생 나 좀 살려 줘 학생 아버지께서 학생을 특실에 입원 시키지 않으면 버스 회사를 문 닫게 한다는 거야. 그러니 학생이 아버지께 말씀 드려 제발 우리 좀 살려 주게나" 하는 것이었다.

"아저씨 알았으니 아버지 오시기 전에 얼른 돌아가세요. 내가 그렇게 할게요." 하고 그 사장을 돌려보냈다.

조금 있으니 병실 바뀐 곳으로 아버지께서 들어오시더니 "아니 특실에 입원 시키랬더니 이 사람들이 정말 말을 듣지를 않는구나." 하였다.

"아버지 그 사람들이 특실에 입원 시켜 준다 했는데 내가 심심해서 싫다고 했어요. 2인실은 옆 침대 입원 한 사람하고 이야기도 할 수 있고 해서 훨씬 좋아요. 아버지 나 여기 있을래요."

"그래 우리 딸이 그러고 싶으면 할 수 없지."

아버지 풍채가 너무나 빛나니까 그런 협박이 진짜 그러실 거라 그 버스 회사 사장은 믿었던 모양이다.

아버지는 퇴원할 때까지 날마다 오셨다.

하루는 "우리 딸 뭐 먹고 싶은 것 있느냐" 하셨다.

"아버지 나는 초콜릿 좋아 하는데."

"그래 알았다." 하시더니 나가시었다.

조금 있다가 아버지께서 큰 박스 하나를 들고 들어오시는 것이었다.

내려서 열어 보여 주시는데 가나 초콜릿이 큰 박스에 하나 가득 들어 있는 것이었다.

"아버지 이렇게 많은 초콜릿을 언제 다 먹어요."

"좋아 하니까 두고두고 계속 먹어라." 하시는 것이었다.

그 많은 초콜릿을 의사, 간호사, 옆에 입원한 사람, 그 입원 환자 문병 온 사람들, 날마다 몇 명씩 출근 하는 학교 친구들. 여하튼 정말 실컷 먹었던 기억이 난다.

아버지 아시는 분들은 다 다녀가셨다.

그래서 먹을 것이 많아 각 병실 돌며 나누어 주기 바빴다.

하루는 무슨 예쁜 케이스에 담긴 것을 사 가지고 오셔서 주셨는데 금장으로 된 아주 예쁜 시계였다.

"우리 딸 기분 좋아 빨리 나으라고 샀지."

그리고 집으로 돌아왔는데 아버지께서 엄마에게 솔잎 땀을 내 주어야 하니까 벽까지 뜨거울 정도로 방을 덥게 만들라고 하셨다.

아버지가 준비해 온 두꺼운 솔잎 위에 명주 천을 깔고 이불을 푹 덮고 그런 다음 소주에 탄 웅담을 주시면서 "이건 진짜 웅담을 구한 것이니까 마시고 푹 솔잎 땀을 내야 한다." 하셨다.

그렇게 진짜 웅담을 먹고 솔잎 땀을 내서 지금까지 살고 있다. 그때 아버지께서 엄마 보고 잘 지키고 있으면서 지치지 않게 해 주고 절대로 바람이 들어가지 않도록 이불 차내지 않도록 해야 한다고 하셨다.

그런데 내가 방정맞게 엄마가 잠깐 화장실 가신 틈을 타 발을 살짝 내놓았는데 그 후유증으로 아직도 가끔 그 다친 머리가 아플 때가 있고 그쪽으로 베개를 잘 못 밴다.

병원에서 깨어나고도 한 참 뒤에 들은 말이 그 버스에서 나만 가장 많이 다쳤고 모든 사람은 찰과상 정도였다고 한다. 그것도 머리를 크게 다쳤는데 머릿속이 터져 터진 쪽 머리 부분이 사람 얼굴만한 크기까지 부풀어 올랐고, 혼수에서 깨어나지 않고 푸른색 물만 입으로 계속 쏟아냈는데 거의 다 죽는 것이라고 했다.

그런데 나는 기적처럼 깨어났다고 사람들이 그 병원에서 다 신기해했었다.

아버지께서 지키고 계시며 살려 주신 것이라는 것을 너무나 세월 많이 흐른 뒤에 알았으니 참으로 어리석었다. 사고 후에는 어려운 사람을 돕겠다고 일부러 찾아다니는 짓은 하지 않았다.

나는 가끔 초콜릿을 사 먹는다. 오늘은 아버지가 사 주셨던 그 가나 초콜릿을 먹다가 문득 아버지 생각이 어느 때 보다 더 간절해 적어 보았다.

아버지의 장난

자식들 중에 그래도 무뚝뚝한 딸이지만 아들들보다 덜 딱딱해서 그러셨는지 유난히 내게 장난을 잘 치셨다.

밥 먹으며 잠깐 텔레비전 보느라 얼굴을 돌리면 어느새 내 밥그릇 위에 밥이 보이지 않을 정도로 온갖 반찬을 수북하게 올려놓으신 것이었다.

내가 "아버지!" 하고 소리 지르면 천진한 표정으로 좋아서 막 웃으셨다.

아침에 일어 나 마루로 나와 신을 신으려 하면 여름이든 겨울이든 언제나 신발 안에 물을 넣어 놓으셨다. 모르고 벌컥 신으면 그 차가움이란.

그렇게 해 놓으시고 번번히 잊어버리고 신을 벌컥 신는 딸이 재미있으신지 좋아라 하며 웃으셨다.

마루에 서 있으면 어느새 등 뒤에 몰래 오셔서 확 밀치신다. 그러면 마당으로 뚝 떨어지며 몇 발자국을 더 뛰다가 멈추게 된다. 그런 모습을 보고 너무나 좋아 하셨다.

세수 대야에 세수 하시도록 물을 떠 드리면 잠깐 한 눈 팔게 하시고 물을 홀랑 버리신다. 그러고서 세수 물 안 주었다고 막 우기시며 재미있어 하셨다.

술을 거나하게 드신 날은 절대 빠지지 않고 부르신다. 별의별 말로 장난을 거시면서 반응하는 딸이 재미있으신지 웃으셨다. 그러시면서 "아버

지 돈 한 푼도 없다. 뒤져 봐라." 하시며 조끼 주머니, 저고리 주머니, 마고
자 속주머니에 골고루 만 원짜리를 500원 동전 크기로 접어서 감추어 두
시고 아버지 옷을 다 뒤지며 돈을 찾아내는 내 모습이 재미있으신지 술만
드시면 빼놓지 않고 하는 행사였다.

내가 뒤져서 다 가져가면 한 개만 달라고 사정하시고, 만약에 안 드리
면 아버지는 주머니를 홀랑 뒤집으시며 없다고 시위하시곤 하여 그렇게
웃음꽃이 피었었다.

제사 때나 명절 때 꼭 음복주를 제일 먼저 잔에 따라 주시며 먹으라고
하셨다. 마시고 나면 또 따라 주시고 하셨다.

"아버지, 나 술 많이 못 먹어요." 하면 "에이, 우리 딸 무슨 말씀이여. 밖
에서는 배갈도 먹고 다니면서. 내가 다 알아. 얼른 먹어." 하시며 연거푸
석 잔을 따라 주신다.

그러면 내가 아버지께 계속 따라 드려 거나하게 취하실 때까지 드시게
하였다.

그리고 제사 음식을 좋아하는 것이 비슷해 조기를 놓고 젓가락으로 찜
하고 "아무도 건드리지 마." 하면 아버지도 젓가락으로 찍으시고 "내거여
건드리지 마." 하시고 장난하신다. 그러면 조기 접시를 내 앞으로 가져 와
아버지 못 가져가시게 하면서 장난을 하면 재미있어 하셨다.

그 다음에 고사리, 숙주나물, 취나물 나물 가지고도 똑같이 했다.

우주를 다 아시는 아버지.

장난을 하실 때는 천진한 아이 같은 아버지.

이 엄청난 복을 가지고 태어난 나는 세상에서 욕심낼 것이 무엇이겠는
가.

그저 행복일 뿐이다.

노란 하늘 1

하늘이 노란색으로 보인다. 굶어서 쓰러져 본 사람이 쓰러지기 직전에 본 하늘색깔이다. 그 다음은 아무 생각도 안 난다.

옥수수죽 한 대접을 배급 받아와 가마솥에 물을 한말 붓고 배추 시래기를 주어와 소금만 넣고 끓인다. 이것을 계속 먹으면 굶어 죽어도 먹기 싫을 때가 있다. 그렇게 며칠 굶고 골목길을 걷는데 옆집에서 밥하는 냄새가 흘러나오면 쓰러지게 된다.

5~6살 때 이야기이니 50년 전 일이다.

옆집 울타리 사이로 평상에 앉아 상추쌈에다 밥 얹어 먹는 것을 보면 배가 고파 땅이 울렁울렁 올라와 보이는데도 쳐다보거나 기웃거리지 않고 골목길에 숨어 동네 사람들 저녁 다 먹고 어둠이 내려앉아 집들마다 불들이 꺼지면 그제야 집에 들어와 자곤 했다.

어른이 되었을 때 "봉황은 배고파도 서속밭에 내려앉지 않는다(鳳不啄粟)."고 하신 말씀을 아버지께 들었다.

지금 생각해보면 어릴 때부터 그 말씀을 실천하지 않았나 싶다. 좀 더 형편이 나아졌을 때도 쌀 한 톨 넣지 않은 보리만 삶아서 고추장하고 하루 세끼 주면 보리밥이 가시가 되어 목을 찔렀다.

가난!

산소처럼 우리 곁에 존재했고 속옷처럼 살가죽에 달아 붙어 있던 그 가난을 숨쉬는 공기처럼 달고 살았다. 우리 식구들은 그 가난을 어른이 돼서도 떠나보내지 못하고 끼고 살았다.

인산 선생님!

내 아버지시다. 우리들은 그 아버지 밑에서 살았다. 춥고 배고파서 하늘색이 노란 우리들이 어찌 아버지가 누구신지 알 수 있겠는가. 그냥 웅크리고 살아 냈을 뿐이다.

이제 내 나이 60을 향해서 정신없이 달린다.

어릴 적 하늘색이 노란색으로 알고 산 날이 많은 내가 그렇게 굶도록 한 아버지를 나는 목숨 걸고 사랑하고 아버지의 뜻을 따르고 행하기 위해 목숨을 걸었다.

내 아버지가 누구인가를 알게 된 두려움 때문만은 아니다. 모든 불경과 성경과 위대한 철학이 아버지께서 살아가신 세월에 다 들어 있기 때문이다. 그래서 나는 아버지께 목숨을 건 것이다.

세상 어느 아버지가 굶는 자식 바라보며 아픔으로 심장이 녹지 않겠는가. 굶는 자식 보시면서 심장이 다 녹아 내리셨을 그 아버지께서 왜 그렇게 하실 수밖에 없으셨는가를 나는 안다.

인류를 걱정하시러 오신 분, 국민을 걱정하시러 오신 분, 그래서 온 국민이 좋은 것을 누리도록 하기 위해 때를 기다리시며 굴하지 않으시고 타협하지 않으시며 살아오신 그 세월 속에 자식들 굶는 모습을 보시고 심장이 녹아내리는 아픔도 포함되어 있는 것이다.

그래서 지금 헤아릴 수 없이 많은 사람들이 그 혜택을 누리며 사는 것이다. 아버지께서 《신약》 책에 밝혀 놓으신 그 엄청난 보물들을 지금 얼마나 수를 헤아릴 수 없는 사람들이 나누며 느끼며 살고 있는가. 그 많은 사람들을 좋게 하시기 위해 심장을 다 녹이시면서 살아가신 아버지의 큰 사랑을 나는 안다.

그때 배부른 밥보다 지금 누리는 영혼의 배부름이 얼마나 좋은 것인지, 그 큰 사랑이 어떤 것인지 나는 안다. 영혼의 배부름, 앞으로 10,000년 동안 그 배부름을 누리며 살 것 같다.

노란 하늘 2

내게는 27살, 22살 아들 둘과 17살 된 딸이 있다.

내가 아버지께 받은 육신의 배부름보다 영혼의 배부름을 물려주기 위해 모자란 정신으로 지혜를 모으기 위해 애쓴다. 막힐 때마다 아버지께서 주신 사랑을 떠올리며 화두를 풀어낸다.

나는 두 아들을 대학에 보내지 않았다. 이곳 산속으로 데리고 들어 온지 십 수 년이 훌쩍 넘었다. 그렇게 산속에서 아이들을 데리고 살면서 지금은 두 아들은 죽염을 굽고 있는 일을 5년째 하고 있다.

그런 두 아들이 날마다 웃으면서 죽염 굽는 일을 할 수 있겠는가.

거침없이 불만을 털어 놓을 때도 있다.

외할아버지가 훌륭하시다 정도밖에 모르는 아이들이 젊은 나이에 산속에 쳐 박혀 날마다 밤낮으로 쉬지 않고 죽염 굽는 일을 하니 왜 불만이 없겠는가.

그럴 때마다 되풀이해서 자식들에게 하는 말이 있다.

"너희들은 전 세계에서 가장 복 많은 사람이다. 인산 선생님이 너희들 외할아버지이시기 때문이다. 물론 복을 누리고 살다가 갈 수도 있고, 복을 다 누려 탕진하고 갈 수도 있다. 그러나 복을 더 쌓으면 좋고, 덕은 더 쌓으면 감당할 수 없는 재산으로 불어난다.

이 세상에서 행복하게 사는 것을 알려 주는 사랑보다 너희들 영혼을 사랑하기에 복과 덕을 쌓는 법으로 너희들을 살게 할 것이다. 그것은 외할아버지가 남기신 것을 한 가지라도 행하는 삶을 산다면 너희들은 더 큰 부자인 것이다.

그러므로 다른 젊은 사람들이 사는 방법이나 세상 사람들이 말하는 방법으로 사는 것에 박수칠 수 없다. 너희들은 인산 선생님 후손이라는 숙명을 안고 온 사람들이다. 그 후손답게 살아야 한다. 복 많은 너희들이니 그 복을 세상 사람을 위해 나누어 주어야 한다.

또한 육신이 고달프고 가난하고 외로워도 인산 선생님 후손답게 살아야 한다. 너희들이 그렇게 힘들고 고달프게 만든 죽염을 세상 사람들에게 싼 가격으로 팔아 없는 사람들도 죽염을 먹고 환자들은 모든 음식에 넣어서 먹을 수 있도록 하는 일을 제일 먼저 실천해라. 그 실천이 끝나면 더 좋은 실천으로 갈 수 있기 때문이다. 아무리 힘들고 고달퍼도 무조건 행해라. 그것이 많은 복을 받아 온 너희들이 그 복을 혼자 끌어안고 누리려고 하는 욕심을 비울 수 있는 가장 기본을 행하는 것이다.

외할아버지께서 우리 자식들에게만 좋은 것을 주시려고 하지 않으시고 전 세계인과 대한민국 국민을 위해서 좋은 것을 주시려고 하셨던 그분의 후손답게 작게나마 그렇게 실천하고 살아야 한다. 그것이 외할아버지이신 인산 선생님의 후손으로 태어난 영광을, 그 은혜를 조금이라도 갚는 길이다."

자식들에게 끊임없이 하는 말이다.

하늘색이 노란색으로 기억되는 날이 더 많은 내가 아버지께 받은 영혼의 배부름을 나도 자식들에게 물려주기 위해 오늘도 세상과 타협하지 않고 씩씩하게 살고 있다.

진주시장

가난한 삶은 우리들의 친구였다. 아니 가족이었다.

우리 식구들은 가족인 가난이 우리들을 불편하게 해도 힘들어 하지 않고 잘 살았다.

30년 전 함양에 살던 때이다. 하루는 아버지께서 진주시장에 가자고 부르셨다.

지금은 함양이 발달되어 웬만한 것은 다 있고, 또한 인터넷 쇼핑몰이 있기 때문에 다 살 수 있는 시대이지만 그때만 해도 진주시장에나 나가야 겨우 조금 좋은 물건을 살 수 있었다.

교통편도 매우 불편해서 버스를 타고 1시간도 넘는 거리인 진주에 나가 본 적이 없었다.

그런데 갑자기 진주에 가자고 하신 것이다.

아버지께 "진주에는 왜요?" 하니까 "우리 딸 결혼할 때 가져 갈 물건 사 주려고 그러지." 하셨다.

나는 차멀미를 지독히 심하게 하는 편이다.(큰 아이를 낳고 중완에 많은 뜸을 뜨고 그 지독한 차멀미에서 벗어났다) 진주까지 가면서 몇 번이나 차를 바꾸어 탔다. 버스를 타고 가다 차멀미 하면 차에서 내려 쉬었다가 타고 가다가 또 차멀미 하면 내려서 길가에 앉아 있는 딸 옆에 서 계시

동생 결혼식 날 동생 처에게 줄 선물을 준비하며 살펴보고 계시다.

다가 다시 또 버스 오면 타고 해서 진주에 도착해 시장에 가서 전기밥솥, 찻잔 세트, 전기 후라이팬 등 지금 생각해 보면 그 많은 것을 사가지고 아버지와 들고 왔다.

가난한 시절 어디서 돈이 조금 생길 때마다 그렇게 물건들을 사서 모았고 냉장고 등 전자제품도 돈 생길 때마다 사 주셨다. 그러면서 시집가라고 말씀하신 적은 한 번도 없었다.

이 글을 써 내려가며 계속 눈물이 고인다.

진주시장까지 버스를 타고 가시어 시집 갈 물건이라고 사 주신 그때의 아버지 모습을 그 당시에는 당연한 것이라 여겼는데 수행을 하며 아버지가 어떤 분이라는 것을 알고 아버지의 그 어마 어마한 사랑을 받은 것을 뼈에 저리도록 느끼는 날은 더욱 더 수행에 전념할 것이라 생각하시어 행동하신 것이다. 그런 것이다.

자식의 삼생을 다 보시고 어리석은 딸이 어리석음의 대가를 엄청나게 치러 낼 것이라는 것을 아시기 때문에 아버지께서 사랑하신다는 표현을 하시기 위해서 그렇게 해 주신 것 같았다.

언젠가 그 사랑을 제대로 깨달은 날 바른 수행을 하기 위해 눈을 뒤집고 잘 해내려고 노력 할 것이라는 것을 아시기 때문에 또한 받은 사랑만큼 세상을 위해 사람을 위해 큰 일을 또한 꼭 좋은 일을 해야만 한다고 느끼라고 보여 주신 행동. 지금도 가끔 진주를 떠올리거나 진주에 나갈 일이 있으면 진주시장을 다니시며 물건들을 손수 사 주신 그 모습을 생각하면 그 사랑에 가슴 밑바닥부터 엄청난 양의 눈물이 솟아난다.

그러면서 바른 수행을 위해 목숨을 걸고 행하기 위해 어마어마한 유산으로 꺼내 쓰고 있다.

또한 꼭 세상과 사람들을 위해 큰일을 해 내야 한다고 날마다 스스로 채찍질을 하며 살고 있다. 받은 사랑을 떠올리며…….

라면집

27년 전 어렴풋이 바르게 살아야 한다는 생각만 가지고 있었던 시절의 이야기이다.

이곳 함양이라는 곳에 느닷없이 내려오신 아버지를 따라 내려 왔다가 다시 도시로 나갔다가 29살에 다시 아버지 계신 이곳에 내려왔던 시절의 이야기이다.

지금은 이곳이 도시화 물결 속 흐름에 맞게 되어 있지만 그때만 해도 아주 산간오지 전형적인 시골 읍내였다.

서울에서 학교를 다닌 나로서는—내 학창시절만 하더라도 라면·떡볶이 집에 뮤직 박스가 있고 DJ가 있어서 듣고 싶은 음악을 신청해 들으며 라면을 먹던 시절을 보냈기에—그런 내 학창시절보다 10년이 훨씬 넘었는데도 시골의 라면집은 너무도 초라하고 삭막했다.

그래서 생각해 낸 것이 카페식 라면집이었다.

뮤직 박스와 음반을 500~600장 정도를 준비하고, 실내 인테리어를 나와 목수 일을 도와 줄 한 사람만 데리고 2달 가량 전부 다 해내고 나니 보는 사람마다 멋지다고 해주었다.

시골 돈 300원은 도시 돈 30,000원이기에 그 300원을 받고 라면을 팔아야 한다는 생각에 정말 정성껏 멋있게 라면집을 가꾸어 친구와 둘이서 시

라면집을 하던 곳에서 찍은 사진이다.

작했다.

그런데 학생들이 좋아라! 하고 몰려 올 것이라 생각했는데 학생들이 오지 않는 것이었다.

그리고 나서 온 아이들이 소위 말해 불량 학생들이었다.

그것도 가장 학교에서 말썽 피우는 남녀 학생 몇 명만 오는 것이었다.

나중에 학생들 입을 통해 들은 말은 학생들이 우리 집에 겁이 나서 못 온다는 것이었다.

라면집 치고 너무 잘 해놓은 것이 문제였다.

그렇게 차려 놓은 라면집에 말썽 피우는 학생들이 오다 보니 학교 교무 회의에서 불량 학생만 오는 우리 집에 학생들 출입 금지를 시키고 만약 가는 학생이 있으면 정학을 시킨다고 했다는 것이었다.

그런 열댓 명 학생들이 오는 라면집이다 보니 학교에서 문제만 일어나면 선생님과 형사들이 찾아왔고, 자연히 그러다 보니 나는 그 학생들을 바르게 이끌어 주어야겠다는 생각이 더욱더 마음을 굳히게 되는 결과가 된 것이다.

가게 운영은 뒷전이고 겨우 몇 푼 버는 것까지 아이들 사고 위로비로 쓰다 보니 돈을 계속 가져다 쓰는 결과가 된 것이다. 지금도 나는 아버지의 그 큰 사랑이 아니면 수행의 길에 들어서지 못했을 것이라는 생각을 해본다.

내용을 다 아시면서도 어려운 가정 형편의 돈을 가져다 쓰는 데도 아버지는 별 말씀이 없었다. 조금 생긴 돈은 그곳에 인연 닿아 오는 아이들 위해 쓰고, 언제나 아버지께 재료비 달라고 날마다 그랬는데도 아버지께서는 한 번도 뭐라고 하지 않으셨다.

가끔 느닷없이 라면집 문을 열고 들어오시면 그곳에 누구든 앉아 있었던 사람들이 있다면 깜짝 놀라 다들 벌떡 일어선다.

문을 열고 들어오시는 아버지의 풍채가 너무 좋아 놀래는 것이다. 언제나 똑같은 말씀이시다. 그냥 지나가다 딸 보려고 왔다고 하신다.

말썽 피우는 학생들은 바르게 잘 학교생활을 했고, 부모님들이 찾아와서 고맙다고 인사를 했다. 그렇게 말썽 피우는 학생들이 생기면 부모님들이 찾아와 부탁을 하게 되기까지 되었다.

그렇게 1년을 버티다 결국은 그만 두었다. 그 돈을 갚느라 나중까지 무지 힘들었는데, 그때 돈으로 700만원이 넘는 돈을 그냥 놓아 버리는 일이었다. 어렵게 진주시장에서 사주신 온갖 가전 제품과 그릇을 그 라면집에 다 썼고 가게를 넘길 때 한 개도 가져 나오지 않고 빈 몸으로 나왔다.

그러나 그때 놓아 버린 그 돈은 여러 학생들의 바른 정신을 이끌어 주는 건강한 밑천이 되었고, 지금도 40대 초반의 중년 고개를 넘는 그때의 그 학생들이 나를 보면 그때의 내 도움으로 바른 삶을 살고 있는 것에 대해 감사의 말을 해주고 나를 만나면 감격하는 모습에 사람의 정신을 돕는 재료가 되는 것에 대해 지금도 참 잘 한 것이라 생각한다.

아버지께서 도와주지 않으셨다면 어찌 그때 다른 사람들 마음 챙기는 일을 할 수 있었겠는가. 내가 조금이라도 맑은 마음을 낸 일이 있다면 그것은 아버지께서 쏘아 주신 태양 같은 빛이 있기 때문이다.

어리석은 웨딩 드레스

1984년 가을 나는 한 통의 편지를 받았다.

서울서 살고 있던 우리들은 어느 날 하루 집을 비우시고 어디를 다녀오신 아버지께서 모레 이사를 가야겠구나 하신 그 말씀에 우리 가족들은 놀랄 것도 없었다.

이삿짐도 많지 않고 연중행사처럼 일어나는 일이기에 또 이사 가는 가보다 할 뿐이었다.

가까운 서울 근교도 아니고 경상남도 함양땅이라는 곳이었다.

이미 70년대 초에도 몇 번 겪었던 일이기에 다시 그곳으로 가는 가보다 했을 뿐이었다.

그런 아버지를 따라 함양땅에 와 있었던 나는 이곳에 중고등학생들이 갈만한 곳이 없다는 안타까움에 라면·햄버거 집을 하고 있던 때였다.

그런 중 1984년 가을에 받은 한 통의 편지가 내 그 긴 세월 헤매이는 어리석음의 첫 출발이었다.

그때 나는 29살이었고 보여 줄만한 것이 아무것도 없는 상태에서도 늘 당당하여 결혼이 늦었다는 생각을 하지 않았고 결혼할 생각도 없었으며, 나를 아는 모든 사람들은 아마 나는 결혼을 하지 않고 평생 혼자 살 수 있는 여자라고 말하고는 했었다.

이곳은 고단하셨던 육신을 놓고 가신 바로 그곳이다.

드세게 보였던지 지나치게 개성이 강하게 느껴졌었던지 어쨌든 많은 사람들이 무슨 법으로 정해진 것처럼 그렇게들 믿고 있었다.

아버지께서는 가끔 지나가는 말씀으로 "우리 딸은 결혼하지 않으면 좋을 텐데." 하셨다.

나는 딱히 결혼하고 싶은 생각이 없었지만, 심술 굳게 "결혼 안 하면 아버지가 나 늙어 죽을 때까지 데리고 살아줄 거야." 하면 아버지께서는 껄껄 웃으시면서 "우리 딸이 결혼하지 않는다면 늙어 죽을 때까지 같이 살아 줄 수 있지." 하시는 것이었다.

가끔 용기 있는 사람들이 아버지께 말씀 드리는 것을 들을 때가 있었다.

사람들은 "선생님, 따님이 시집 갈 나이가 되었는데 안 보내세요." 하고 말씀 드리면, 아버지께서는 미소 지으시며 "전 세계에서 내 딸 주고 싶은 마음에 드는 놈이 없어." 하시는 것이었다.

그러면 사람들은 아버지가 너무 어렵고 무서워 감히 대답을 못하지만 그들이 하고 싶은 말들이 내 귓가에 들리는 것 같았다.

'저렇게 못 생기고 세상에 내 세울 것도 없는 딸을 전 세계에서 마음에 드는 사람이 없다니 참 선생님도 이상한 분이시네.'

그런 사람들의 마음속을 아시는 아버지께서는 한마디 더 덧붙이셨다.

"내 딸은 앉은 자리에서 남자 50명을 그 기(氣)로 능가하고 누를 수 있어. 내 딸은 무지하게 똑똑하거든."

그러면 사람들은 더 이상 아무 말도 못하였다.

아버지께서 더 이상 말씀이 없으시면 그들이 아무 생각도 못한다는 것을 느낄 수가 있었다.

그 편지 내용은 이렇다.

대학 1학년 때 만난 남자 친구가 있었다. 그때가 10년째 되는 해인 것 같다. 그 친구는 나를 남자 친구로 보았고, 나는 그 친구를 여자 친구로 보았다. 좋은 일, 어려운 일, 고통스러운 일 등 어쨌든 내게 의지를 많이 했던 친구였다.

그렇게 지내다가 느닷없이 아버지를 따라 함양에 이사와 소식이 끊겼고, 나는 자연스레 그 친구를 잊고 있었다.

그런 그 친구가 편지 내용에 아주 간절히 나를 만나고 싶다고 했다. 우리 집 주소를 알아내느라 무지하게 고생한 내용도 실려 있었다. 나를 간절히 만나고 싶어하는 것도 궁금하고 성의도 고마워 어쨌든 그 친구를 만나보기로 했다.

그 친구는 집이 청주인데 만나고 싶어하는 장소는 옥천이어서 그것도 궁금했다. 그 친구를 만나 보니 옥천 변두리 조그마한 월세 방에서 살며 어느 회사의 노동자로 일하고 있었다. 처음에는 사업을 했는데 조금 되는 듯하자 사돈의 팔촌 돈까지 다 걷어다 사업을 늘렸는데 그것이 망한 것이었다.

그 친구 부모님은 졸지에 거리에 나 앉게 되었고, 누가 남의 논가에 허름한 초막이라도 짓고 살라 해서 그리하고 있다고 하였다.

그 실패의 여파는 끊길 줄 모르고 고통으로 그 친구를 괴롭히고 있는 중이라고 했다. 그 친구는 그럴 때 내가 제일 먼저 생각났고, 그래서 나를 만나고 싶어했다는 것이었다.

그 친구를 바라보니 그대로 내버려 두면 곧 죽을 것 같았다. 나는 그 친구를 구해 주고 싶었다. 그렇게 며칠 그 친구를 위로 해 주고 있으면서 내가 그 친구를 구할 길은 그 친구와 결혼을 하는 것이라는 생각을 했다.

그 친구에게 그렇게 말하고 집에 가서 날 받아 올 테니 기다려라 하고 돌아 왔다.

아버지께 "아버지, 나 결혼해야겠어요."라고 말씀드렸더니 그런 나를 바라보고 하신 말씀은 "지금은 때가 아닌데 아주 한참 후에 인연이 있는데, 안 하면 더 좋을 것 같은데." 하셨다.

어리석은 딸이 아버지의 말을 잘못 알아들으니 그렇게 말씀하신 것 같다.

"그래도 아버지 해야 되."

"그럼 하려무나. 그런데 여우 꼬리 묻어 황모 안 되는데."

그때 아버지께서 던져 주신 화두를 풀었다면 어찌 그 긴 세월을 헤매였겠는가.

1985년 봄 나는 많은 사람들이 내 결혼을 믿으려 하지 않는 가운데 그렇게 결혼을 했다.

나중에 사람들에게 들은 말 중에 내가 결혼한다고 하니 장난인 줄 알고 오지 않은 사람도 많았었다고 했다.

어리석은 웨딩드레스를 입는 날 아버지 눈에 눈물이 맺히게 해드리면서 아버지 손을 잡고 걸어 간 그 길이 얼마나 어리석은 길이었는지 알게 된 것은 나중이었다.

아버지께서 주신 돈, 그것도 책 팔고 죽염 판 돈으로 명품이 아니면 안 되는 사람의 고급병을 10년 동안 뒷바라지 하던 중 아버지께서 돌아가신 것이다.

아버지께서 돌아가시고 난 후 《신약본초》를 하루 만에 다 읽고 산 속으로 들어가자는 말을 하니, 더 큰 좋은 집으로 이사 가려는데 무슨 소리냐 하는 바람에 집 팔아 주고 헤어졌다. 그리고 아들을 데리고 산 속으로 들어와 지금까지 살고 있다. 물론 엄청난 고생은 보너스였다. 그런 내 어리석음의 출발은 눈물이었다.

아버지는 산 속, 자연 속에 계실 때 가장 행복해 하셨다.

아버지를 행복하게 해 드리지 못한 나는 뼈를 깎으며 수행하고 있다. 너무 늦었지만 그것만이 아버지를 행복하게 해 드리는 일이라 생각한다. 영혼을 가꾸는 딸을 보시며 행복해 하실 것이기 때문이다.

외손자 정훈이

큰아들 정훈이가 3살 때의 일이다. 아이가 갑자기 혼수상태에 빠져 급한 김에 제일 큰 소아과로 달려갔다. 의사가 진찰을 해보더니 소견서를 써주며 빨리 대학병원으로 가라고 하는 것이었다. 그래서 대충이라도 이야기를 해 달라고 했더니, 정밀검사를 받아야 한다고 하기에 무슨 정밀 검사를 받아야 하느냐고 되물으니까 CT 촬영인지 MRI 촬영인지를 받고 척추에서 골수를 뽑아 정밀검사를 받아야 한다는 것이었다.

정말 세상이 노랬다. 무슨 검사한다고 척추에서 골수를 뽑으면 안 된다는 말을 아버지께 들은 기억이 나 소견서를 들고 병원으로 가지 않고 바로 집으로 돌아 왔다. 그리고 곧바로 아버지께 전화를 드렸다.

내가 빨리 갈 테니 꼼짝 말고 기다려라 하셨다.

지금은 대전-진주 간 고속도로가 뚫려 있어 대전-함양 간 1시간 20분이면 되지만, 그때만 해도 3시간이 넘는 거리였다.

그런데 아버지께서 날라 오신 것인지 정말 엄청나게 빨리 도착하셨다.

아버지께서 들어오실 때 보니 손에 침통을 들고 계셨다. 그 손이 가늘게 떨리는 것을 보았다. 곧바로 머리에서 발끝까지 혈 자리 따라 여러 곳에 침을 꽂으셨다. 조금 있으니 아이가 깨어났다.

그때는 막내 동생이 아버지를 모시고 다닐 때였다. 빨리 온 것이 궁금

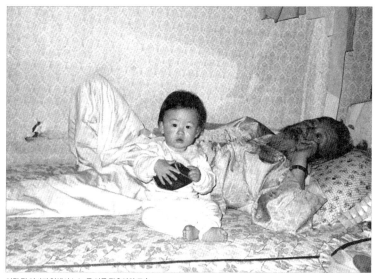
어릴 적 아버지 옆에서 노는 큰 아들 정훈이의 모습.

하지 않느냐면서 아버지께서 노란색 중앙선을 타고 비상등을 켠 채 달려
라 하셨기 때문에 빨리 올 수 있었다고 말했다.

아버지께서 말씀하시기를 "병원에 아이를 데려가 허리에서 골수를 빼
지 않아서 다행이다. 우리 딸이 그럴 때는 똑똑하고 현명하네." 하셨다.

그렇게 아버지께서는 우리 큰 놈을 살려 주셨다. 그리고 또 한 번 그런
경우가 있었다.

그때도 큰놈이 4살 때쯤이었던 것 같다. 함양 집에 며칠 있었을 때인데
아이가 또 혼수상태에 빠졌다. 아버지께서 보시더니 조그만 가방을 가지
고 방으로 들어오셨다. 아버지께서 편찮으실 때 드시고 일어나시라고 진
짜 웅담과 사향을 누가 선물한 것을 가지고 계셨다.

정말 진짜 웅담과 사향은 얼마나 귀한 것인지 아는 다 사람은 다 알 것

이다. 그 웅담과 사향을 그냥 생으로 가루를 내어 아이를 앉히고는 먹게 하였다.

웅담과 사향가루는 아무리 참을성 많은 어른도 먹기 힘들다. 냄새가 너무나 지독해 혀끝에 닿기만 하면 십년 전 먹은 것까지 다 넘어 올 정도이기 때문이다.

아버지께서 정훈아 일어나 약 먹어야지 하시니까 눈은 못 뜨고 몸만 간신히 일어나 앉았다.

참으로 지금도 신기한 것은 그 생가루를 입에 털어 넣고 침으로 삼키라고 하니 아이가 그 지독하게 냄새나는 웅담과 사향 생가루를 침으로 삼키는 것이었다. 그것을 보시더니 역시 너는 내 인연으로 온 내 손자 맞구나 하시는 것이었다.

그러더니 작은 통을 꺼내셨는데 그것은 쇠막대기에 선을 그어 개수를 나타낸 것으로 그 통을 흔들어 그 중 막대 하나를 집어 올리면 그 막대기에 그어져 있는 선의 개수만큼 그 숫자를 가지고 알아맞히는 것이었다. 아버지께서 나보고 뽑아 보라고 하셨다. 그래서 시킨 대로 뽑으니 그 숫자를 가지고 생각하시다가 "음, 괜찮으니 걱정 말거라. 저 아이가 너를 슬프게 할 자식은 절대 아니니 앞으로 안심하고 살아라." 하셨다.

아버지께서는 아셨던 것이었다. 당신의 딸이 만약 자식이 잘못되면 그 자리에서 죽을 것이라는 것을 아시기 때문에 대전에 오실 때도 중앙선을 타고 바람처럼 오셨고, 침통을 든 손이 떨리셨던 것도 손자가 잘못되면 딸이 죽는 것을 아셨기 때문에 긴장하고 들어오셔서 손자를 살리시는 모습을 내게 보여 주신 것이다.

쇠막대기에 그어져 있는 뽑은 수만큼 미래의 뜻이 담겨 있는 것처럼 행동해 주신 것도 다 그 이유 때문이었다.

그런 모습들을 죽을 때까지 생생히 기억해 딸이 정신 공부하는데 조금도 흔들리지 말고 잘 가라는 재산을 주시기 위한 것이라는 것을 나는 안다.

그렇게 예뻐한 큰 외손자가 지금은 혼란 속에 뭐가 뭔지 모르고 성장하고 있지만, 언젠가는 외할아버지의 사랑을 제대로 알고 훌륭한 길을 갈 것이라고 확신하고 있다.

커피숍

얼마 전 돈을 놔 버린 이야기를 누군가에게 했을 때 '유산이 많았던가, 집이 부자였나 봐요' 했다. 이것은 남는 돈을 놔 버린 것이 아니라 있는 돈을 놔 버린 것이라고 생각된다.

20년 전 이곳 수행 터로 들어오기 전의 이야기이다.

대전에 살면서 젊은 사람들, 대학생들의 정신세계에 도움이 되고 싶다는 생각에 경험도 없는 내가 무작정 커피 전문점을 차렸다.

조금 있던 돈과 빌린 돈을 합쳐 겁도 없이 고급 실내 인테리어를 해 놓고 시작했다.

늘 그렇지만 누군가에게 돈을 받고 무엇을 팔 때 그것이 무엇이든지간에 정말 정성껏 갖추어 놓고 해야 된다는 것은 변함없는 생각이었다.

그래서 전형적인 고급 클래식 풍의 실내장식(전체가 원목 우드 스타일)과 클래식 음악(좋은 오디오와 CD가 300장 정도)을 들려 주던 고급풍의 커피 전문점이었다. 그때 커피 값이 지금의 고급 커피 값이었다.

그러면서 고정적으로 오는, 다르게 말하면 계속 죽치고 있는 젊은이들도 늘기 시작했다.

쉽게 표현하자면 집에서 내 놓은 젊은이들이었다. 그들을 위해 음악도 젊은 사람 취향으로 바꿨다. 늘 한곳에 모여 앉아 떠들고 담배 연기 자욱

하게 하며 커피와 다른 재료를 사용해 각종 먹고 싶은 것들을 마음대로 해 먹는 것을 본 사람들이 그런 젊은이가 자꾸 늘어나자 걱정해 주는 목소리들이 많아졌다. 계속해서 그러다 보면 손님 떨어지고 장사가 제대로 되지 않으니 다 내 쫓으라는 것이었다.

그러나 그 젊은이들이 우리 가게에 오면서 차츰 바른 모습으로 바뀌어 가고 있었다. 그런 젊은이들을 거리로 내 몰면 답은 뻔한 것이었다.

안 좋은 쪽으로 기웃거리고 그 쪽에 발을 들여놓다 보면 그때는 이미 늦은 상태가 될 것이었다.

차마 그럴 수가 없었다. 한두 사람도 아니고 20명 가량 되는 젊은이가 나쁜 세계에 발을 들여 놓지 않고 내가 말하는 대로 성실하게 살려고 하는 자세를 보이는데 어찌 돈 벌겠다고 거리로 내 몰 수 있겠는가!

비록 장사는 점점 어려워졌지만, 젊은 사람들에게 늘 바르게 사는 강의로 시작해서 가게 마칠 때까지 계속했는데도 한 사람도 삐뚠 길로 가지 않고 잘 따라와 주었다. 그 중 열 명 가량은 내 집에서 먹고 자고 출퇴근했다.

그 결과 가게에서 빈손으로 나왔고, 그때의 그 젊은이들은 지금 가정을 이루고 성실하고 바르게 사는 가장이 되어 잘들 살고 있다. 지금도 아내와 아이들을 데리고 이곳 산속까지 찾아와 그때 정신적 지주가 되어 주지 않았다면 이렇게 잘 살고 있지 않을 것이라는 눈물 고인 말들을 할 때마다 그때 그 많은 물질(2억 가량)을 놔 버리기를 참 잘했다는 생각을 한다. 물론 그 후유증으로 많은 세월 몹시도 고생했다.

물질을 놔 버리는 것은 끊임없는 연습이 필요한 것 같다. 어느 날 갑자기 놓아 버린다는 것은 어렵고 힘들어 못할 것이기 때문이다.

그 큰돈을 놓은 것을 아버지께서는 다 알고 계셨다. 그런데도 돌아가실 때까지 한 마디 말씀도 하지 않으셨다. 그 큰돈을 사람 살리는 곳에 썼다는 것을 아버지께서는 아셨기 때문이었다.

　내가 사람 살리는 것에 끊임없이 돈을 쏟아 붙는데 가장 큰 후원자는 아버지시고, 그런 아버지가 계시기 때문에 사람 살리는 것에 물질을 모으지 않고 내 자신을 위해 쓰지 않고 오로지 사람을 위한 일에 물질을 쓸 수 있게 된 것이다.

아버지께 받은 사랑 물려주기

내게는 두 아들과 딸이 있다.

아버지께 받은 사랑을 물려주어야 할 자식들로 그 사랑을 화두 삼고 또 화두 삼아 자식들에게 실천하고 있다.

내 자식들이 할아버지의 손자로 왔으므로 뿌리는 가지고 왔으며, 열매 맺고 꽃피게 하는 것은 내가 받은 사랑을 실천하는 길뿐이다. 아버지께서 자식들에게 보여 주셨던 인내심과 자비심을 나도 자식들에게 실천해야 되는 것이다. 그러면 그 속에서 해결할 수 없는 것이 무엇이겠는가? 자식과 내가 전생에 풀지 못한 것이 있다면 인내심과 자비심 속에 다 녹일 수 있을 것이고, 자식들에게 업장이 있다면 인내심과 자비심 속에 녹일 수 있는 지혜를 유산으로 줄 수 있을 것이다.

아버지는 우리들에게 어떻게 되어야 한다거나 꼭 어떻게 살아야 한다고 말씀하신 적이 없다. 이런저런 말씀으로 일 년 열두 달 앉혀 놓고 쇠뇌를 시킨 것보다 더 무서운 힘은 흐르듯이 지켜봐 주신다는 것이다. 아주 나쁜 것, 즉 영혼을 망치는 일은 방향을 잡아 주셨다.

클 때는 그냥 그렇게 크는 줄 알았다. 아버지가 자식에게 하는 것이 당연하다고 생각하며 살았다. 그러나 자식을 낳아 키우며 내 자식이 나를 힘들게 할 때마다 아버지를 떠올리면 답이 나온다. 아버지께서 우리 자식들

아버지와 강원도 여행 중 찍은 것인데, 안 찍는다고 장난치시던 아버지를 꽉 잡고 있는 모습이 참으로 엉성하다.

을 향해 무조건 참아 주셨듯이 무조건 참아야 하는 것이다. 아버지는 어떻게 되지도 않는 행동을 하는 자식들, 특히 속 썩인 자식인 나를 아무런 표정없이 참으셨을까?

참는다는 느낌만 알게 했어도 나는 지금처럼 엄청나게 깨달을 수 있는 재산이 쌓이지 않았을 것이다. 특히 속 썩인 자식인 나에게 이랬으면 좋겠구나 하고 부담 주지 않고 부드럽게 해주신 말씀들을 하나도 행한 것이 없다. 그리고 또 대놓고 이렇게 해라, 저렇게 해라 하고 강하게 말씀하신 것도 없다. 하나도 따르지 않는 자식을 딱히 혼내신 적이 없다.

그러한 아버지의 사랑은 강하게 이끌어서 길을 잡아 주신 것보다 아주 크게 깨달을 수 있는 힘을 주신 것이다. 그것은 그냥 깨달아 지는 것이 아니라 뼈마디마디가 저리듯이 영혼이 불덩어리처럼 뜨겁게 깨달을 수 있는 힘으로, 그 힘은 우주를 전부 유산으로 받은 것과 같다.

그렇게 많은 유산을 받았으니 자식에게 어찌 안 줄 수 있겠는가. 자식들이 힘들게 할 때마다 아버지께 받은 유산을 생각하면 언제나 넉넉하기에 여유롭게 참아낼 수가 있는 것이다.

나는 항상 아버지를 그렇게 힘들게 했는데 아버지께서는 아무런 내색도 없이 참으셨다. 그런 아버지에 비해 나는 겨우 요만큼 참고서 참았다고 할 수 있겠는가 하는 생각을 하면 자식이 어떻게 힘들게 하던 간에 참아낼 수 있는 것이다. 내 깜냥으로는 요만큼 밖에 못 참겠는데 하다가도 아버지께 받은 유산, 즉 사랑을 생각하면 금방 다시 힘이 생긴다.

그래서 우리 아이들도 전생에 지은 복과 덕이 많아 그런 외할아버지를 만난 것이다. 그러니 내 아이들이 스스로의 복을 마음껏 누리도록 해야겠다. 그것이 아버지께 받은 사랑을 조금이라도 갚는 것이리라.

죽염

죽염!

《신약》에 있는 방법이 가장 옳은 방법이다. 그 정론에 맞게 해야 죽염도 완성된다. 그러나 어린 아이도 이해할 수 있도록 상세하게 말씀해 놓으시지 않았기 때문에 수많은 방법론이 난리를 치고 있다. 다 자신이 가져온 전생의 인연 따라 금생에 죽염도 만들게 되고 먹게도 된다. 모두들 최고다, 최선이다 얘기하고 있다. 그러나 입이 있어도 말을 못하겠다. 왜냐하면 많은 사람들의 먹고 사는 문제에 죽염이 걸려 있기 때문이다. 그런데 도대체 어떻게 말을 할 수 있겠는가! 침묵할 수밖에 없다.

죽염을 제대로 배우고 제대로 만드는 사람에 대해 얘기하고자 한다.

아버지께서 살아 계실 때 실상사에서 죽염을 구우신 적이 있다. 아는 스님이 계실 때였는데 죽염 구우는 것에 대해서는 그분이 많이 배웠고 가장 바른 답을 들으셨기 때문에 그분께 많이 들었다.

실상사에는 1000년 넘는 철불이 있다. 약사전에 모셔진 약사여래불이다. 백두대간을 타고 흐르는 기가 약사여래불이 앉아 계시는 자리에 멈췄고, 그 기가 일본의 후지산으로 넘어 가는 것을 막기 위해 그곳에 엄청난 무게의 철불을 조성해 모신 것으로 알고 있다.

그래서 실상사가 번성하면 일본의 힘이 약해지고, 실상사가 쇠퇴하면

죽염 굽던 아주 오래된 사진과 죽염 원석.

일본의 힘이 강해진다는 소리를 들었기에 나는 어느 사찰에도 잘 가지 않지만 실상사에는 자주 가는 편이다.

그 실상사의 약사여래불이 아버지께서 죽염을 구우실 때 방광을 하셨다고 했다. 약사여래불이 환하게 빛났다는 이야기이다.

사찰에는 잘 가지 않고, 또 간다 해도 어느 곳에도 절을 하지 않지만, 실상사 약사전의 약사여래불께는 가끔 찾아가 꼭 절을 한다. 말법시대에 모든 사찰이 장사를 하고 있기 때문에 기가 다 빠져 나가는 자리에 앉아 있는 부처님들로부터 그 가피가 전달될 것 같지 않기 때문이다.

죽염 이야기를 하다 실상사 이야기가 너무 길어진 것 같다.

실상사에서 아버지와 같이 죽염을 구우신 그 스님이 계시는 절의 보살에게 들은 이야기이다.

대나무를 구하러 다니며 대나무밭에서 대나무를 베어 내기 전 괴불 탱화를 걸고 각종 음식을 차려 놓고 의식을 갖추어 제를 올린 다음에 대나무 자르는 작업을 했다고 한다.

그런데 만약 대나무 밭에서 꼭 좋은 대를 골라 베어내고 모자라면 다른 대나무 밭으로 이동하는데 똑같은 방법을 취한다고 했다.

쓰던 음식을 다시 쓰면 되지 않느냐고 스님께 보살이 말을 하니 절대 안 된다고 하며 꼭 새로운 음식을 차려 놓고 다시 제를 올린 다음 대나무를 베어냈다고 한다.

그 음식은 그 동네 사람들에게 다 나누어 주고, 그렇게 시작된 죽염 작업은 아홉 차례까지 온갖 정성이 깃든 행으로 계속 되었다고 했다.

아홉 차례까지 언제나 깍듯이 예를 갖추고 정말 오로지 정성으로 힘들어도 아버지께서 가르쳐 주신 방법 그대로 행했다고 한다.

언제나 아버지께서 말씀 하시기를 "자비심으로 죽염을 구우면 만 사람이 다 낫는다."고 하셨다. 이는 어떤 기술이 중요하다는 것이 아니라 오로지 어떤 정신으로 죽염을 굽느냐에 따라 약성이 엄청나게 차이가 난다는 것이다.

내가 듣고 자란 이야기와 같기 때문에 나는 오로지 그 스님께 아버지께서 말씀하셨다는 그 말씀만 정법이라 생각하며 살았고 또 그렇게 살 것이다.

아버지께서 말씀하신 것을 제대로 알아듣고 소화하고 또 중요한 것은 아무리 어려워도 목숨을 바치는 자세로 말씀하신 것을 행동으로 옮겨야 한다는 것이다.

아버지께서는 어떤 사람이든 삼생을 다 아시고 계시기 때문에 가장 바른 행을 할 사람에게는 가장 바른 답을 알려 주시는 분이다.

세상에서 제대로 행을 하는 사람이 제일 사랑스러운 법이다.

대나무를 고를 때, 소금을 구할 때, 황토를 구할 때마다 최상의 것을 구하고, 죽염 작업을 할 때는 몸과 마음을 깨끗이 하고 간절히 맑은 마음으로 기도하며, 오로지 최고의 정성을 쏟아 죽염을 완성시키기 위해 노력한다.

나도 마음 먹으면 왜 부자로 살지 못하겠는가!

아버지께서도 마음만 먹으면 가족들 잘 입고 먹게 했을 텐데, 그렇게 하지 않으셨듯이 나도 마찬가지다.

세상에 가장 귀한 것을 얻으려면 물질세계를 멀리해야 얻을 수 있다는 것을 아버지께서는 일상적인 삶으로 보여 주셨다.

아버지께서 주신 사랑이 너무도 많아 그 은혜로움에 혹세무민하지 않고 조용히 인연 따라 살고 있는 나를 아버지께서 더 엄청난 사랑을 보내주시며 내려다보고 계시다는 것을 느낄 수 있다.

혼돈시대의 죽염

어떻게 죽염을 말로 다 표현할 수 있을까?

길다면 긴 시간 동안 온 세상에 죽염이 무엇인지 모르던 시절부터 지금은 모르는 사람이 없다고 할 정도로 죽염이 널리 알려져 있는 지금까지 우리들은 어느 누구보다도 잘 알고 있다.

그래서 죽염을 가지고 난리치는 틈바구니 속에서 한마디도 하고 싶지 않을 만큼 외면하고 싶은 속마음도 존재한다.

어찌 보면 자기가 전생에 닦은 대로 죽염을 만나고 활용하고 또 다른 이에게 전달해 주는 것이므로 죽염을 가지고 이런저런 소리를 하고 싶지 않은 것이 가장 정확한 마음일 것이다.

하지만 죽염에 대하여 조금 전하고 싶은 것이 있어 얘기하려 한다. 누구나 받아들이는 사람에 따라서 알아서 판단하고 소화할 일이지만 내가 보고들은 것만 얘기할 것이다.

그 무서운 뜸 가지고 장난질을 해대는 마당에 죽염은 오죽 하겠는가. 그래서 말한다는 것 또한 허망하고 미련한 짓이 아닐지도 모르겠다.

나는 무슨 얘기하려다 옆으로 잘 빠지는데 그런 얘기 한 토막 먼저 해야겠다.

아버지께서는 자식들 이름을 손수 지어 주셨는데 돌림자는 전부 곤륜

산 윤(侖), 높을 윤(侖)이고 큰 오라버니는—장남이니까—임금 우(禹), 둘째 오라비는—세상 속에서 아버지의 뜻을 펼치는데 자식 중에서 가장 큰 공을 세웠다고 해서—인간 세(世), 나는—결혼하지 말고 산속에서 조용히 도나 닦으라고 지어 주신—구슬 옥(玉), 동생은—명이 짧아 명 길어 대학자 되라고—목숨 수(壽), 막내 동생은—성격 소탈하고 평범하게 잘 살라고—마을 국(局) 이렇게 지어 주셨다.

그런데 여기서 내가 어리석어 꼴값 떤 얘기를 해야겠다.

내 이름을 수리로 풀어 보면 초년은 명리지달(明理智達), 청년기는 덕화풍후(德化豊厚), 장년기는 명리지달(明理智達) 이렇게 되어 있고, 총획이 자립두령(自立頭領)이었다.

나는 고등학교 때 아버지의 이름 보는 수첩을 우연히 받고—그 후에 수첩을 아주 주셨다—많이는 아니지만 이름 보는 법을 배우면서 내 총획이 자립두령(自立頭領)인 것을 알고 아버지 딸 이름을 이렇게 무섭게 지어 주실 수가 어디 있으시냐며 나 이름 바꿀 것이라고 하였다. 그러면 그렇게 해 보렴 해서 스스로 바꾼 이름이 곧을 정(貞)으로 바꾸어 윤정으로 지었다.(아들 넷 중 자립두령 총획은 윤세 오라비와 나뿐이었는데, 여자의 총획이 자립두령이면 결혼을 하지 말아야 하고 결혼해도 과부 되는 무서운 획수라고 알고 있었다) 바꾼 이름 윤정은 총획이 안전건창(安全健昌)이므로 아주 평범한 이름이었다.

아버지께 이름 바꿨다고 말씀 드리니 그래 무엇이냐 하시길래 '곧을 정'으로 바꿨다고 하니 그럼 그렇게 불러 주어야지 하시면서 그날부터 '정아, 정아'하고 불러 주시는 것이었다.

그 어리석음을 깨치는 데는 오랜 세월이 걸렸고, 그 대가를 나는 아주 애절하게 치뤘다.

아버지께서 돌아가신 후 지금까지 김윤옥으로 불리었고, 또 그렇게 살고 있다.

장황하게 이름 얘기를 한 것은 나는 그저 조용히 도나 닦으라고 해 주셨듯이 그렇게 살아야 되는데 이렇게 들어나서 이러쿵저러쿵 하는 것이 또 어리석은 짓이 아닌가해서 잠시 망설여져 적어 보았다.

다시 죽염 이야기로 돌아가 내가 죽염을 드럼통에 굽는 것을 처음 본 것은 지금으로부터 29년쯤이다.

아버지께서 함양으로 내려와 지금의 함양 버스 터미널 그 큰길에서 남원 쪽으로 가는 중간쯤에 세 살던 집이 있었다. 그 도로 앞쪽으로는 전부 논이었다.

어느 날 밤 아버지께서 나와서 죽염 굽는 것 봐라 하셨다. 겨울철이고 또 그곳이 허허벌판이라 너무 추워 약간 귀찮아 하니까 그래도 와서 봐라 하시길래 나갔다.

드럼통 한 통에 불을 붙였는데 활활 타는가 싶었는데, 지금도 생각하면 순간이란 표현 밖에 할 수 없다. 순간 전부 녹아 시뻘건 용광로 불물이 확 쏟아지는데 눈 깜짝할 사이였다. 다 식은 다음에 보니 돌산이었다.

그렇게 구운 죽염을 그것도 목숨을 살려 주었던 사람이 미국 가서 돈 보내 주겠다고 하더니 지금까지 깜깜 무소식이다.

그 죽염 값 안 줄줄 뻔히 아시면서 주신 것이다. 아시면서 왜 주셨느냐고 하니까 그것 가져가서 아픈 사람들에게 주지 물에 풀어 내 버릴 것이 아니기 때문에 돈 안 주어도 괜찮다 하시는 그 말씀의 속뜻을 그 당시에는 이해할 수 없었지만 지금은 너무나 확실하게 아버지의 그 깊은 자비심을 알고 있다.

요즘 사람들은 죽염 기술 가지고들 난리이다.

나는 직접 죽염 색깔이 무엇이 좋으냐고 여쭈어 본 적이 있다. 여기서 말하는 색깔은 흔히 얘기하는 색깔론하고는 다른 얘기이다. 색깔론을 가지고 혹세무민하는 엄청난 업을 짓고 있는 사람들이 너무나 많기 때문에 색깔론을 말하고 싶지는 않다.

단단하기가 돌과 같아야 하고, 단면을 보면 반짝거리기가 눈이 부셔야 한다고 하셨다.

실지로 쇠절구통에 빻다가 그 통이 깨진 적이 있다. 그 후로 헝겊을 둘둘 말아 큰 돌 위에 놓고 큰 망치로 내리치어 부수어 먹었다.

아주 오랜 23년 전쯤 대전에 살 때의 일이다. 하루는 내게 전화하셔서 죽염을 줄 테니 와서 가져가라 하시기에 갔더니 80kg 세 개 자루에 채워 주시면서 나중에 두고두고 먹고, 죽염 뚜껑도 나중에 요긴하게 쓸 수 있으니 가져가라 하시면서 두 자루를 주셨다.

나는 좋은 것을 오랫동안 가지고 있는 성격이 못된다. 아버지가 구운 죽염이 있다는 말을 하니 너도나도 갖고 싶어 난리들을 치기에 그 많은 것을 다 나누어 주었다.

지금 그 죽염이 있어 사람들에게 조금씩 나누어 주면 죽염 가지고 이러저러 말하는 사람들 혹여 도움이 될라나 모르겠다. 지금 생각하면 참 멍청하지만 언제나 그 모양이다.

아버지께서 세상에 알려지면서 사람들이 처방전을 받기 위해 많이 올 때 《신약》에다 싸인펜으로 그날 온 사람에게 한문으로 친히 그 사람들의 이름을 책 첫 페이지에 적어 주시고는 하셨다.

그런 다음 비닐 봉투에 죽염 큰 것 한 덩어리(600g) 하나를 넣고는 획 던지시면서 "이것 가지고 가 깨어서 부지런히 침으로 녹여 먹어라." 하셨다.

그러면 사람들은 거의 다 놀랐다. 그 던져 주신 것을 보면 꼭 돌덩어리였기 때문이었다. 죽염을 모르는 사람들로서는 왠 돌을 깨 먹으라고 하시나 했을 것이다.

사람들은 아버지를 어려워해 집안 식구들이나 조금이라도 아는 것 같은 사람이 있으면 무조건 붙들고 물어 보고는 했었다.

나는 아버지께 여쭈어 보고 자세히 들었기 때문에 사람들에게 전해 줄 수가 있었다.

덩어리를 필요한 만큼 조금씩 깨어서 먹고, 알갱이를 침으로 녹여서 먹어라. 죽염 알갱이가 각자 자신의 침으로 녹인 죽염이 자신의 몸속에 들어가 그 안에 있는 병균을 죽일 수 있기 때문이다.

죽염은 절대 물로 녹여서 먹어서는 안 된다. 그러면 독이 된다. 알갱이를 침으로 녹여 먹는 것이 싫은 사람은 생강차를 진하게 달인 물에 죽염을 곱게 갈아서 차 숟가락으로 한 수저씩 먹어라. 그것도 할 수 없으면 활명수와 함께 먹어라.

덩어리를 그때그때마다 조금씩 필요한 만큼 곱게 갈아서 먹어라. 양약방에서 조제할 때 알약을 곱게 분말하는 대접 같은 것과 방망이가 있으니 사다가 조금씩 필요한 만큼만 분말해 놓아라. 왜냐하면 덩어리로 있을 때에는 약 분자가 파괴되지 않으나 가루로 만들어 놓으면 그때보다 파괴되니 그렇게 해라.

우리 둘째 오라버니가 죽염 회사를 차린다고 했을 때 아버지께서 반대하셨는데 계속 조르니 결국 허락하셨다. 그리고는 자신의 가족이 먹을 것이라는 생각으로 죽염을 만들라고 하셨다. 가족을 위해서 만들면 첫째로 사랑과 정성이 담겨 있기 때문이다. 그 마음이 좋은 죽염이 되는 첫번째 원인이다.

　죽염을 제대로 하려면 엄청난 고행이 따르는데 가족을 먹이겠다는 마음으로 하면 어떤 것도 다 참아내고 무심으로 할 수 있기 때문이다. 그리고 죽염은 일 년에 한번 가을과 겨울 사이에 하면 좋다고 하셨다.

　나도 직접 죽염을 해보니 자식 먹일 일이 아니면 사다 먹고 싶은 심정이다.

　일 년에 한번 굽는데 죽염 작업하는 곳은 이곳 산속에서도 훨씬 더 깊은 산속으로 올라가야 한다.

　대나무 마디 자른 것 하나에 소금을 넣고, 소나무를 통째로 잘라 의자처럼 만든 것 위에 올려놓고 대나무 마디 위를 잡고 소나무 의자처럼 자른 것 위에 올려놓고 탕탕 두드리면 처음에 둔탁한 소리를 내다가 나중에는 목탁 두드리는 소리하고 똑같은 소리가 난다. 그렇게 조금 더 두드리면 다진 소금이 돌처럼 단단해진다.

　대나무 마디 하나에 소금을 넣어 다지는데 5분 가량 걸린다. 그때 신묘장구대다라니와 불설소재길상다라니를 염송하면서 한다. 아버지가 신묘장구대다라니와 불설소재길상다라니가 좋다고 하셔서 그리한다. 그렇게 몇 개월을 반복해서 한다.

　먹는 것, 행동 하나하나 가려서 하고 마음을 맑게 갖추면서 최선을 다한다. 그러나 아직까지 좋은 죽염이 나온 적이 없다. 언제나 마음이 모자라지만 늙어 죽기 전까지 좋은 죽염 구울 수 있지 않을까 하는 희망은 접지 않는다.

　요즘 수많은 사람들이 죽염 색깔과 죽염 굽는 기술, 죽염 굽는 통, 죽염 굽는 온도 등 그런 것에 목청을 높이고 다 자신들이 최고라고 외쳐댈 때 나는 별로 그런 것에 대해서는 아는 것이 없어 할 말이 없다. 죽염색깔, 기술, 온도, 죽염로 이 모든 것들은 가장 좋은 죽염을 굽는 것에 있어서 가장 하위에 있는 것들이기 때문이다.

나는 그저 사랑하는 내 자식을 먹이기 위해 하는 마음과 정성이 전부라고 생각하는 사람이다. 그런 다음 기술, 온도, 죽염로 등을 갖추어야 한다.

색깔 그것은 가장 순수한 소금에 가까운 색이다. 그것이 은하수를 뿌려 놓은 것처럼 자른 단면이 반짝거리는 빛남이 가장 많은 것이 가장 좋다고 하신 말씀과 맞기 때문이다.

죽염 온도 그것은 자비심과 바로 연결된다는 생각이다. 대자비심이신 아버지께서 죽염 녹여 내릴 때 눈 깜짝할 사이 전체가 다 녹아 싹 빠져나가는 것을 보여 주셨을 때 나는 거기에 답이 있다고 생각했다.

아버지는 대자비심이기에 공간의 모든 것들이 힘을 합치는 순간 5,000도도 10,000도도 될 수 있다고 생각한다.

대자비심으로 구운 죽염은 만 명이 먹어도 다 효과가 있다는 생각이다

대각자가 하신 말씀은 행하다가 머리가 깨어지고 그래서 온몸의 피가 다 빠져나가도 중간에 토를 달지 말고 그대로 행하여야 한다는 생각은 변함이 없다.

행하다가 죽더라도 행하여야 한다. 그러면 꼭 답이 나온다고 생각한다. 중간에 힘들다고 꾀부리고, 영악하게 자기 생각을 집어넣고 하면 변질된다.

그것은 곧 정법이 아니다. 정법이 아닌 것은 하늘이 반가워하지 않으며, 아픈 사람들을 살리는데 큰 힘이 되지 못 한다. 세상에서 제일 무서운 돈, 그것은 아픈 자에게서 받는 돈이다. 그러므로 답은 정법이다.

영구법

영구법은 쑥뜸 요법으로 이 보다 더 좋은 것도 없지만, 이 보다 더 무서운 것도 없다.

예전에 비해 쑥뜸을 뜨는 인구가 날로 늘어나고 있다. 그 만큼 수많은 해석과 나름대로의 이론이 또한 늘어나고 있다.

무엇이든 이것만이 정답이고 이것만이 최고이고 이것 아니면 안 된다는 그런 생각들이 그렇게도 좋은 것을 흐리게 하는 원인이 되어가고 있다.

쑥뜸은 육신을 구하기 위해 행한다 해도 무서운 것인데 영력 개발, 영력 저축을 하기 위해 한다면 그것은 실로 엄청나게 무서운 것이 되는 것이다.

부처가 되는 길에 빨리 당도할 수 있도록 하는 일이 되기도 하지만 교만으로 인해 마의 길로 가는 길에도 빨리 끌어다 주는 것이 또한 쑥뜸 요법이기 때문이다.

간단하게 생각해보면 그 영구법을 전해준 분이 어떻게 살면서 행하셨는지, 그리고 우리 중생들에게 그 영구법을 어떻게 전해주었는지를 깨닫기 위해 노력한다면 영력 증대를 위해 애쓰는 사람들이 그 원을 이루어 낼 수 있다고 본다.

그렇게 생각하지 않고 영구법을 행하는 자들은 교만과 착각으로 또 다른 사람들에게 계속 전염시키고 있는 것이다.

말법시대에 중생을 구하시기 위해 잠깐 다녀가시면서 자비심으로 수많은 방편을 남겨 놓으셨다.

누구나 전생의 연에 따라 남겨 놓으신 수많은 방편 중 하나를 선택하겠지만 무엇보다도 쑥뜸 요법을 선택하여 행하는 사람은 그래도 전생에 큰 공부했던 자락이 있기 때문에 연이 되었다고 본다. 그런데 그런 인연의 복을 송두리째 탕진하는 사람들을 수없이 봤으니 어떻게 막힘없이, 걸림 없이, 끄달림 없이 큰길을 갈 수 있겠는가.

당연히 대가를 치러야 한다는 것은 자연스런 일이다. 그러나 어떻게 할 것인가의 화두에 대한 답은 그 방편을, 그 진리를 전해준 분께서 이 사바 세계에 사시다 가신 것들을 떠올리면 화두는 쉽게 풀린다.

막힘없이, 걸림 없이, 끄달림 있어도 아무 것도 없는 것처럼 살면서 다 행하고 가신 그 모습을 우리는 닮아야 한다. 그러면서 영구법을 행한다면 우리들은 세운 원을 이룰 수 있을 것이다. 그렇지 않고 행한다면 뿌리는 깊지 않고 줄기만 무성하며, 열매가 열린다 해도 폭풍에 쓰러져 버리고 마는 일이 생기는 것이다.

전생의 연을 느낄 줄 아는 것은 그 영구법을 선택한 사람들에게 자연스러운 일이다.

그것을 활용해 전생의 연을 피하지 않고 비껴나지 않고 뒤돌아서지 않고 그대로 정면으로 부딪혀 뚫고 나간다면 막힘도 걸림도 끄달림도 없이 비워지며, 높은 지혜로 영구법을 행할 때 엄청난 힘으로 답이 올 것 같다. 영구법을 전해준 분께서 어떻게 사셨는지 그것부터 알기 위해 노력해야 할 것 같다.

쑥뜸 인연

각각의 사람들에게 보여 주셨던 모습과 말씀해 주셨던 것들이 다 틀리다. 그 해석과 이론이 쑥뜸 인연 닿은 사람들의 숫자만큼 다양하다. 요즘의 쑥뜸 방법은 오로지 혼란 그 자체이다. 그러나 그 혼란 자체를 뒤집으면 어마어마한 공부가 되는 것도 사실이다.

자기 자신이 누구인가를 알고 어느 인연 줄로 와 어느 인연들을 만나며 어떻게 마음을 잘 다듬어 쑥뜸 공부를 할 수 있을까 하는 큰 화두를 받은 것이다.

어쨌든 혼란함이 진짜를 자리 잡게 하는 대가이고, 가짜가 휩쓸고 지나가야 진짜가 오는 것도 또한 이치이다.

아버지는 우리 자식들에게조차 쑥뜸 인연의 구분을 확실히 하셨고, 쑥뜸 방법도 각자가 깨닫기 좋게 구분해 놓으시며 정확히 알려 주었다.

내가 아버지께 배운 쑥뜸 방법은 자연이었다.

그것은 자연스럽게 작은 것부터 천천히 절대적으로 몸과 마음에 무리가 가지 않도록 서두르지 않고 욕심 내지 않고 교만하지 않고 겸손하게 행하되 언제나 출발부터 끝날 때까지 마음에는 오로지 자비심을 생각하며 도를 닦는 수행자의 마음과 자세로 뜸에 임하라는 말씀을 하셨고, 실제로 그렇게 행으로 우리들에게 보여 주시고 가르치셨다.

아버지께서 쑥뜸 뜨실 때의 표정은 평온 그 자체이셨다. 그렇게 보고 자라서인지 쑥뜸 뜰 때 고통스런 표정이나 마음이 결코 일어나서는 안 되는 것으로 내 마음에 자리 잡고 있다.

내가 쑥뜸 뜰 때에는 정말 아무런 요동 없이 평온함을 갖추기 위해 노력해서인지 다른 사람이 볼 때는 자는 줄 알았다고 한다.

또한 뜸은 꼭 자신의 몸에 자신이 떠야 하고 남의 뜸은 절대 떠 주지 않는다고 하면서 자신의 육신은 자신이 고치고, 자신의 업장은 자신이 녹여야 한다는 것이다. 그러므로 절대로 남의 뜸을 떠 주어서는 안 된다는 말씀을 듣고 자랐다.

아는 사람은 알듯이 우리 형제 중에 배가 아파 움켜쥐고 뒹굴 때에도 그저 아버지께서는 "뜸 떠라. 그 방법밖에 없다. 뜸 떠야 산다." 하시기만 하였다.

아무 것도 모르는 철부지인 나는 아버지 자식이 이렇게 아파 몸부림치는데 뜸을 떠 주셔야죠 하면서 대든 적이 있다.

그래도 아버지께서는 뜸 떠라는 그 소리만 하시는 것이었다.

보다 못해 어리석은 나는 병원에 가서 진통제라도 맞추려고 집에서 형제를 데리고 나와 마침 지나가는 경찰 백차를 붙잡아 병원까지 가서 진통제를 맞고 오게 한 적이 있다. 결코 자식들에게 뜸 떠 주시는 모습을 절대적으로 내게 보여 주시지 않으셨다. 아버지께서 자식의 성격을 다 알고 계시기에 그렇게 행동하신 것 같다.

나는 마음이 지나치게 여리어 어렵거나 힘든 일을 보면 결코 그냥 지나치지 못하며, 어려운 사람이나 힘들어하는 사람을 보면 내 것 없으면 남의 것 꾸어서라도 다 퍼 주고 그래서 사람들에게 미친년 도둑년 사기꾼 소리 들으며 수많은 인욕 고행을 치루면서도 그 성격을 고치지 못하는 깃을 누구보다 아버지는 다 알고 계시기 때문에 만약 누구 뜸 떠 주시는 모습 보았다면 내게 인연되어진 사람은 말할 것도 없고 사람들 돕는답시고 대한민국 사람 전부 뜸 떠 준다고 나서서 뜸 떠 주며 세월 보냈을 것이다. 아버지께서 그렇게 하지 않으셨다면 나는 많은 세월 어리석게 보냈을 것이다.

형제들에게나 내게 공통적으로 해 주신 말씀은 본인의 업장은 본인이 녹이도록 해야 하고 뜸을 떠 주면 상대방의 업장이 내게 전위되기 때문에 절대적으로 뜸을 떠 주어서는 안 된다고 하신 말씀은 자식들에게나 주위에 아끼시는 분들께 공통적으로 해 주신 말씀이다.

뜸 뜨는 사람들이 먼저 준비해야 할 것은 마음이라고 할 수 있다. 그 마음이 어떤 자락이었는지에 따라 쑥뜸을 마치고 일상으로 돌아 왔을 때 그 사람에게서 나타나는 것이다.

마음자락이 그대로 입력되니 그 보다 더 빠른 공부가 어디 있겠는가. 그러므로 쑥뜸을 떴다는 사람을 상대해 보면 금방 답이 나오는 것이다.

탐·진·치를 비우고 오로지 자비심만 떠올리며 자연스럽게 쑥뜸을 행한다면 몇 분짜리를 떴다든지 몇 근을 떴다든지 몇 년을 떴다든지 그런 것은 아무런 작용이 되지 않는다는 것을 알 수 있을 것이다.

오로지 자비심을 갖추기 위한 지혜로운 영력의 촉수를 밝히는 일로 이번 생은 진행될 것이기 때문이다. 자비심을 갖추는 일의 재료로 수천 가지가 동원되겠지만, 인연법을 풀어 나가는 방법만 가지고도 큰 공부가 될 것 같다.

쑥뜸 뜨는 일도 인연법을 비추어 보면 답이 나올 것이다.

금생에 인연이 닿은 것은 전생에 자신이 지은 덕과 복대로 인연을 만났기 때문이다. 만약 전생에 지은 복과 덕이 없다면 절호의 기회가 한 번 더 주어진 금생에 지혜로운 행을 하면 된다고 본다. 그러므로 쑥뜸이 얼마나 큰 기회이겠는가.

쑥뜸을 제대로 1년만 뜬다 해도 세상에는 내 것이라는 것이 한 개도 없다는 것을 알 것이다.

그리고 나면 따라 붙는 것이 인욕 고행이다. 아버지께서 인욕 고행이 수행의 근본이라고 하셨기 때문에 그 기초부터 먼저 다가오는 것이다. 그러면서 희미하지만 사람이 보이고 그 사람이 지은 업대로 상대해 주기 때문에 좋다는 말을 듣기가 참으로 어려워지는 것이다.

그렇다고 그 사람이 지은 업보다 더 잘 해 주면 그 사람은 공짜로 받은 대가를 다음 생에 또 치러야 하기 때문에 상대방을 오히려 해치는 일이 생기는 것이다.

다른 사람을 위하는 일은 내게 괴로움과 고통이 따르는 일이 생기는 것이고, 그것은 결국 내가 더 큰 공부를 할 수 있는 것이기 때문에 더욱 좋은 것이다. 그리고 건강이 시급한 환자가 스스로 뜸을 뜰 힘이 없을 때 의사들이 뜸을 더 주는 일은 자연스러운 일이다.

인산 선생님의 자손

아버지를 아는 대부분의 사람들은 아니 좀 과장하면 거의 모든 사람들이 어쩌면 인산 선생님의 자손들은 다 하나같이 쪼다들일까 하고 생각한다.

그렇다. 맞는 말이다. 우리 형제 4남 1녀는 모두 다 쪼다들이다. 그런데 인산 선생님의 자손들은 그렇게 생각하는 사람들 보다 다 잘났다.

왜냐하면 인산 선생님의 자손으로 오는 인연이 그냥 심심해서 아무렇게나 올 수 있는 인연들은 아니다. 인연법을 조금이라도 아는 사람이라면 내 말뜻을 알아차릴 것이다.

왜 쪼다라고 생각하는 사람들보다 잘났느냐 하면 우리들은 현재 죽지 않고 다 살아 있기 때문이다.

그 이유는 바로 용암 바로 옆에 서 있으면서 죽지 않았다는 것은 보통은 넘기 때문이다.

아버지같이 엄청난 분의 자식으로 온다는 것은 바로 용암 옆에 서 있는 것과 같기 때문이다.

타 죽지 않는 것으로도 참으로 대단한 것이다. 타 죽지는 않았지만 용암 바로 옆에 서 있는 그 뜨거움을 상상해보라. 뜨거워서 정신을 차릴 수 없고, 그 뜨거움 때문에 펄쩍펄쩍 뛴다.

그 아버지의 자식으로 태어나 살고 있는 이 세계의 삶이란 그저 뜨거워

함양 상림공원 함화루 앞에서 우리 형제 4남 1녀가 함께 찍은 사진이다. 내가 20대 초반 때로 35년이 훌쩍 넘은 세월이 지난 사진이다.

서 정신을 차릴 수 없어 펄쩍펄쩍 뛰고 있는 삶으로 제대로 살아내기가 얼마나 힘든지 상상해보면 알 수 있을 것이다.

어떤 때는 딸자식이라 조금은 낫지 않나 스스로 위로해 본다. 아들들보다는 뜨거움이 조금은 덜할 테니까 말이다. 그 용암 옆에서 정신을 차릴 수는 없지만 살아 있다는 그것 하나만으로도 엄청난 것이다.

우리들을 쪼다라고 생각하는 사람들은 내가 선생님의 자손으로 오면 저렇게 살지 않을 텐데 하고들 생각할 것이다. 그러나 그것은 착각이다.

왜냐하면 그만한 인연의 공덕을 쌓은 것이 있었다면 이번 생에 자식으로 왔을 테지만, 오지 않았다면 그만한 공덕이 없기 때문이다.

인산 선생님의 자손들보다 자신들이 더 괜찮을 수 있다고 생각하는 사람들도 인산 선생님의 자손으로 오면 똑같을 것이다. 용암 옆에서의 뜨거움은 같을 테니까 말이다.

이번 생에 아버지 자식으로 온 영광과 공덕을 정말 다른 사람들이 말하는 쪼다 짓 평생하다가 다 까먹고 간다고 해도 그것은 오로지 본인들 탓이고 손해인 것이다. 하지만 평생 다 까먹어도 엄청난 음덕이 있으므로 남을 것이다. 그러나 나는 형제들이 까먹지 않고 저축해 가기를 바란다. 너무 아깝고, 그것 또한 자신이 만드는 것이기 때문이다.

아버지의 뜻을 따르는 사람들은 아주 멀리 떨어져 있어도 그 훈훈한 기운을 느끼고 상상을 초월할 정도로 대단히 괜찮은 행을 해야 하는데 그런 사람들을 아직 못 만났다.

이 글을 읽는 사람들 가운데 자신은 그 뜻을 따르는 사람들 중에 최고라고 생각하는 사람이 있다면 만나보고 확인해 보고 싶다.

훈훈한 기운이 감도는 것처럼 좋은 것이 어디 있겠는가. 그 기운을 느낀 사람들은 정말 잘 살아갈 수 있는 재료를 받았으니 얼마나 신나는 일이겠는가.

그런데 쪼다 같은 자식들에게 잘 해줄 필요가 있냐고 하는 생각이 나쁜 것은 아니다. 오히려 예의를 갖출 필요가 있느냐고 하는 것이 맞는 말이다. 인산 선생님을 향한 마음만 가지고 있으면 되었지 그 자식들은 다 쪼다들인데 겸손하게 행동할 필요가 무엇이겠는가.

맞는 말이다. 그러나 우리들은 어떤 대접을 받아도 괜찮다. 우리들이 해로울 것도 없고 손해 볼 것도 없고, 그것은 다만 그렇게 생각하고 행동하는 사람들의 몫이기 때문이다.

마음을 잘 내면 모든 것이 남에게 주는 것이 아니라 본인 것이다. 그래서 안타까울 뿐이다.

나는 모든 사람들이 이번 생에 사람으로 온 것과 좋은 인연을 만나 좋은 길을 갈 수 있는 기회를 잡은 것에 대해 낭비하지 않고 더 많이 쌓고 가기를 바라는 마음이다.

내가 노래하는 것처럼 하는 말이 있다.

아버지 자식으로, 인연으로 갖고 온 재산이 앞으로 500년을 쓰고도 남을 텐데 복을 까먹는 것보다 어떻게 하면 유지하고 더 쌓고 갈 수 있을까를 생각한다.

나는 아버지께서 계시는 천상세계에 인연이 닿아 살기를 바라며, 그렇게 하려면 얼마나 잘 살아야 하는가?

그것이 언제나 나의 화두다.

숙명(宿命)

桐千年老恒藏曲(동천연로항장곡)

梅一生寒不賣香(매일생한불매향)

月到千虧餘本質(월도천휴여본질)

柳經百別又新枝(유경백별우신지)

오동은 천년을 늙어도 항시 가락을 간직하고 있고

매화는 일생 동안의 추위에도 향기를 팔지 않는다.

달은 천 번을 이지러져도 본질은 남아 있고

버들은 백번을 잘라져도 또 새 가지가 생겨난다.

내가 살아온 길에 대해 압축된 내용으로 느껴져 적어 보았다.

위의 시는 흔히 상촌(象村) 신흠(申欽)의 시로 상촌문집의 《야언(野言)》에 수록된 시로 알고 있으나 상촌집 《야언》에는 이 시가 전하지 않는다.

더군다나 위의 시는 상촌 선생의 문집에도 실려 있지 않지만, 이 시가 운자도 하나 맞지 않는 파격적인 것으로 볼 때 영의정까지 지낸 바 있는 조선시대 문신으로서 문장과 시에 뛰어났던 상촌 선생의 시로 보기는 어렵지 않나 생각한다.

인산 선생님을 향한……

인산 선생님을 향한 마음들

도(道)를 잃으면 덕(德)이라도 갖추어야 하고
덕(德)을 잃으면 인(仁)이라도 갖추어야 하고
인(仁)을 잃으면 의리(義理)라도 갖추어야 하고
의(義)를 잃으면 예(禮)라도 갖추어야 한다.

참으로 만나기 어렵다.

깡패와 변호사

싯다르타(석가모니 부처님)는 기존의 수행자들처럼 지독한 6년 고행을 했다. 그런데 자기중심주의에 대한 대담하고 철저한 고행 끝에 남는 것은 튀어 나올 것 같은 갈비뼈와 등뼈, 생명이 위태로울 정도로 망가진 몸뿐 니르바나(열반)는 없었기에 6년 고행을 접고 보통 사람들이 먹는 음식을 섭취하기 위해 마을과 거리로 탁발을 하러 다니며 공양을 하였다.

6년 고행을 할 때 얼마나 철저히 하였던지 다른 수행자들이 싯다르타를 존경했다고 한다.

그들은 궁극적으로 싯다르타가 빨리 해탈하여 그 길을 가르쳐 주기를 바랐을 것이다. 그러나 싯다르타는 그들을 실망시켰다. 철저한 고행의 결과 다가온 것은 약해진 몸과 새로운 수행의 필요성이었다.

종교적 수행을 마치 이적(異蹟)처럼 꾸민다는 것은 용서 받지 못할 일인 것이다. 싯다르타는 모든 것을 솔직하게 드러내기로 마음먹었을 것이다.

고행 수행자들과 주변 수행자들이 실망하는 것은 일시적이겠지만 궁극적 해탈을 얻으면 실망은 극복될 것이라고 생각했을 것이다.

왜 석가모니 부처님의 수행 이야기를 꺼내는가? 그것은 인산 선생님을 말하고자 함이다.

지금 인산 선생님, 인산 의학은 땅에 떨어졌다. 긍정적인 힘보다 부정

하는 세력들이 커지고 있다.

인산 선생님은 털끝만큼의 욕심도 없으셨고 꾸미거나 감추는 것 없이 깨끗이 드러내 놓고 사셨다. 그래서 맑음이 깊은 산속의 계곡물 같았고, 깨끗함이 푸른 하늘이셨다.

인산 의학에서 이루어지지 않는 것은 없다. 다 된다. 그런데 왜 인산 선생님, 인산 의학이 땅에 떨어졌는가?

그것은 오로지 코앞에 이익에만 급급해 멀리 보지 않는 사람들 때문이다.

인산 선생님께서 삶을 털끝만큼, 먼지만큼이라도 그렇게 사셨으면 그럴 수도 있을 것이다. 인산 의학이 땅에 떨어질 만큼 무성한 이론뿐 하나도 이루어지지 않는다면 그럴 수도 있다. 오로지 돈과 이익에 마음이 앞서 있는 사람들이 벌여 놓은 현실적인 장사 규모들이 워낙 크다 보니 사람들의 눈과 마음이 온통 그쪽으로 쏠려 있고, 그쪽에서 보여준 모습만 가지고 인산 선생님, 인산 의학을 땅에 떨어트려 보게 된 것이다.

물질적인 이익만 생각한 사람들은 인산 선생님의 세계에 들어 갈 자격을 죽을 때까지 받을 수 없는 것이다. 왜냐하면 그 세계는 손익계산을 초월해야만 얻을 수 있는 세계이기 때문이다.

그러므로 인산 선생님께서 말씀 해 놓으신 것을 가지고 장사를 한다는 것은 이미 선생님 세계를 향해 갈 수 있는 자격 상실을 의미하는 것이다.

자격 상실을 당한 사람이 버틸 수 있는 방법은 계속 감추어 가는 것이다. 자꾸자꾸 감추게 된다는 것은 결국 죽음이다. 죽음이라는 답이 나오는 길로 들어섰기 때문이다. 그것이 잔인한 말로 들릴지라도 어쩔 수 없는 사실이다. 지금이라도 사람들이 인산 선생님, 인산 의학에서 발을 뺏으면 좋겠다. 그것이 곧 오래 살 수 있는 길이기 때문이다.

인간이 육신만 살다가 소멸하면 얼마나 좋겠는가. 그러나 영혼이 존재

하니 그것이 문제이다.

인산 선생님, 인산 의학은 모든 것이 영혼까지 연결되어 있다. 그만큼 무서운 세계이기 때문이다.

인산 세계를 행하지 못하고 살려면 차라리 인산 의학과 완전히 무관한 장사를 하면 얼마나 좋겠는가. 인산 세계에 발 들여 놓았다가 빠진다고 누가 사형시키는 것도 아니고 데려다 두들겨 패는 것도 아닌데 왜 그렇게 하지 못하고 계속 죽을 일들을 만드는지 모르겠다.

인산 선생님과 인산 의학의 길은 절대 기술만 좋아서 갈 수 있는 길이 아니다.

세상의 모든 장사들은 기술이 최고이다. 기술을 자랑하려면 세상에서 인정해 주는 곳에 가서 그들이 인정하는 품목으로 해도 얼마든지 되는데도 불구하고 왜 어리석게 목숨을 들이밀고 미련을 떠는지 모르겠다.

말법시대에 인산 선생님은 새 법을 펴려고 오셨다. 그 법을 행하기 위해서는 육신이 필요하다. 공해 속에서 숨 쉬고 살아가기에도 바쁜 사람들이 법을 행하기 위해서는 육신 보존이 필요하므로 그 육신을 지키는 방법을 말씀해 주신 것이 인산 의학이다.

이 말법시대에 살아남을 사람이 몇 명이나 되겠는가.

인간들이 내 뿜는 마음들이 하늘을 새까맣게 더럽히며 덮고 있다. 그런 지금의 세상에서 법을 행하고 가도록 애타셨고, 영혼이 소멸되는 사람들이 너무나 많은 것이 안타까워 심장이 까맣게 타셨다. 인산 의학으로 육신을 보존해 영혼을 구하라고 알려 주신 그것 가지고 모두들 돈벌이에만 급급하고, 진짜 애타하시며 원하셨던 것에 대해서는 아무도 관심들을 가지고 있지 않는다.

보여지는 것을 가지고 모든 것을 판단하는 비디오 세상이니 지금의 세상에서는 그럴 수도 있다. 그러나 안 보이는 것도 존재하고 그것이 더 큰 것이라는 것도 사람들은 알고 있지만, 인간의 정신 두께가 자꾸 얇아지다 보니 보이는 세계 가지고도 벅차서 힘든데 안 보이는 세계까지 생각하라면 숨통을 조이는 것처럼 난리들이다.

우선 인산 선생님만 철저히 해석하기도 힘들고 바쁜데 정작 인산 선생님에 대해서는 아무도 관심을 갖지 않고 모두들 주변 사람들만 해석하고 있다. 인산 의학만 철저히 해석하고 연구하기도 너무나 바쁜데 그것을 가지고 이익에만 앞서 있는 사람들만 해석하고들 있다.

그렇게 인산 선생님, 인산 의학을 땅에 떨어트려 밟아놓고서 그 탓은 전부 인산 선생님에게 돌리고 있다. 인산 선생님, 인산 의학을 제대로 연구하면 절대로 그런 일이 일어날 수가 없다.

인산 선생님께서 살아 계실 때도 물론 그런 사람들이 많았다. 그런데 돌아가시고 난 뒤에는 더 심해졌다.

아내와 자식들이 춥고 배고프고 너무나 비참한 세월을 살게 해서 가슴이 아리셔서 잠깐 숨을 고르시는 사이에 가족들과 그 외의 뜻을 따르는 사람들이 돈 되는 일에 빠져서 헤어 나오지 못하는 모습들을 보았을 때 어찌 심장이 까맣게 타시지 않겠는가.

인산 선생님의 부인과 자식들도 저렇게 물질세계에 빠져 선생님께 누가 되었는데 우리들은 그나마 조금은 괜찮겠지 하면서 서로 위로를 했을런지도 모르겠지만 하여튼 그들도 역시 더 심하면 심했지 덜하지 않았다.

인산 선생님을 모셨다는 사람들, 자칭 제자라고 자랑하고 다니는 사람들, 가르침을 조금이라도 받았다고 하는 사람들, 책을 통해 공부했다는 사람들 모두가 다 인산 선생님과 인산 의학을 땅에 떨어뜨려 밟고 있다.

그렇지 않아도 우리나라 사람들은 이해득실에 밝아 자신에게 이익 되면 사람들에게 해 되는 것에도 그럭저럭 넘어 가고, 자신에게 손해되는 일이면 아무리 훌륭하고 좋은 일이라 하더라도 절대로 인정하지 않는 묘한 습성들을 가지고 있다.

기존의 한의학, 양의학, 민간요법, 대체의학 그곳에는 엄청난 사람들이 존재하고 있다.

인산 의학은 그 엄청난 사람들이 존재하는 방법들이 인간의 육신과 정신, 영혼을 살리는데 완전한 정답을 줄 수 없다는 것을 알기에 그 해답이 되는 것들을 세상에 발표했다.

지금의 의론에 반대되는 것들이 많다. 얼마나 많은 사람들이 비난하고 비웃고 매도하고 더럽히고 죽이기 위해 애를 쓰겠는가.

그 와중에 인산 의학과 가장 가까운 가족과 자칭 뜻을 따른다는 사람들이 이익에 앞이 가려 혹세무민하여 인산 선생님과 인산 의학을 팔고 있으니 그 명예가 땅에 떨어질 수밖에 더 있겠는가.

지금 인산 선생님, 인산 의학이 땅에 떨어진 것을 보고 짓밟기 위해 준비하고 있는 사람들이 많을 것이다.

그들을 이해 못하는 것은 아니다. 그런 사람들을 조금만 가까이에서 살펴보면 자신의 이익에 조금이라도 해가 되었거나 또는 자신의 마음에 상처 받은 것이 있었든가 아니면 자신의 삶에 큰 손해를 보았거나 혹은 이용당했거나 아픈 몸이 더 아프게 되었거나 각자 사연들이 다 존재할 것이다.

그러나 한번쯤 다시 생각해 봐야 한다. 인산 의학을 가지고 인산 선생님께서 직접 자신들에게 고통을 준 적이 있었든가를 생각해 보았으면 좋겠다는 뜻이다.

인산 선생님께서 직접 자신들에게 손해를 주었거나 고통을 주었거나 상처를 주었거나 이용을 했거나 더 아프게 했거나 여하튼 직접 인산 선생님께서 당신의 어떤 이익 때문에 당신께서 사람들에게 안 좋게 한 것이 있었는지 생각해 보란 뜻이다.

왜 인산 선생님의 사상과 삶, 인산 의학에 대해서는 문제가 없는데 그 주변 사람들 때문에 땅에 떨어뜨리고 짓밟으려고 하는지 너무나 안타깝고 숨이 막힐 것처럼 힘이 든다.

이런 것들을 생각하다 문득 석가모니 부처님의 6년 고행이 생각났다. 그 고행을 멈출 때 기존의 모든 수행자들의 비난과 멸시에 대해 아랑곳하지 않고 궁극적 해탈을 위한 수행법을 다시 시작했을 때의 그 상황 말이다.

지금의 인산 선생님, 인산 의학과 반대 되는 기존의 모든 의론이 고행을 해탈의 답으로 여겼던 기존 수행자들이고, 지독한 고행만이 궁극적 해탈을 주는 것이 아니라는 것을 깨달아 또 다른 수행법을 향해 가는 싯다르타에게 보내는 실망이 현재 인산 선생님을 향해 사람들이 쏟아 놓는 수 없는 부정적인 말들이다.

싯다르타가 궁극적 해탈을 얻어 부처가 되었을 때 모든 실망이 사라졌듯이 인산 선생님과 인산 의학도 저절로 때가 되면 바른 답이라는 것을 알게 되는 날이 온다.

그러나 엄청난 혼란을 겪고 있는 지금의 작태를 지켜보는 마음이 정말 많이 아프다.

인산 선생님 자식들과 가족들, 먼 친척이라도 되는 사람, 인산 선생님·인산 의학을 따른다는 자칭 제자들과 그들 중 자기 자신은 괜찮은 편이라고 말하는 사람들, 인산 의학을 조금이라도 이용해 자기 돈벌이에 써 먹고 있는 사람들 모두에게 책임이 있다. 그들이 인산 선생님과 인산 의학을 땅에 떨어뜨려 놓았다. 짓밟고 있다. 그래서 인산 선생님, 인산 의학을 제대로 알고 행하려는 사람들조차 설 자리가 없게 만들고 말았다.

어느 날 인산 선생님께 여쭈어 본 적이 있다.

"제자가 누구냐"고 여쭈어 보았더니 "제자는 없다. 책을 보고 그대로 행하는 사람이 제자다."라고 하셨다. 또 "자식들이나 다른 사람들에게 책에 없는 특별한 것을 가르쳐 주신 적이 있으시냐"고 여쭈어 보았더니 "자식들이나 그 외에 다른 사람들에게 특별히 가르쳐 주신 것은 한 가지도 없다."고 하셨다. 그러시면서 "모든 것은 책 속에 다 있다."고 하셨다.

나는 그 믿음이 한 번도 흔들린 적이 없다. 지나가는 농담처럼 슬쩍 던져 놓으시는 말씀, 장난처럼 흘려버리시듯이 하신 말씀까지 한 가지도 맞지 않는 말씀이 없었다. 너무나 정확해 어떤 때는 소름이 다 돋을 정도였다.

그러므로 자신이 제자라고 말 한다든지, 특별히 가르침을 받은 적이 있다든지, 더 많이 알려 주셨다든지, 더 오래 모셔 아는 것이 많다든지 하는 사람들은 복잡하게 설명할 것 없이 모두 인산 선생님을 팔아먹는 사기꾼들이다.

아버지께서 내게 별명을 지어 주셨다. '깡패'와 '변호사'이다. 그 지어 주신 별명에 맞는 행을 하여 은혜 갚는 길을 조금이라도 해야겠다. 올 봄 전중에 뜸을 뜨고 힘차게 출발할 것이다.

정법과 비법

　석가모니 부처님의 고민 중 하나는 돌아가신 후 정법을 오래 지속 시킬 방법에 관한 것이었다. 그 이유는 사람들마다 설법을 들은 장소와 기억 내용이 다 다르기 때문이었다.

　그래서 사람들의 기억을 되살려 진리는 아난 존자, 계율은 우팔리 존자가 중심 역할을 했고, 여기에 뒷날 해석이 덧붙여져서 경(經)·율(律)·론(論) 삼장(三藏)이 성립됐다.

　그래서 인산 선생님은 경전에 부처님 말씀이 없다고까지 하셨다.

　그렇다. 인산 선생님 돌아가시고 일대 혼란이 일고 있다. 확인해 주실 분이 안 계시니 들었다는 사람, 보았다는 사람, 육성 말씀(공개 강의 내용 제외)을 가지고 있다는 사람들이 확인자인 것처럼 말한다. 들었다거나 보았다는 사람마다 각자 개인이 지니고 있는 진실성에 의해 얼마든지 변질해 말할 수 있는 것이고, 육성 녹음을 가지고 있다는 것 또한 그 녹음을 할 당시에 있었던 사람의 질문 내용에 따라 대답해 주신 말씀이기 때문에 그것을 정법이라고 우기는 사람에 대해서는 다시 한 번 생각해 볼 필요가 있다. 그 사람이 대각자 인산 선생님보다 훌륭하다면 그 사람이 정법이라고 말하는 것이 맞는 말일 것이다. 그러나 그렇지 않다는 것은 다 알고 있는 진실이다.

함양의 상림 사운정에서 찍은 아버지 모습이다.

세상에 내 놓으신 친필 내용에 한자도 수정하지 않은 책이 《우주와 신약》이다.

그 외에 《신약》, 《신약본초》, 《의사 여래》, 《의사 신성》이 친필과 같은 내용이다. 그런 다음 누구든 가지고 있는 친필이 있다면 그것이 정법이다.

그리고 강의 말씀을 녹음한 것이 가장 정법이다. 몇 백 명 많은 사람을 놓고 말씀하신 것은 정법을 말씀하시는 것이다.

그러므로 인산 선생님께서 평소에 "나는 시대가 좋아서 글자를 남길 수도 있고 강의를 해서 그 기록을 남길 수도 있으니 내가 석가모니 부처 보다 훨씬 좋은 것이지." 하셨다.

그러기에 혼란을 바로 잡아야 하는 것이 시대 우리의 몫이다. 그러나 서두를 필요는 없다. 그렇다고 가만히 앉아 있어서도 안 된다.

인산 선생님께서 모든 종교가 없어져야 한다고 하셨다. 그것은 종교가 혹세무민 하는데 앞장서고 있기 때문이다. 마찬가지로 인산 선생님 내세워 혹세무민하는 것을 바로잡아야 한다. 그것은 인산 선생님 다녀가신 바로 이 시대를 살아가는 우리들의 몫이기 때문이다.

수행의 근본

"인욕 고행은 수행의 근본이다."

아버지께서 해 주신 말씀이다. 무엇이든지 근본이 없이는 해낼 수 없는 것이기에 언제나 인욕 고행을 산소처럼 끼고 산다. 그래야 무언가 조금이라도 해낼 것 같기 때문이다. 그러나 "인욕 고행"이 얼마나 무섭고도 또 어려운 단어이든가. 눈에서 피가 흐르고 목에서 피가 넘어 온다. 지혜가 없으면 인욕 고행도 못한다. 어떤 것이 인욕 고행인지 착각하게 되기 때문이다.

20대 초반 아버지께서 지리산 깊은 골짜기인 살구쟁이라는 곳으로 나를 데려 가신 적이 있다. 지리산 깊은 골 어마어마한 숲속 깊은 계곡, 깎아지른 절벽, 사람 하나만 지나가게 되어 있는 아슬아슬한 그 길을 따라가면 외딴집이 보이는데 바로 그곳이 아버지께서 함지박을 파시며 사셨던 곳이다.

가시면서 이곳 골짜기는 무슨 골짜기로 여우가 많고, 저곳 골짜기는 무슨 골짜기로 호랑이가 많고 등 말씀을 해 주셨고, 내려다보라 하셔서 내려다 본 그곳은 얼마나 깊은 낭떠러지인지 어지러웠다. 지난 날 그곳에서 아버지께서 떨어지셨다고 하셨다.

내가 "이곳에서 떨어지면 뼈 가루도 남지 않겠다."라고 했더니, "그런데 나는 뒤통수를 나뭇가지에 살짝 긁히기만 했지." 하시며 목뒤 머리 쪽을 보여 주시는데 약간 긁힌 자국만 보였다.

"아까 오면서 폐허가 된 낡은 주막 봤지. 그곳에서 거나하게 말술을 먹고 발을 헛디뎌 그리된 거야. 함지박 파서 함양 장날 가져 나가면 금방 팔리지. 워낙 잘 팠으니까. 그 판돈으로 떼어 술 마셨다."

그때 얼떨결에 따라 갔었고 36년이 한참이나 지난 지금까지 아직 생생하게 그 기억이 남아 있다. 참으로 이상한 것은 머릿속, 마음속 비워내는 공부를 치열하게 해서인지 워낙 잘 잊어버린다. 그런데 아버지에 대한 기억은 언제나 늘 또렷이 살아 있다. 아마도 수행하며 막힐 때마다 떠올려 막힘없이 이 공부를 잘 풀어내라고 아버지께서 미리 아시고 그리 해 주신 것 같다.

요즘 그곳에 데려 가신 것에 대한 답이 또 나왔다. 이곳 산 6만평을 사 들여 2만3천 평을 개간하고, 전생에 물 한 모금이라도 얻어 마신 인연들인지 몇 백 명 먹여 살리며 남겨 놓은 집터와 산이 모두 다 경매로 넘어 가고, 뒷산 그 좋은 숲이 낙산사 다음으로 큰 산불이 나서 벌거숭이산이 되어 버렸으며, 아버지 말씀대로 이곳에 《신약》에 나오는 온갖 약 다 준비하고 양·한방병원과 치료소를 세우려던 모든 꿈이 사라졌다.

그러면서 당장 땟거리 없이 되어 버렸을 때 겪은 인욕 고행, 사람들이 짓밟으며 보여준 인욕 고행 그것은 차라리 평화였다. 무거운 짐을 내려 놓은 평화.

소박하게 아주 소박하게 남은 생을 살게 된 것 같아 그때는 어찌 그리도 평화롭던지.

그 인욕 고행, 즉 그 평화가 지나고 나니 내가 찾지도 않은 인연이 다가와 다른 장소 8만 2천 평을 사게 되는 일이 생겼다.

그곳은 돈 많은 사람이 마음을 낸 것이 아니고 사는 집을 담보 잡아 내

준 사람, 십년을 꼬깃꼬깃 모은 돈 등을 합쳐 그 큰 땅을 다시 사게 되었다.

아, 나는 아닌가보다, 아버지께서 틀리셨나보다 하고 아주 가난해도 너무나 행복하게 살고 있는데, 왜 아버지 말씀은 다 맞는지 하물며 농담까지도 솜털이 일어 날만큼 다 맞는 것인지 무서울 뿐이다.

아직 신용불량자라 다른 사람 이름으로 사 놓았는데, 땅값이 엄청 비싸다 보니 담보대출을 받았고 그 이자를 감당하기 위해 상상도 못했던 택배사업을 하게 된 것이다.

그런데 택배를 특히 이곳 시골 사람들은 천민 취급한다는 것이다. 천원짜리 인생으로 바라보고 취급하는 것이다.

아버지께서 내게 유산으로 남겨 주신 말씀 중에 "봉황은 배고파도 서속밭에 내려앉지 않는다."라는 뜻을 잘 아는 나로서는 너무나 힘든 시간들이었다.

특히 아버지께서 말씀해 놓으신 《신약》을 통해 살아가는 사람들이 망하더니 이제 이 짓까지 하냐 하면서 무시하고 갈구고 택배를 다른 곳으로 옮겨 버리는 등 하는 것을 보면서 정말 인간처럼 못된 것이 없구나 하는 생각이 들었다.

아버지 덕을 그렇게 보고 살았으면서 은혜는 갚지 못할망정 경우 없는 마음을 가지면 안 되는 것이 인간으로서 지녀야 할 최소한의 도리가 아니겠는가.

은혜를 알아도 자기 복이고, 경우가 밝아도 자기 복이거늘 어쩌면 그렇게도 복 차는 일들을 겁 없이 행하는지 인간처럼 무지한 것도 없으리라.

이 인욕 고행을 통과해야 8만2천 평에 들어가 그곳에 아버지께서 해 주신 말씀을 실천할 수 있는 것을 뻔히 알면서도 그릇이 작아 마음이 힘들 때 아버지께서 지리산 깊은 골 살구쟁이로 데려 가신 것이 생각나 늘 그 생각으로 치료하고 있다.

그때는 얼떨결에 가 몰랐는데 그곳에서 그 무거운 함지박을 지고 깊은 골을 걸어서 함양장터까지 오시는 시간이 지금 따져보니 몇 시간인 것이다.

그리고 장바닥에 앉아 파시고 다시 산속으로 몇 시간을 걸어 들어가시고 그것으로 간신히 살아가신 그 상황을 떠 올리면 내가 겪는 지금의 고통은 어느 결에 어디로 사라져 버린다.

이승만 대통령이 아버지께 전적으로 의지하던 그 시절, 이기붕 부통령을 보시면서 앞으로 벌어질 그 끔직한 내용, 즉 이기붕 부통령 아들이 이승만 대통령께 양자로 갔었고, 부패의 우두머리 이기붕 부통령의 아들이 자신의 친아버지를 총으로 쏴 죽이고, 그 후 이승만 대통령이 겪을 그 엄청난 일까지 다 아시고 계시는 아버지께서 그 순리를 막을 수 없었다고 하셨다.

그 대흐름을 막을 수 없는 것은 웬만한 마음자락을 공부하는 사람들은 다 알 것이다. 그러기에 이승만 대통령이 찾아 낼 수 없는 그 깊은 지리산 골짜기로 들어가 그곳에서 함지박을 파 생활하시며 《신약》을 통해 인류를 구하기 위해 아버지께서 힘든 그 길을 가신 것이다.

그러므로 나도 아버지 말씀을 받들어 신약촌 건강테마타운을 건설할 때까지는 어떤 인욕 고행도 참아내야 한다는 것을 알면서도 아버지께서 지리산 살구쟁이에 사시던 모습을 생각하면 그 힘들던 것들을 순식간에 비워 버릴 수 있는 것이다.

지금 《신약》을 통해 자신이 살아가는 생활에 조금이라도 도움을 받는 사람들은 정말 최소한의 인간 도리를 상실한 상태로 살면 안 되는 것이다.

그것은 아버지의 그 수많은 인욕 고행을 통한 은혜를 받고 있는 것이기 때문이다.

그러나 아직까지 나는 보지 못했다. 은혜를 아는 인간들을. 그래서 앞으로 사는 동안에 그런 인간을 꼭 만나고 싶다. 그래야 조금은 덜 쓸쓸할 테니까.

왜 넓은 땅이어야만 할까?

그것은 《신약》에 나오는 오핵단, 삼보주사, 죽염, 사리간장 등 그 수많은 것을 행하는 제대로 된 사람들이 모여 그곳에서 그 모든 것을 행하고, 그 갖추어진 것들을 통해 수많은 사람들이 살아야 하기 때문이다.

아버지께서 더 넓은 땅을 말씀하셨는데 그러지를 못해 조금 마음은 불편하지만 그곳에서 그 모든 것들을 갖추게 하는 내용이 존재하도록 한 다음 그것들을 갖추는 진실된 이들에게 땅을 다 나누어 주고 깊은 골짜기로 들어가 2평짜리 흙집을 짓고 전기·전화 없이 철마다 뜸 뜨며 아버지께서 주신 책 읽으며 남은 인생을 행복하게 살기 위해 오늘도 나는 인욕 고행을 근본으로 삼고 보약으로 마시며 옳은 일을 행하기 위해 그 길을 알려 주신 내 아버지, 나의 스승인 인산 선생님 뜻대로 살기 위해 목숨을 걸었다.

이제 다시 숨 고르고 있는 중이다.

택배—결코 할 수 없는 일—을 접었다. 큰 손해를 보면서.

8만2천 평, 이자를 감당할 수 없어 또한 비웠다. 큰 손해와 함께.

아버지 말씀대로 '겨울에 약쓴다고 봄 되더냐, 겨울에 돈 낸다고 봄 되더냐 저절로 된다' 고 하셨듯이 마음을 키우며 때를 기다리고 있다. 저절로 봄이 오는 그 진리가 가슴에 들어있기 때문이다.

인욕 고행은 수행의 근본

"인욕 고행은 수행의 근본이다."

《신약》,《신약본초》 전·후편을 다 읽고 난 다음 언제나 내 가슴에 남아 있는 아버지 말씀은 인욕 고행은 수행의 근본이라는 글이다.

아버지 생전에 함양 초막으로 어려운 병 가지고 처방전 받으러 와서 사람들은 온갖 불평들을 해댔다.

"집이 너무나도 초라하다."

"화장실(재래식)이 더럽다."

"불친절하다."

"《신약》에 그 많은 것들이 좋다고 해놓고 왜 환자들에게 바로 바로 줄 수 있는 것들을 하나도 갖추지 않는 이런 곳이 그 훌륭하다는 사람집이 맞냐? 사기 당한 것 같다."

심지어 자기 집으로 돌아가 전화를 해 아버지께서 받으시면 온갖 욕설을 하고 끊는다. 참으로 어리석은 사람들이 다녀가거나 전화를 해서 욕설을 들으신 날 아버지께서는 결혼을 해 대전에 살고 있는 내게 전화를 해 그 내용을 말씀하시면서 웃으셨다. 그 기막힌 것을 내게 말씀하시는 것이 전부이셨다.

나도 자주 받는 전화가 있는데 어제 그런 전화를 또 받았다.

함양 삼봉산 산속 농장에서 잠깐 쉬고 계시는 모습.

작년 3월경 정말 어쩔 수 없이 죽염 가격을 올리면서 500g, 1kg짜리 스티커를 다시 만들지 않고 올린 가격표시만 다시 인쇄해 그것을 일일이 부쳐서 판매하였다. 그런데 그 가격표시가 떨어진 것인지 그 가격표를 떼어 본 것인지 대뜸 전화를 걸어 막 퍼부어 댄다.

"그깟 스티커 몇 만 원 한다고 다시 할 수 없느냐? 서울지사에 사무실은 왜 없느냐? 없으면 없다고 다시 스티커 제작을 해 놓아야지 소비자를 뭐로 보느냐? 왜 속이느냐? 9번 굽지 않은 것 같다." 하면서 소리를 지르는데 그 사람보다 내가 더 어리석은 대답을 했다.

"워낙 남는 것이 없어서 서울지사는 유지를 할 수 없었다. 그래서 스티커 아주 작은 금액이 드는 것도 되도록 그냥 쓴다. 무슨 재벌이 되겠다고 9번 굽지 않고 구웠다고 하겠느냐."

이런 내 대답 끝에 상대방이 남고 안 남고 그런 사정은 내 알바 아니고 환불해 달라는 것이었다. 계좌번호를 확인하고 그 자리에서 바로 인터넷뱅킹으로 보내 주었다.

자신이 죽염을 잘 알고 있다고 했었기 때문에 그 사람 마음속에는 9번 제대로 구운 죽염이 이 가격으로 팔 수 없기 때문에 분명 가짜일 것이라 생각하고 그리 시비조로 말을 붙이는 것을 파악 못하고, 나는 지지부지 어리석은 답변만 했던 것이다.

지금 생각해보면 이렇게 싼 가격의 죽염은 가짜일 것이라는 바로 그 말인 것이다.

전화를 끊고 잠깐 마음이 아팠다. 왜 사람들은 저럴까?

그러다 아버지 생전에 아버지께 사람들이 정말 기가 막히게 한 행동들을 떠올리며 바로 아픔이 치료되었다.

'아버지께서 말로 표현할 수 없는 참담함을 겪으셨는데 항차 내가 무어라고 이까짓 것 가지고 그러는가.'

그렇게 생각하면 무엇이든 몇 초면 치료가 된다.

아버지께서 참담함을 겪으시면 내게 전화를 해서 내용을 말씀하시고는 "어리석은 중생들은 내가 잠깐 다녀가는 것도 모르고." 하셨다.

나도 아버지가 누구신지 모르고 살았다. 비참하고 초라한 환경의 생활에서 살기 바빴기 때문에 무엇보다 아버지께서 아무런 표시 없이 사셨기 때문에 몰랐다.

아버지께서 돌아가시고 바로 《신약》, 《신약본초》 전편을 하루 만에 읽고 10년을 넘게 울고 살았다.

초라한 삶과 언제나 편할 날이 없는 가정사—어머니가 아버지를 힘들게 한 부분이 많았다—때문에 휘둘러 살면서 아버지가 누구인지 제대로 알지 못했다는 어리석음에 대한 눈물이었다.

아버지께서 우리들에게 그렇게 행동하신 것은 우리들을 살게 하시기 위한 것이었다는 것을 안다. 아버지께서 누구인지 알았다면 우리들은 아는 그 순간부터 숨을 쉴 수가 없었을 것이다. 하지만 그것을 알면서도 아버지를 향한 그리움에 아직도 눈물이 고인다. 아마 스승을 향한 눈물이고, 아버지께서 유독 많은 사랑을 주셨기 때문에 특히 더욱 그러한 것이다.

송진이 20만 원대에서 100만원이 훨씬 넘었다. 대나무, 소금 안 오른 것이 없다. 죽염 가격을 올려야 하는데 차마 못 올리고 있다.

그런데 아직도 죽염 가격을 올리지 못하고 그대로 받고 있는 지금의 우리 형편은 눈물 나도록 힘들고, 죽염을 만드는 자식들은 너무나 힘들어 한다. 그러면 자식들에게 하는 말은 언제나 똑같다. "엄마는 할아버지의 사상에 목숨 걸었으니 너희들도 운명이다. 순응해라. 할아버지께서는 먹는 사람의 입장에서 생각하라고 하셨다. 먹는 사람의 입장은 가장 좋은 것을 가장 싼 가격에 먹는 것이다. 그것이 할아버지의 사상에 맞게 사는 것이다."

젊은 세대인 내 자식들은 너무나 강한 엄마 밑에서 그냥 따르고 있다. 그러나 그것이 나중에 그 아이들이 엄청난 재산으로 불어날 것을 알기 때문에 나는 그리할 수밖에 없다.

할아버지의 인연으로 태어난 복도 그 부피를 헤아릴 수 없는데, 복을 탕진하지 않고 유지하거나 더 쌓고 가게 하기 위함이니 아무리 힘들다 불평해도 이대로 살아야 한다.

영혼의 저축, 그것보다 큰 부자는 없기 때문이다.

그래서 오늘도 나는 아이들에게 힘들어도 참고 견뎌라는 말을 노래처럼 부르고 다닌다.

신약세계 = 신약인

"산속에 들어가 농사짓고 살아라!"

아버지께서 해 주신 말씀이다.

신약세계, 즉 신약인으로 살아간다는 것은 산속에 들어가 농사짓고 살아야 하는 것에 모든 답이 다 들어 있기 때문이다

법을 전하러 오셨지만 이 말법과 난세와 공통업 속에 모든 사람들이 온갖 정신과 육신의 병으로 시달리기에 육신을 구하고 영을 키우라고 알려주신 것이 '우주와 신약', 즉 '신약'이다.

산속에 살아야 한다. 그것은 맑은 공기와 물이 신약세계를 살고자 하는 사람이 갖추어야 하는 기초이다. 또한 그것은 너무나 강조하셨던 공해 독을 벗는 길이기 때문이다. 공해 독은 모공을 통해 심장을 파고들어 사람의 정신과 영혼을 변질시키는 무서운 독이기 때문에 걱정하셨다.

물 얼마나 중요한 것인가! 오염되지 않은 물을 먹고 일상생활 속에서 사용하는 것은 엄청나게 중요한 것이다.

공기 좋고 물 맑은 곳은 산속이다.

우선 그 내용만 가지고도 엄청나게 차이가 나는 것이다.

농부가 돼야 한다.

《신약》에 나오는 것들을 실천하려면 농사부터 지어야 한다. 밭 마늘,

서목태, 홍화씨, 유황열무, 무엿 등 열거하자면 너무나 많다. 이런 것들은 유황을 뿌리고 무농약으로 재배해야 최소한 사용할 수 있다.

유황오리, 토종닭, 돼지, 개, 염소 등 짐승을 키우려면 축산업도 알아야 한다.

철공소도 해야 한다. 죽염로를 만들려면 쇠를 알고 다룰 줄 알아야 하며 주물용접까지 할 수 있어야 하기 때문이다.

가공업, 제조업, 건강원도 할 수 있어야 한다. 약을 가마솥에 넣고 달일 줄 알아야 하는데

그러자면 불을 다룰 줄 알아야 하고 약재들의 특성과 약리작용을 알고 적절하게 활용할 줄 알아야 한다.

과학자가 되어야 한다. 연구원이 되어야 한다. 《신약》에 나오는 모든 것에 무서운 과학이 들어 있기 때문에 과학도가 끊임없이 연구하여 이치를 알아내야 하기 때문이다.

수행자가 돼야 한다. 《신약본초》에 "인욕 고행은 수행의 근본이다." 라고 하신 아버지 말씀이 있다. 신약인이 되어 신약세계에 살려면 가장 기초가 되는 인욕 고행을 근본으로 삼아야 한다.

석가모니 부처도 기존의 수행세력들로부터 받는 질시와 고통을 참아내고 걸인이 탁발하는 모습으로 수행자의 길을 걸을 때 어리석은 자들에게 받는 처절한 인욕 고행이 부처가 되는 길에 뼈에 살가죽처럼 붙어 다녔던 것이다.

마찬가지로 신약인으로 살아야 한다는 것은 현재의 기존세력들에게 받는 모멸을 참아내야 하는 것이다.

수행자는 탐·진·치를 비우기 위해 목숨을 건 수행을 하기 때문에 《신약》에 나오는 모든 것을 활용해 사람 육신을 구하는 것에 이익에 눈먼 자

처럼 행동하지 않는다.

산속에 들어가 농사짓고 사는 것이 그곳에서 아버지께서 어린 날부터 걱정하시며 귀에 못이 박히도록 해 주신 말씀을 다 지킬 수 있는 것이다.

공해 독, 농약 독, 화공약 독과 무서운 괴질 등 모든 병이 삼독으로 다 생기고, 지구가 삼독으로 멸하는 길로 가려는 것이기에 아버지께서 내일 백성들이 다 죽을 것처럼 내일 지구가 멸할 것처럼 언제나 가슴 저린 걱정을 하셨다.

산속에 들어가 농사짓고 살면 신약세계를 제대로 살아낼 수 있기 때문이다.

공해 독, 농약 독, 화공약 독 이 세 가지에서 벗어나 주위에 고통 받는 이들에게 사는 날까지 도움을 주고 갈 수 있기 때문이다.

《신약》에 나오는 약재들을 갖추고 있다가 난세에 사람들을 구하는 것은 산속에서만 할 수 있다. 내게 인연된 자식들에게 공해 독을 피해 키우는 것이 기초이고, 산속에서는 난세에 꼭 있어야 사람을 살릴 수 있다고 말씀하신 죽염도 할 수 있고 사리간장을 담글 수 있으며, 사리간장을 담을 모든 재료를 갖출 수 있고 탕약을 제대로 만들어 낼 수 있기 때문이다.

죽염은 도시에서는 또 마을이 있는 곳에서는 할 수 없다.

첫째, 연기가 많이 나고 또한 고열 처리시 굉장히 소리가 크며, 공간에 있는 약분자를 고열로 끌어 당겨 죽염 속에 합성 시키려면 깨끗한 환경이 무지하게 중요하기 때문이다.

사리간장을 보더라도 유황오리를 제대로 키울 수 있고 농약 없는 곳에서 키운 서목태, 밭마늘이 필요하고 인접 산에서 직접 캔 유근피가 절대적으로 중요하고 필요하기 때문에 공기 좋고 물 맑은 산속이 기본인 것이다.

예를 들어 무엿을 만들더라도 산속에서 유황 뿌려 재배한 무농약 무우로 하는 것이 기본이고, 무엇보다 가장 중요한 것이 물이다. 아주 좋은 물을 쓰면 모든 것이 달라진다.

쉬운 예로 좋은 물로 끓이면 라면 맛도 엄청난 차이를 느끼게 된다.

신약 책에 나오는 탕약들을 달일 때 재료와 물이 좋아야 한다.

신약세계, 즉 신약인으로 살려면 농업, 축산업, 철공소, 가공업, 제조업, 엔지니어, 건축업, 연구원, 과학자, 수행자 등 이 모든 직업을 다 갖추어야 해낼 수 있다. 그래야 제대로 신약세계의 신약인으로 살 수 있다.

내 몸으로 다 치루리라

세상 사람들이 말하는 호강이라는 그 단어를 아버지께는 한 번도 가까이 한 적이 없었다.

그래서 우리도 그 호강이라는 단어가 많은 세월 동안 우리 옆에 있지 않았었다.

그런데 오늘날 나와 내 형제들은 엄청나게 호강하고 있다.

아버지의 육신을 견딜 수 없도록 아프게 한 대가로 우리는 호강하고 있다.

아버지께서 돌아 가시기전 몇 년을 엄청나게 육신적으로 고통스러워 하셨다.

갑자기 쉬지 않고 밀어 닥치는 환자들 보며 가슴 아프시고 또한 지치셔서 육신적으로 편찮으신 것도 있겠지만 그것보다 더 힘들게 해드린 것은 우리 자식들이다.

함양의 아주 작은 초막에 살 때였다.

사람들이 아버지를 찾아오면 언제나 우리집 건너편 마당이 아주 넓은 큰 기와집으로 무조건 먼저 들어간다. 거의 대부분의 사람들이 다 그렇다. 모두들 아버지께서 마당 넓은 큰집에 사실 것이라 생각해서이다.

나중에 사람들이 "선생님 더 큰집으로 옮기세요." 하면서 아주 많은 사람들이 말씀 드렸고 어떤 사람들은 자신들이 큰집을 사드릴 테니 이사 하시라고 권하는 사람들이 그렇게도 많았는데 언제나 하시는 아버지의 말씀은 "이 집도 내겐 너무 호사스러운 집이야, 궁궐이야. 독립 운동하며 이름 모르게 죽어간 선배들에게 난 언제나 미안해하며 살아. 그들을 생각하면 이집도 내게는 너무나 과분해." 하셨다.

또한 "잠깐 다녀가면서 중생들에게 자신을 구하는 길을 일러 주고 가면 되는데 좋은 집은 무슨 좋은 집." 이라고 말씀하셨다.

그런 아버지이신데도 고생 시킨 자식들이 어찌 가슴이 아프지 않으실 수가 있겠는가!

다른 사람들이 하루 세 끼 밥 먹을 때 우리는 하루 세끼를 굶었다. 언제나 구멍난 옷에 언제나 이집 저집 옮겨 다니며 비참함이라는 단어를 가족처럼 끼고 살았다.

지금 나에게는 아버지께서 남겨 주신 것 가운데 아무리 힘들어도 돈이라는 것 때문에 옳지 못한 일에 타협을 하지 않고 살 수 있는 그 힘을 유산으로 물려받았다.

아버지께서 생활 속에서 보여 주지 않으셨다면 나도 이 물질 만능시대에 살면서 어찌 돈과 타협하지 않을 수 있었겠는가.

세상 사람 거의 다 돈과 타협하지 않는 사람이 존재할 수 있겠는가?

나는 아직까지는 만나지 못했다.

앞으로 오래 살면서 만나고 싶은 사람들이다.

착한 척하고 살기는 정말 쉽지만 돈과 타협하지 않고 살기는 거의 불가능하다.

지금 말법시대, 물질만능주의시대에서는 더더욱 그렇다.

60년 인생을 바라보면서 모두들 아주 작게 부터 시작해 아주 엄청나게

든 정도의 차이는 있지만 다 돈과 타협한다. 그래서 요즈음은 옳고 그른 것이 없어졌다.

기가 막힌 이론과 방법으로, 정말 그럴듯하게 돈을 위해 다 타협을 감추고 그럴듯한 생각과 행동으로 옳은 것처럼 포장하며 산다.

서로 알면서 적당히 속이고 속으며 착한 듯 옳은 듯 위장하고 산다.

이런 세상에서 아버지께서 보여 주셨던 행동으로 지금 생을 살아간다는 것은 이해할 수 없는 일이고, 언제나 돌아오는 말은 '지나치다', '미쳤다'이다.

사람이 사람을 슬프게 하는 것, 아닌 것을 교묘하게 사람들이 그렇다고 밀어붙이는 것들이 나를 가장 슬프게 한다.

그러나 바로 벌떡 일어 날 수 있는 힘은 내게는 엄청난 스승이신 아버지께서 계시고 머리 위에는 하늘이 있다는 것이다.

내 치료제이며 위로자이며 엄청난 에너지이다.

또 말이 옆으로 비켜선 것 같다.

본론으로 아버지께서 세상에 많이 알려지시면서 돈이라는 것이 우리집을 휘젓지 않을 수 있었겠는가.

우리 자식들은 다 갑자기 밀어 닥친 돈에 전부 좋은 집 사고 좋은 차 사고 그렇게 우리들은 호사를 누렸다.

잘 사는 사람들이 그게 무슨 호사냐 남들 다 그렇게 사는데 하겠지만 우리들에게는 아니 아버지의 자식들에게는 엄청난 호사인 것이다.

우리들은 안 보이는 세계의 호사가 엄청난 부피로 있는데 보이는 세상의 호사까지 누리려 했으니 그런 차고 넘치는 욕심이 어디 있겠는가. 욕심이 차고 넘쳐서 좋을 것이 어디 있겠는가. 그것은 변하지 않는 진리인데…….

우리들이 누린 호사는 아버지 심장을 까맣게 타시게 한 대가였다 .

어느 날 아버지께서 내게 말씀하셨다.

"너무나 고생만 시킨 자식들이 호사를 누리고 싶어 하는 것을 막지 못했기에 그 대가를 내 몸으로 다 치르고 갈 것이다."

나는 그런 아버지의 말씀을 뒤늦게야 깨달았다. 그리고 많은 세월 눈물을 흘렸다. 그래서 지금도 아버지를 생각하면 눈물이 흐른다.

아버지 육신을 고통스럽게 해드린 대가로 호사를 누린다고 생각하면 날마다 뼈를 깎는다 해도 아프지 않을 것이다. 그러기에 호사스러운 삶을 살고 싶지도 않고 살아서도 안 된다. 만약 그렇게 살면 내 영혼은 어찌 되겠는가. 소멸될지도 모른다는 절박한 생각을 하며 수행하고 있다.

조금의 여유로움이 비집고 들어오면 언제나 공부한 것은 아무것도 없게 되는 것이다. 그래서 아주 절박하게 긴장해야 그나마 조금은 잘 수행할수 있을 것 같다.

그것은 아픈 사람에게 받은 돈으로 자식들이 누린 호사를 아버지께서 육신으로 아프서서 다 치르고 가신다는 그 말씀에 조금이나마 보답하는 길이리라.

그래서 지금은 내게 있는 돈은 남을 위해 다 썼고, 뼈를 깎는 인욕 고행을 통한 수행을 너무나 행복한 마음으로 하고 있다.

선덕여왕

삼십대 후반 쯤 처음으로 경주에 갈 일이 있었다.

경주시내에 있는 왕들의 무덤을 보고 내 가슴이 뻥 뚫리는 듯한 충격을 받았다. 도로 한복판에 다른 차들이 소리를 질러대는 데에도 멍하니 혼미한 상태로 서 있었다.

금생에 서서 전생을 보는 것 같은 그 환영은 한동안 금생의 나로 돌아오는 시간이 그 긴생만큼 멀고 멀었다.

경주 박물관을 돌아보는 중 어느 한 곳에 섰는데, 심장 저 밑바닥부터 쿨럭쿨럭 피 같은 눈물이 출렁이더니 이내 눈가에 물이 고이며 뚝뚝 떨어지기 시작했다. 슬픔의 눈물이 아닌 너무나 반가움에 겨운 눈물이었다.

그 자리는 선덕여왕에 관련된 어느 절에 대한 것이었다. 선덕여왕에 관련된 궁이든 사찰이든 하물며 기와장 하나까지 그 심장의 요동은 계속되었다.

경주 박물관을 돌아보는 시간 내내 내 금생의 시간이 멈추었다.

전생을 보는데 전생이 아닌 금생이 되어 머무르고 있었고, 나는 쉽사리 현생으로 돌아오지 못하고 있었다.

그 신기함과 경이로움은 기적이었다. 오직 현실이었다.

나는 그 가슴에 박혀 있는 전생을 확인했다.

어릴 때나 학창시절 언제나 존경하는 인물을 써내라면 세종대왕, 이순신, 칭기즈칸, 알렉산더, 나폴레옹이었다. 나는 여자이면서 왜 꼭 그런 인물을 써냈는지 모르겠다.

늘 국가를 생각하고 민족을 생각하며 어떻게 하면 백성들이 행복하게 살 수 있을까 하는 생각들을 먼저 했었다.

개개인의 인연이 닿아 만나면 그 상대방에게 어떻게 하면 가장 절실한 문제를 해결하고 행복하게 해줄까 하는 늘 그런 생각으로 사람을 대했다.

인산 선생님의 자손으로 온 것, 특별히 사랑받은 것, 아버지께서 내가 궁궐과 절을 오가며 좋아할 때 전생연이 깊다고 하신 것과 함께 언제나 국가와 민족을 염려하는 개인적인 성향까지 합쳐 나는 전생에 무엇이었을까 하는 생각을 했었다.

그런 화두를 오랫동안 붙들고 있었기 때문에 경주에서의 일련의 사건들은 어렴풋 전생을 느낄 수 있게 하였다.

선덕여왕, 결혼을 3번 했으며, 김유신, 김춘추와 삼국통일을 시작하고, 불교로 불국토를 꿈꾸어 황룡사 9층 석탑 등 사찰과 문화재를 아주 많이 지은 것 등 수없이 많은 것들이 선덕여왕이라는 인물에 꽂혀 있었다.

나는 아버지 법론을 목숨 걸고 행하고 전하며, 의론을 정비하여 후대에 물려 주고, 어려운 가족사 인연들을 정리하여 바로 잡는 것 등의 생각을 해왔다.

그런 힘은 물론 아버지 자식이라는 것만 가지고도 할 수 있다. 그러나 아버지의 말씀처럼 전생에 가져온 밑천이 있어야 한다고 하셨듯이 전생 밑천이 선덕여왕은 되어야 그 모든 일을 해낼 수 있지 않을까 생각한다.

선덕여왕이 15년 재위기간 동안 해냈듯이 이번 내 금생 또한 지금부터 서서히 그만한 시간 안에 이루어야 할 일이 너무 많은 것이다. 현자를 알아 보고 그 현자가 《신약》, 《신약본초》의 내용을 풀어놓아 후손들이 쉽게 알아볼 수 있도록 해야 되고, 화랑정신을 가진 인재들을 모아 국난에 큰 힘으로 충성하는 일들을 하게 해야 되고, 말법의 대혼란기에 많은 사람들을 살아남게 해서 전 세계적으로 정신적인 지도자를 보내야 하는 등 해야 할 일이 있는 것이다.

아버지께서 늘 그런 일들을 할 것처럼 사랑해 주시고 인정해 주시고, 그렇게 또 많은 것들을 예언해 주셨듯이 때가 되었을 때는 그런 일들은 준비하고 행해야 한다.

그래서 인욕 고행의 세월, 그만한 일을 해낼 수 있는 그릇으로 되기까지 눈물겨운 세월을 큰 웃음으로 버텼다.

힘들 때 아버지께서 지켜 주신 힘을 나는 느낀다.

아버지 돌아가시고 20년 가까운 세월 피눈물이 흐르는 훈련의 시간을 보냈다. 강태공이 30년 동안 빈낚시대 드리우고 때를 기다리고, 한신이 불량배 가랑이 밑을 기면서 때를 기다리듯이 그렇게 때를 기다렸다.

인간이 그만한 일을 해낼 때가 되면 하늘이 힘을 보내 주는 법이다. 무겁지만 해야 된다. 그것이 아버지께 받은 사랑과 은혜를 갚는 길이고, 난세에 사람을 살리며 국가와 민족을 위하여 은혜를 갚는 길이다.

2부

세상의 스승 인산 선생

성혜원

대전에서 2년인가 3년인가 사시다가 아버지와 어머니는 서울 충무로에 있는 성혜원이라는 한의원을 하시기 위해 서울로 올라 가셨고, 큰오빠와 작은 오빠는 서울에 있는 중학교에 입학해 같이 갔고 나와 남동생 둘은 대전에 남아 있었다.

서울 충무로 5가 충현교회 앞 2층 다다미 방 2칸인데 지금처럼 주방 시설이 있는 것도 아니고 연탄난로 하나로 난방도 하고 밥도 지어 먹어야 하는 생활이니 힘든 것은 말할 수 없었다. 하수 시설도 제대로 되어 있지 않아서 설거지 물 등을 일일이 가파른 계단 난간을 내려와 아래층에 와서 버려야 했다. 물을 일일이 길어 올라가야 하는 것은 당연한 일이었다.

그곳이 내 기억으로는 아버지께서 처음으로 하신 한의원이라고 알고 있다.

나와 동생 둘은 방학 때만 서울로 올라가서 살았다. 다다미방이라 여름에는 덥고 겨울에는 꼭 얼어 죽을 만큼 추웠다. 아래층에는 집주인이 살았는데 주인 여자가 아버지만 화장실을 사용할 수 있게 해주었고 어머니와 우리들은 뛰어서 3분 거리에 있는 공원의 공중화장실을 이용하였다.

아버지도 주인집 사람이 없어 밖으로 문이 잠긴 날에는 똑같이 공중 화장실까지 가셔야 했다.

젊었을 때의 아버지 모습.

 덜 급할 때는 괜찮지만 급할 때는 언제나 얼굴이 하얗게 되어서 공중화
장실에 도착하는데 그나마 공원 문이 열려 있는 시간은 괜찮아도 너무 일
찍이라 공원 문이 닫혀 있는 날에는 더 멀리 있는 중부시장의 공중 화장실
까지 다시 또 뛰어야 했다.

 하지만 그곳은 돈을 내고 이용하는 화장실이라 돈을 못 가지고 간 날은
정말 거리에서 객사할 만큼 고통을 겪었다. 그나마 오빠들은 학교에라도
가면 학교 화장실을 갈 수 있다지만 어머니는 화장실 한번 가려면 언제나
공원 화장실까지 뛸 수밖에 없었다.

 예전에 충현교회하면 우리나라에서 1, 2위를 다투는 큰 교회이고 우리
집 2층 창문에서 보면 신도수가 어마어마하게 많은 교회였다. 일요일 예
배 시간에만 화장실문을 열어 놓고 평일에는 잠가 놓기 때문에 교회 화장

실은 그림에 떡이었다.

지금은 보일러가 있는 생활들이지만 그때 2층 다다미방에서의 겨울은 그냥 죽기 살기로 참는 수밖에 없었다. 그곳에서 어머니는 어떻게 살림을 하셨을까 싶다.

사람들은 날마다 끊임없이 찾아오는데 우리 생활은 달라진 것이 없었고, 사람들에게 줄 밥이 없어서 식사 때가 되어도 밥을 먹지 못하고 손님들 다 갈 때까지 기다려야 하는데 왜 그리 늦게까지 안 가는지 우리들은 기다리다 지쳐 모두 잠이 들고는 하였다.

손님이 많을 때는 집에 있을 수가 없어 우리는 공원에 가서 앉아 있었는데, 충무로에는 잘 사는 사람들이 많아서인지 공원에는 수영장이 있었다.

그곳도 돈을 내야 하고 또 우리들은 입은 옷도 다 낡아 꾀죄죄한데 어찌 수영복을 갖추어 입고 수영장에서 수영을 할 수 있는 일이 있을 수 있겠는가. 멍하니 구경만 하는 수밖에 없었다. 그나마 낮에는 공원에 쭈그리고 앉아 있을 수나 있다지만 저녁 때는 공원 문을 잠그기 때문에 우리들은 중부시장 안에 있는 동시 상영관 중부극장에서 극장 문 닫을 때까지 앉아 있다 오고는 했다. 우리들 입장에서는 극장에 앉아 있을 때가 제일 좋았다. 게다가 추운 겨울에는 더할 나위 없이 극장에 앉아 있는 것이 우리들로서는 최고로 좋을 때였다. 언제나 우리들은 춥고 배가 고팠다. 그렇게 손님들이 많은데도 말이다.

지금 생각하면 아버지께서는 사람들에게 자비심으로 해 주셨고, 언제나 받는 것에는 실력이 없으셔서 우리들은 눈물 나게 고생하였다. 어릴 때는 고생이 좋은 것이라는 생각을 하지 못했다. 그러나 지금 인생을 이 나이까지 살면서 호강시킨 아버지보다 고생했지만 자손대대로 영혼적·정신적 유산을 물려 주신 그 힘을 뼈가 저리도록 날마다 느끼며 살고 있다.

보여 주는 것보다 안 보이는 곳에 쌓아 놓으신 그 유산을 우리들은 날마다 받아쓰고 있는데 그 양이 얼마나 많은지 만년은 지속될 것 같다.

지금도 잘 이해되지 않는 부분이 있다. 충무로 5가에서 수색이라는 곳이 얼마나 먼 곳이든가. 그곳에 어머니는 돼지 밥을 먹이러 다니셨다. 토종돼지에게 부자를 먹여 키우면 각종 난치병을 치료 할 수 있는 신비한 약으로 변한다. 충무로에서 수색까지 버스타고 다녀도 짧은 거리는 아닌데 걸어서 그곳까지 머리에 돼지에게 먹일 약재를 이고 다니신 것을 생각하면 참으로 대단하다 못해 신비할 뿐이다.

어머니는 차가 지나만 가도 차멀미를 하시는 분이니 언제나 아무리 먼 거리도 걸어 다니셨다. 정말로 먼 거리라 버스를 타게 되는 날은 몇 날 며칠 차멀미 후유증으로 일어나지 못할 만큼 아프셨다.

그러나 기절할 만큼 급한 일, 즉 예를 들면 지리산으로 아버지 부인과 아들들이 있다 하여 만나러 갔을 때라든가 하는 그런 상황이면 정말 거짓말처럼 차멀미를 하지 않는다. 그 외에는 어머니에게 차멀미는 곧 죽을 만큼 힘들기 때문에 차를 타는 일은 없었다.

《신약》의 오핵단 중 한 가지인 돼지에게 부자 먹이는 것을 어머니가 하셨는데, 그 먼 거리를 머리에 이고 충무로 5가에서 수색까지 걸어 다니신 것이다.

그 돼지 이야기를 우리 집에 오는 모든 사람들에게 다 이야기 해 주셨고, 돼지를 잡는 날은 간으로 만든 상품, 내장으로 만든 중품, 뼈와 고기로 만든 하품 등 종류가 있는데 각자 인연 닿는 대로 차별 없이 골고루 다 나누어 주셨다.

지금도 기억나는 것은 고기와 뼈를 삶는 날이면 사람들이 줄지어 기다리다 다 먹고 가고 우리들은 침만 삼키다만 기억이 난다.

그 후에 사람들이 계속 찾아와 "어디 아픈 곳이 나았다. 어디 아픈 곳이 나았다." 하면서 아버지께 큰 절하는 것을 자주 보았다.

그것을 전부 돈으로 받았다면 우리들의 배고픔이 몇 개월은 멈추었을 텐데 그런 기억이 없는 걸 보면 대가를 받지 않으셨던 것 같다.

보통 부모님들은 좋은 것 있으면 자식부터 먹이는데 아버지께서는 남들부터 주셨다. 그것은 아버지께서 베푸신 그 음덕의 힘이 우리가 배불리 먹고 잘 입는 것보다 얼마나 더 엄청난 것인지 알게 될 것이기 때문이셨을 것이다.

그 먼 거리를 걸어 다니며 얻은 그 약을 거의 모두 다른 사람들에게 주는 아버지께 큰 반응 없이 지내셨기에 지금의 내 기억으로는 참으로 어머니도 전생의 업을 덜기 위해 아버지를 사랑하는 마음이 그리도 깊었기에 그리 행동 하셨을 것이다.

그 추운 2층 다다미방에서의 생활이 얼마나 고달팠던지 어느 날 자는 나를 깨워 일어나 보니 어머니의 손에 자그마한 보따리가 들려 있었고 어머니가 이끄는 대로 2층 그 가파른 계단을 내려와 전봇대 밑에 모녀가 새벽 찬 이슬 맞으며 그렇게 하염없이 앉아 있었다. 그리 울면서 한참을 앉아 있던 어머니는 나를 바라보더니 "아버지 없는 자식으로 키울 수 없고, 아버지도 마음 아프고 애들도 마음 아프니 아무리 힘들어도 참고 살아야 겠다. 올라가자." 해서 다시 2층 가파른 계단을 올라 방에 들어 간 적이 있었다.

지금도 그토록 힘든 세월을 참아 내신 것을 보면 아버지를 사랑하는 마음이 깊기는 참으로 깊었던 것 같다. 어머니께 참으로 감사한 부분이다.

무면허

지금의 서울 을유문화사 자리에 있던 '혈액은행'이라는 옛 일제 강점기의 건물 이야기이다. 지금으로부터 40년 전 쯤인 것 같다. 조계사에 앞편에 그 건물이 있었는데, 행랑채, 안채, 바깥채 등 어쨌든 옛 99칸짜리처럼 꽤 큰 한옥이었다.

그 건물이 흉가로 변해 아무도 살지 않았다. 그 집에 얽힌 무시무시한 이야기가 무척이나 많이 전해져서인지 큰 저택이 텅텅 비어 있었다.

그때 우리는 마땅히 갈 곳도 없었다. 아버지께서는 내가 어떻게든 할 테니 걱정 말고 이곳에서 살자고 하셔서 우리들은 그곳에서 살았다.

우스개 이야기인데 그 당시 어디에 사느냐고 물어서 수송동(조계사 앞쪽의 동네 이름)이라고 대답하면 재벌 집 딸인 줄 알았다. 그곳에는 정말 부자들이 많이 살았기 때문이다. 재벌들이 사는 동네에서의 가난함, 그것도 꽤 재미있는 일이다.

그곳에서 사는 덕분에 궁전들을 더 자주 갈 수가 있어서 좋았다.

지금 생각해보면 무슨 이유에서인지 모르겠지만 왜 그렇게 궁전을 좋아했는지 모르겠다.

나는 궁전과 절, 그리고 한옥을 무척 좋아했다. 중고등학교 시절 친구들이 떡볶이 집에 가고 할 때 난 혼자 궁전을 돌아 다녔고, 친구들이 야외로 놀러 다닐 때 난 조계사에 앉아 있었고, 친구들이 놀이공원에 다닐 때 난 민속촌을 돌아 다녔다.

말 타는 것을 너무 좋아해 아니 광적이다시피 좋아하는데 너무 가난한 시절 그 호사스러운 것을 좋아만 할 뿐 직접 못해봤는데, 민속촌에 가서 처음으로 꽤 큰 말을 탔다. 아주 잘 타고 잘 달리기까지 했었다.

수송동에 살 때는 경복궁, 비원, 창경원, 덕수궁 등의 궁전이 걸어서 갈 수 있는 거리여서 그곳은 말로 제집 드나들듯 자주 다녔다. 조계사와 담벼락이 붙었으니 그곳 대웅전은 놀이터 가듯 자주 다녔다.

그렇게 나는 그곳에서 참 여러 가지로 많은 것을 누리고 있었는데, 아버지께서는 큰 고초를 겪으신 곳이다.

지금 기억나는 것은 혈액은행자리 그 안채의 방이 엄청나게 넓었다. 그곳에서 많은 사람들이 뜸을 떴었다.

정말 죽을병 걸린 사람들만 온 것 같았다. 그들의 모습이 다 초라했고 중병 걸린 모습들을 하고 있었다. 아버지께서 혈 자리를 잡아 주시고 그 방법을 알려 주시면 사람들이 뜸쑥을 가지고 와서 스스로 뜨도록 하면서 그때 우리가 살고 있던 그 안방을 뜸뜨는 장소로 쓰게 하신 것이다.

사람들의 숫자가 줄어들지 않고 자꾸 늘어났다. 아마도 뜸뜨는 중간에 효과를 본 사람들과 병이 나은 사람들이 점점 나타났으므로 그런 것 같았다.

우리가 그 큰 집(흉가)에 들어와 사니까 젊었을 때 잘 나갔던 종로 깡패라는 나이 먹은 사람이 바깥채 방 한 칸에 살려고 들어 왔다. 그때 그 사람이 우리집에 사람들이 많이 와 뜸뜨는 것을 보고 아버지께 몇 번 협박을 했던 모양이다. 그런데 아버지께서 아무렇지도 않게 행동하시니까 종로 경찰서에 신고를 한 것이다.

학교에서 돌아오면 아버지 계시던 큰방에 뜸뜨는 사람들이 하나 가득

누워 있어 온 집안이 쑥 냄새로 진동을 했다. 그런데 그날은 돌아와 보니 집안이 발칵 뒤집혀 있었다. 아버지가 종로경찰서로 붙잡혀 가신 것이었다. 그때 살던 집에서 종로 경찰서가 가깝기 때문에 나는 그곳으로 달려갔다. 별의별 상상을 다 하고 갔는데 막상 서장실 가운데 떡 버티고 앉아 계신 아버지를 뵈니까 다행이다 싶으면서도 벌컥 울음부터 쏟아져 막 울어대기 시작했다. 내가 그때 할 수 있는 일이라고는 가슴 아파 엉엉 울어 대는 일 말고 달리 할 일이 없었다.

아버지께서 "울지 마라. 아버지 금방 나가니까 걱정 말고 어서 집에 가 있어라." 하셨다.

그렇게 한참을 울고 집에 왔는데 정말 아버지 말씀대로 아버지께서 집으로 돌아오시는데 오래 걸리지 않았다.

그 후에 어머니가 가끔 생색내며 그때 일을 말하곤 했다. 어느 변호사, 어느 검사, 그리고 돈을 어떻게 구해서 어떤 방법을 써서 너의 아버지가 나올 수 있었다고 자랑을 하시고는 했다.

아버지의 풍채만 보아도 경찰서장의 마음이 편치 않았을 테지만, 워낙 아버지께서 행동하시는 모습이 점잖으셨기 때문에 경찰들도 함부로 대하지는 못했을 것이다.

지금 생각해 보면 그때 그 방에서 많은 사람들이 뜸을 뜨니 그 강한 쑥 냄새를 맡고 어떤 귀신인들 그 집에 붙어 있을 수 있었겠는가.

중병 걸린 사람 중병 낳게 해 주고, 그 집을 떠도는 그 많은 귀신들은 물러가게 해 주고, 그들이 치를 고통을 우주를 덮을 자비심으로 아버지께서 다 받으신 것이다.

그 자비심을 어찌 인간들이 알 수 있으리오.

그 집에 사는 동안 동네 사람들이 얼마나 겁주는 소리를 해대는지 아무튼 그 집에서는 사람들이 살지 못했는데 은행으로 넘어간 곳에서 우리들이 사니까 전 주인 아들이 와서 살면서 우리들을 괴롭혔던 기억이 난다.

그것이 사람의 욕심이 아닐까 생각한다.

'혈액은행' 이라는 것은 사람들이 피를 뽑아 모아 두는 장소였는데 어쨌든 그 집 이름이었다. 사람들은 그 큰 저택의 땅 어디를 파 보던 간에 파기만 하면 손가락·발가락·팔다리가 나오고, 지하실은 시체 보관소였고, 방마다 사람들이 죽어 나갔다고 하였다.

그 집주인은 어마어마한 부자였는데 귀신들 등쌀에 망해서 나갔고, 그 자식들도 잘못되어 풍비박산되었고, 그 후로 간 크다는 사람들이 들어와 살아도 얼마 못 버티고 다 혼비백산해서 나간 무시무시한 집이라고 하였다.

동네 사람들은 그 집에서 살던 이들이 그렇게 죽어 나가거나 죽다시피 해서 나가는 모습을 보고 살았기 때문에 우리들을 생각해서 그렇게 이야기해준 것이었다.

그런데 철없는 우리들은 그곳에서 장난을 많이 치고 살았다. 우리들은 그 시체를 쌓아 놓았다는 지하실에 들어가 누가 오래 버티나 내기를 했던 기억이 난다. 손가락·발가락이 나올지 모르니까 땅을 파 보기도 했었고, 수십 개 되는 방이 있었는데 다 귀신들이 사는 방이라고 해서 아무도 살아 내지 못했다는 그 방에 들어가 있다 나오기 등 우리들은 그런 장난을 하며 지냈던 그 집이 아버지께서 그 인욕 고행을 해 주신 대가로 산 사람, 죽은 사람, 아픈 사람 등 많은 사람들을 지켜 주시기 위해 아버지께서 고통을 치르신 것이다.

그리고 아버지께서는 면허가 없으셨다. 옛날에는 아주 쉽게 면허를 취득할 수 있었는데 아버지께서는 이것을 거절하셨다고 한다. 무면허라고 마음에 걸리실 일이 없는 분이고, 또 미래에 수많은 사람들 구해야 되는 일이 예정되어 있는데 오히려 그때 무면허라는 제목이 있어야 그들을 구할 수 있기에 그리 하신 것이다.

언뜻 지나치며 하신 행동이나 말씀들이 몇 십 년 뒤에 일어 날 일을 미리대비 하신 것들이 너무나 많기 때문에 어떤 때는 털끝이 바짝 다 일어 날 때가 있다. 너무 기가 막히게 맞고, 또한 신기하기 때문이다.

은둔

고3 졸업을 얼마 앞둔 때였다. 학교 가기 위해 막 집을 나서는데 이삿짐 싣는 용달차가 집 앞에 있었다.

아버지께 여쭈어 보니 함양으로 이사간다는 것이었다.

"아버지, 나 지금 학교에 가는데." 하니까 "너의 언니(어머니 전 남편 딸)와 잠깐 살 방을 얻었으니 그곳에서 잠깐만 있으렴." 하시는 것이었다.

그렇게 아버지께서 함양으로 이사를 가셨다. 도대체 함양이 어디 붙어 있는 줄도 모르고 왜 함양으로 가시는지도 모른 채 그냥 아무 생각 없이 세월을 보냈다.

그렇게 느닷없이 가신 것은 철없는 딸이 아무것도 모르면서 땡깡이라도 부리면 이길 수가 없어서 그런 행동을 하셨을 것이고, 또 그렇게 함으로써 딸에게 언젠가는 아버지처럼 하루아침에 옳은 것을 위하여 훌쩍 떠날 수 있는 숨은 힘을 키워 주시기 위함일 수도 있었을 것이다. 원래 보여 주는 교육이 큰 힘이 되는 것 아니겠는가!

실제로 나는 첫 번째 인연 정리를 할 때 그렇게 행동했었다.

아버지께서 이사하시고 방학 때 함양에 갔었다. 도로가 얼마나 나쁜지 함양 오는 버스를 타면 머리가 아파 멍했다. 차멀미 보다 길이 나빠 버스가 얼마나 뛰어대는지 버스가 한번 뛸 때마다 머리가 부딪혀 아픈 것이었다. 그렇게 도착한 함양은 정말 말 그대로 깡촌이었다.

내게 남아 있는 한 가지 기억이 있다.

춘추복 교복을 입고 함양에 일이 있어 갈 때였던 것 같다. 함양에서 합천 해인사가 멀지 않기 때문에 아버지께 말씀 드려 해인사에 가서 하루 자고 실컷 구경하고 오겠다고 허락을 받아숙박비까지 타서 해인사를 갔었다.

큰오빠, 작은 오빠와 동네에 사는 다른 또래 오빠들하고 동생 둘, 그리고 나 이렇게 여섯 명이 갔었다.

구경을 실컷 하고 어디 숙소를 잡으면 방값이 아까우니 그렇게 춥지도 않은데 산 위에 있는 정자에 가서 밤새우고 내일 구경하자고 해서 모두 함께 올라갔다. 꽤 높은 위치에 있는 정자였다. 얼마나 신났겠는가.

숙박비도 벌고 그 돈으로 내일 더 맛있는 것도 사먹고 산위의 정자에 앉아 밤새 얘기하며 놀면 얼마나 좋겠는가. 우리는 신나서 그곳에 자리를 잡고 놀았다.

저녁이 되니까 서늘했다. 밤이 깊을수록 새벽이 다가 올수록 산위의 날씨는 얼어 죽을 것처럼 춥기 시작했다. 나는 집 이외에 언제 어디든 밖에 나갈 때는 교복을 입고 나갔는데 하복 치마에다가 춘추복 상의이면 하복과 비슷한 천에 팔소매가 약간 길을 뿐이니 얼마나 더 춥겠는가.

우리들은 빙 둘러 앉아 등을 서로 기대고 최대한 웅크린 채 벌벌 떨면서 입이 얼어 제대로 말도 못한 채 밤을 꼬박 세웠는데, 왜 추울 때는 밤이 그다지도 긴지, 해는 왜 또 그렇게 떠오르지 않는지 정말 그때 그 추위는 아직도 잊혀지지 않는다. 합천 해인사하면 그때 그 정자에서 벌벌 떨던 기억이 아직도 생생하다.

그 함양에서 아버지께서 은둔의 시간을 보내실 때도 가난은 가족처럼 우리와 함께 살았다. 밥상은 항상 김치와 그 김치로 끓인 김치 국이 전부였다.

어느 날 아버지께서 예전에 아는 사람이 준 흑백텔레비전과 선풍기를 전당포에 맡기러 가시는 것을 보았다. 그것으로 쌀을 사 오셨다.

형제들은 그때 한문 공부를 하고 있었고 오빠 둘은 방위 근무를 함양에서 마치었다.

그렇게 가난한 함양 생활을 몇 년 하시더니 서울로 올라 가셨다.

오빠 둘과 밑에 동생 이렇게 삼형제가 민족문화추진위원회에서 주최한 전국에 한문 잘하는 사람들을 뽑는 시험에 다 합격을 한 것이다. 그곳에서 삼형제가 공부를 해야 되기 때문에 다시 서울로 이사했다.

한방병원

서울역 앞 후암동에 고려한방병원이라는 곳이 있었다. 그곳 주인은 예전에 국군 장성이었는데 매독이 걸려 썩어 들어가 죽을 날 받아 놓고 있다가 어떻게 아버지와 인연이 닿아 뜸을 지독히 떠 병도 고치고 다시 젊음을 되찾은 사람이 세운 한방병원이었다.

원장은 한의사 면허를 가진 나이 지긋한 여자가 맡았고, 아버지는 고문이라는 직분으로 그곳으로 가셨다.

그쪽에서 제안한 것은 사람숫자대로 벌어들인 액수만큼을 드리겠다는 조건이었다.

아버지께 처방 받으려고 오는 사람이 줄을 이었고, 언제나 하루에 한두 끼 식사도 제대로 할 시간이 없을 만큼 사람들이 밀려들었다.

그 식사 시간도 내가 가서 사람들에게 소리라도 질러대면 겨우 나오실 수 있었다.

"우리 딸 깡패니까 내 얼른 밥 먹고 와야지. 안 그러면 난리가 나." 하고 말씀하시면 그제야 사람들이 아버지를 놓아 주었다. 원장은 날마다 할 일 없이 펑펑 놀고 있었다.

그곳 환자 침대가 있는 입원실에서 숙식을 하며 우리 삼형제는 공부하러 다녔다. 나는 음악을 좋아해 아버지께 말씀 드려 종로에 있는 음악학원에 드럼을 배우러 다니고 있었다.

드럼을 배우겠다는 철없는 딸을 위해서 없는 형편에 학원비를 내주며 듣기 싫은 소리 한 마디 안 하신 아버지께 받은 사랑을 생각하면 우리 자식들이 지금 내 마음에 하나도 안 드는 행동을 해도 나는 말 한마디도 할 수가 없다.

그때의 작은 일화 한 토막이다.

청주에 친구를 만나로 갈 일이 있어 버스를 탔는데 앞에 앉아 가는 두 여자의 대화 내용이다.

"서울에 기가 막히게 병을 낳게 해 주는 분이 있는데."

"어떤 분인데?"

"웬만한 병은 약 한 첩이면 딱 떨어지고 중병도 한 재만 먹으면 다 떨어진데 정말 기가 막히더라."

"그래 나도 가 봐야지. 그곳이 어딘데?"

"후암동에 있는 고려 한방병원이라는 곳인데, 그곳에 계신 산신 같은 분이래."

그 두 여자가 주고받는 내용은 아버지를 말하는 것이었다.

그렇게 생활하고 있던 중 그곳 병원 경리 아가씨하고 친하게 지내게 되었다.

어느 날 나한테 비밀 이야기해 줄 것이 있다고 했다.

"너의 아버지께 이곳에서 벌어들인 수익의 몇 퍼센트를 드린다고 알고 있는데, 너의 아버지께는 정말 아주 적은 금액을 드리고 있다. 너, 그거 아니?"

그래서 얼마를 드리냐고 했더니 그때 드렸던 금액이 지금 금액으로 얘기 하면 오십만원쯤 되었다.

"너의 아버지 혼자서 엄청난 돈을 벌고 있어, 너도 알고 있지. 날마다 얼마나 많은 사람들이 몰려드는지. 정말 엄청나게 돈을 벌고 있는데 진짜 너의 아버지께 해도 해도 너무 한다. 그래서 이야기해 주는 거야. 이곳 병원 이사장이 도둑놈 아니고 뭐냐."

그 말을 듣고 아버지께 그 내용을 말씀드리고 "아버지, 어째 인간이 그럴 수가 있어. 죽을 목숨 살려 주니까 아버지를 이용하고 속여. 그런 도둑놈 돈 그만 벌어 주고, 아버지 우리 여기서 나가자." 했다.

그랬더니 "그래. 그럼 그렇게 하지 뭐." 하시더니 그 자리에서 병원 이사장을 불렀다.

"우리가 그만 이곳에서 떠날 때가 되었나보오. 우리 내일 모레 이사할 테니 그리 아시오." 하셨다. 그랬더니 병원 이사장이라는 사람이 "선생님 안 됩니다. 지금 떠나시면 안 됩니다." 했지만, "아무리 사정해도 꼭 가야 돼. 그러니 그리 알고 계시오." 하면서 단호하게 말씀하시는 것이었다. 나는 속이 시원했다.

도둑놈 배 채우는데 도와주지 않는다고 하시어서 시원하기만 했다. 아버지께서는 아무도 모르는 상태에서 저절로 알려지는 때가 되지 않으면 아무리 손해를 보든 이용을 당하든 고통을 당하든 아무 일 없는 것처럼 사시지만, 사람들에게 알려져 문제가 생겼을 때 아버지께서 참아서 많은 사람들이 편해지는 것이 아니라면 바로 결정을 내리시는 것이었다.

그러고 나서 "아버지 우리 어디로 이사 가는데? 우리 살집은 있어?" 하니까 "그럼 무지하게 많지. 걱정하지 마라." 하셨다. "그래 어디에 그리 많은데." 하니까 "서울에 여관이 무지하게 많잖아. 그곳이 전부 우리가 갈 곳이니까 얼마나 많고 좋으냐" 하시는 것이었다.

아, 그때 얼마나 캄캄하던지. 정말 아무 생각 없이 떠들어 댄 내가 한심

했다.

　그날 저녁 밤늦도록 고민에 쌓여 남산을 돌아 다녔다. 내일이 이사갈 날인데 오늘 어느 기업체 사장이 왔다. 다음에 찾아와 허탕칠까봐 "우리 이사 가는데요." 하고 말하니 놀라며 아버지께 "선생님 어디로 가시는데요?" 하니까 "갈 곳 많죠." 하셨다.

　그래서 내가 "갈 곳 많다는 것이 여관에 잘 방 많다는 거예요."라고 말씀드리자, "아니 그럼 이사할 집도 없이 나가시게요." 하자, "괜찮소." 하셨다

　"선생님, 그럼 제가 집을 얻을 돈 빌려 드릴께요. 집 얻어 나가세요. 꼭 그렇게 하세요." 했다. 결국 그 빌린 돈은 엄마가 나중에 돈을 모아 다 갚았다.

　그렇게 해서 우리들은 수유리에 작은 연립주택을 얻어 이사했다. 우리들로서는 참 호사스러운 집이었다.

　그때 아버지께서 그 한방병원에서 환자들을 도와주고 계시다가 이사장의 배은망덕이 사람들에게 알려지게 되니까 떠날 때가 되었다고 생각하시어 그 즉시 떠나시기로 한 것을 나는 안다.

　생활 속에서 보여 주셨던 그 모습이 없으셨다면 내가 어찌 큰 공부를 할수 있는 재료가 있겠는가.

　아무리 큰 법을 안다고 해도 실천할 수 있는 힘이 없다면 무슨 소용이 있겠는가.

　실천할 수 있는 큰 힘을 유산으로 받은 나는 이 말법시대에 헤매지 않고 제대로 공부하고 갈 수 있게 된 것이다.

수유리

우리 3형제는 연립주택에 살며 민족문화추진회를 계속 다니고 있었고, 나는 여전히 드럼을 배운다고 까불고 다니고 있었다.

그 당시 연립주택들은 지하실이 있었는데 지하실에서 3층까지 각각 연탄보일러가 설치되어 있었다.

우리는 1층에 살았다. 어느 날 거실 창쪽에서 동생이 잠을 잤는데 우리집 거실 바로 밑 지하실에 모여 있는 연탄보일러를 통해 그 연탄 독이 다 올라왔던 것이다.

하루는 아버지께서 다급히 부르는 소리가 나서 온 식구들이 거실로 뛰어나가 보았다.

동생을 눕혀 놓고 아버지께서 침을 놓고 계셨다. 동생을 보니 눈동자는 크게 뜬 채 멈추어 있었고, 괴로워 몸부림치다가 허공에 팔이 굳어 있었다. 팔을 잡아서 흔드니 얼음 동태같이 딱딱하게 굳어 온몸이 흔들거렸다. 아버지께서는 빨리 명태 다섯 마리를 냄비에 넣고 삶으라고 하셨다.

그때 마침 명태가 있었다. 그 명태 달인 물을 입에 계속 수저로 떠서 먹여 주었다. 잇몸이 굳고 이가 딱 붙어 벌어지지가 않았지만, 이 틈새로 계속 물을 넣었나. 그랬더니 굳었던 눈동자가 조금씩 움직이고, 굳었던 팔과 손이 서서히 풀리기 시작했다. 그렇게 계속 하루 종일 그 다음날까지 명태

삶은 물을 먹이라고 하셨다. 뇌에 이상이 없도록 하기 위해서라고 했다.

그 수유리 연립주택을 떠올리면 죽다가 살아난 동생이 기억난다.

그곳에서 가까이에 다시 이사를 했는데 그곳은 작은 단독주택이었다.

그곳에서의 기억은 그 집에서 《우주와 신약》을 냈고 뒤이어 《구세신방》을 발간했다.

그곳에 살 때 오빠들 모두가 결혼을 했다.

어느 날 아버지께서 내일모레 이사해야 되니 짐을 싸라고 하셨다. 아버지께 어디로 가느냐고 물으니까 함양으로 간다고 하셨다. 언제나 아버지께서 하시는 이사방법이었다.

많은 살림은 아니었지만 아무리 적고 보잘 것 없는 살림살이라 하여도 막상 꺼내 놓고 보면 엄청 많은 게 이삿짐 아니던가.

다른 것은 몰라도 지금도 하도 숙달되어서인지 이삿짐 하나만은 짧은 시간 안에 많은 짐을 싸는 것은 자신 있다. 그렇게 우리들은 다시 함양으로 이사 오게 되었다.

그 수유리 작은 단독주택에서 《우주와 신약》을 내실 때이다. 그때 그 책을 낼 수 있도록 도와준 사람은 도봉산 도선사 종무소에 있던 박내환이라는 분이다. 우리 3형제와 함께 민족문화추진회를 같이 다니던 사람이어서 우리와도 인연이 닿았다. 자비출판식으로 했기 때문에 그 사람이 그 비용을 다 냈었다. 그 사람은 정말 우리 가족에게 헌신적이었던 분이다. 그렇게 아버지의 책이 처음 출판되었는데 그 《우주와 신약》은 처음부터 끝까지 전부 한문으로 되어 있었다. 그래서 아는 사람들이나 그 책을 사본 사람들이 아버지께 전부 한문으로 되어 있어서 많은 사람들이 보기에는 너무나 불편하다고 말씀드렸었다.

그러다가 제일출판사 김사상이라는 사람과 인연이 되었다. 우리와 본이 같은 일가였다. 그 분은 자신의 출판사에서 《우주와 신약》을 한글로 번역한 책을 출판하자고 했다.

그래서 나온 책이 《구세신방》이다. 그 《구세신방》을 김사장이 우리 집에 많이 가져와서 창고에 쌓아 놓았다.

그것을 보고 날마다 출근하는 어떤 스님이 "선생님, 이 책 팔아 드릴께요. 절에 팔면 금방 팔 수 있습니다." 하고 가져갔는데 그 후로 그 스님을 본 적이 없다.

형제들이 아버지께 "그 사람이 어떤 사람인지 알고 계시면서 그 많은 책을 주신 것인가요?" 하고 묻자, "그 책을 가져가 불쏘시개로 쓰지 않으면 누군가 볼 것이고, 그리고 그 중에 도움 받는 사람이 있으면 된다. 내게 당장 이익이 없다고 잘못된 일이 아닌 것이다. 또한 내 것을 가져서 행복한 사람이 있으면 다 주어야지." 하시는 것이었다.

그렇게 서울 수유리 삶을 접고 함양으로 이사를 오게 되었다.

함양에 '한들'이라는 지명이 있다. 그 한들 앞에 그 당시 돈으로 전세 2백만 원짜리 집을 얻어 이사를 오게 되었고 그때 결혼한 두 오빠도 따라왔다.

함양

우리들은 친척이 없다. 친가 쪽은 다 이북에 계시고, 외가 쪽은 이 책 〈어머니〉라는 부분에서 밝혔듯이 왕래를 할 수 없었다.

명절날 북적대는 집을 보면 좋아 보이기도 하였고 낯설어 보이기도 하였다.

그래서 시골에 친척도 없었고 아는 사람도 없었으므로 낯설고 물설은 정도가 더 심할 수밖에 없었다.

이 먼 깡촌 함양 땅에 아는 사람 하나 없는데 아버지께서 가자고 해서 따라왔지 전혀 마음에 없었으므로 참으로 불편했다.

이제는 함양 땅이 왜 좋은지, 왜 함양 땅에 살아야 하는지 그 이유를 너무나도 명백하게 알고 있지만, 30년 전쯤 아무것도 모르는 우리들은 그냥 왔을 뿐이고 그냥 살았을 뿐이다.

그때 아버지께서 몇 번 이사시키는 교육을 하지 않으셨다면 이제라도 함양 땅에 와서 살려는 마음을 내지 못했을 것이다. 어리석은 자식들이 결코 내지 못할 마음까지 미리 아시고 연습을 시키신 것이다.

둘째 오빠는 불교신문사 기자였고 큰오빠는 단국대학교 동양학연구원으로 있을 때였는데, 둘째 오빠는 사직을 하고 큰오빠는 사직을 하지 않겠다고 해서 병가를 내서 함양에서 살게 하셨다.

밀려드는 난치병 환자들에게 처방전을 적어 주시던 함약의 초막.

지금에 와서는 왜 그러셨는지를 알았지만, 그때만 해도 이해할 수가 없었다.

그렇게 한동안 살다가 큰오빠는 먼저 서울로 올라갔고 작은 오빠는 조금 더 있다 서울로 올라갔다.

둘째 오빠가 서울로 가 변두리 달동네에 월셋방에 살고 있을 때 출판사하는 친구가 너의 아버지 책을 내면 빌라에 살 수 있는데 왜 이런 고생을 하느냐며 내가 책을 내줄 터이니 원고를 가지고 오라고 했던 것이 그때쯤인 것 같다.

1980년대 후반에 냈던 《신약》 책으로 수많은 사람들이 살아났고, 또 수많은 사람들이 현재 먹고 살 수 있는 길을 알려준 책이다.

수많은 사람들이 그 책의 방법을 통해 살아났고, 수많은 사람들이 건강을 유지하는데 활용하고 있다. 또 한 가지 둘째 오빠의 인연으로《신약》이 나왔고, 그 책을 펴낸 공덕으로 잘 살고 있지만 그 복을 다 까먹지 말기를 바랄 뿐이다.

큰오빠와 밑에 동생도《신약》을 펴내는데 큰 공헌을 한 사람이다.

그렇게 아버지께서 함양에 계실 때《신약》은 세상에 나오게 되었고, 그 때부터 가족처럼 함께 살던 가난을 강제로 내쫓으려고 우리 가족들은 난리쳤다.

그《신약》이 세상에 알려지면서 엄청나게 함양으로 사람들이 몰려들기 시작했고, 사람이 많이 꼬이면 돈이라는 것이 그 속에서 또 사람들에게 붙으려고 난리치는 일들이 벌어지기 때문이다.

《신약》이 세상에 알려지게 만든 큰 공로자는 둘째오빠이고 그 공로로 현재 제일 잘 살고 있다. 다른 형제들도 가족처럼끼고 살던 가난이 존재할 때를 생각해보면 지금은 다 재벌들이다.

가족이었던 가난이 떠나가고 나니 우리 가족, 즉 형제들이 가족이 되지 않고 남남이 되었다. 그만큼 남보다 못한 것처럼 살벌하게 되었다.

가족이었던 가난을 붙들고 사는 것이 형제들 간에 서로 더 가슴 따뜻하게 살 수 있었을 텐데, 가족이었던 가난을 버리지 않아도 우리들은 왕처럼 살 수 있었을 텐데 아버지께서 베풀어 놓으신 음덕이 우주만 하니까.

인산 선생의 가족

함양에서 살기 전 나는 결혼해 대전에서 살고 있었다.

그 후 아버지께서 세상에 많이 알려 지시기 시작했다. 그래서 세상에 알려진 아버지 의론에 대해 많은 것을 보고 들은 바가 다른 형제들에 비해 너무나 부족하다.

아버지께서는 가족들에게 특별히 나는 누구라는 표현이 없으셨지만, 나는 그것이 사랑이라고 생각한다.

아마 모르긴 몰라도 아버지 곁에서 살고 있는 우리들이 숨을 쉴 수 없을 만큼인데 자꾸 알려 주시면 아예 숨이 막힐 것 아니겠는가.

다행히 아버지 돌아가시고 나서야 어떤 분이 잠깐 다녀가신 것인가에 대해 알게 된 것도 최고의 복이다

내가 결혼한 후 아버지께서 세상에 알려지면서 언제나 엄마는 자신의 욕심을 위해 내가 아버지가까이 가도록 했다.

탐욕에 차 있는 엄마를 위해서 내가 할 수 있는 길은 되도록 아버지 곁에 자주 나타나지 않는 것이 엄마를 진정으로 돕는 길이라는 판단이었다.

아버지께서 세상에 알려지시고 가족들이 배고프게 살던 시절이 자꾸 없어지면서 겪는 혼란함과 그 무서운 소용돌이 속에서 되도록 중립을 지키려고 애썼기 때문에 언제나 나는 엄마에게는 잔인할 정도로 살벌했다.

아버지 칠순 잔치 때에 우리 4남 1녀와 큰 올케, 작은 올케, 큰 조카, 어머니 아들과 딸, 친손자, 외손자들이다.

하지만 엄마도 대단한 분이기 때문에 어느 누구도 엄마를 이기지 못했다. 그런 엄마가 돌아가시기 얼마 전 "내가 못 이기고 가는 사람이 딱 두 사람 있는데, 너의 아버지와 너 그 둘뿐이다."라고 하셨다.

아버지께서는 자신이 세상에 알려지시는 것을 원치 않으셨고, 책을 통해서 모든 것을 알려 주시고 가신다고 하셨는데 그렇게도 못하고 가셨다.

세 끼 밥 먹는 것도 어려웠었는데 수많은 사람이 오다 보면 언제나 돈이라는 것이 왜 휘젓지 않겠는가.

가난한 시절이 훨씬 부모 자식 간, 형제간에 편하게 살았던 것 같다. 물질만능의 시대, 무섭긴 참 무서운 것이다. 결코 바뀔 것 같지 않던 우리 가족들이 다 변했으니 다른 사람들은 어떠할지 알 것 같다. 글쎄 춥고 배고팠던 시절을 그리워하는 내가 정신병자인가.

돈, 많을 때나 없을 때나 하나의 흔들림도 없이 똑같아야 한다고 생각한다. 많을 때나 하나도 없을 때나 똑같은 마음을 갖는 것이 결코 안 되는 일인가. 이해가 안 되지만 이해하려고 무진장 노력하고 있다. 그런데 결과는 잘 모르겠다.

인산 선생님 가족들은 세상에 무서울 것이 하나도 없다고 생각한다. 전 세계에서 가장 든든한 빽을 가져서 도대체 겁날 것이 없을 텐데 왜 걸림 없이 살지 못하고 휘둘리고 사는지 모르겠다.

내가 이렇게 생각하는데 다른 사람들은 오죽 하겠는가.

그러나 생각은 하고 있지만 직접 대놓고 말들은 못한다.

나도 부딪혀 별 말하지 않는다.

아버지 말씀대로 저절로 되기 때문이다. 자신이 가지고 있는 복을 다 까먹든 낭비하든 모든 것은 다른 사람들이 가져가는 것이 아니고 다 자신들에게 되돌아오기 때문이다. 그러나 안타까움이 없는 것은 아니다.

부처님도 자식 업장 손대지 않는 것이라고 들었다. 하물며 내가 무슨 말이 있을 수 있겠는가. 그러나 내게 남다른 장점은 있다. 죽을 만큼 참다가 때가 되었을 때 바른 일을 해야 된다고 생각하면 딱 목숨을 걸기 때문이다.

이 세상을 살면서 겁나지 않는 사람은 없을 것이다. 그래서 건강해야 되고, 돈도 많아야 하고, 권력도 있어야 조금은 덜 겁이 날 것 아니겠는가.

그러나 사라지는 것에 의지해서 행복해봐야 그것이 언제까지 도와 주겠는가.

건강, 돈, 권력 등 사라지지 않는 것이 무엇이든가?

세상 뜰 때 가지고 갈 수 있는 것이 무엇이든가?

다 놓고 가야 되는데, 가지고 가서 저 세상 가서 또 써 먹어야 한다면 나는 날마다 은행 털고 날마다 많은 자 꺼 죽여서라도 빼앗고 갖은 술수로 사람들 현혹하고 겁 줘서 빼앗았을 것이다.

모든 것은 흐르는 물과 같다. 막혀 있으면 썩기 마련이다. 그러므로 세상이든 인간이든 막혀서 썩게 하지 않게 하기 위해 하늘은 결코 모든 것을 다 사라지게 만든다.

인간들이 그렇게도 좋아하는 건강이든 돈이든 권력이든 간에 말이다. 그래서 하늘은 공평하고 잔인하다.

아버지 빽이 그렇게 든든해도 우리 가족들이 마음을 못 내는데, 빽 없는 대중들에게 마음을 내라고 하면 그것이 잘못된 것이다.

따라서 복 많은 사람이 복 까먹는 것을 잘못되었다고 비판하지 말고 그럴 시간에 자신들의 것부터 챙겨야 한다.

있는 것 까먹는 사람이야 그러거나 말거나 없는 내 것부터 쌓아야 하지 않겠는가!

모든 사람들이 복과 덕을 쌓기 바라는 마음이 간절하다.

인산 선생님을 좋아하는 사람들은 인산 선생님이 사시는 길을 그대로 따라 행하면 바로 그것이 엄청난 복과 덕을 이생에 쌓고 가는 길일 것이다.

인산 선생님을 알게 된 것은 엄청난 복이 아니겠는가.

그러므로 인산 선생님께서 살아가신 그 길을 죽기 살기로 따라 행하면 그 길에 이생 빽을 얼마나 크고 엄청나게 확보하는 길이겠는가. 그러면 세상 겁날 것이 아무것도 없을 것 같다.

인산 선생님께서 사신 길은 사라지는 것을 중요하게 생각지 않으셨고 사라지는 것에 결코 한 순간도 타협하지 않으신 그 길을 따라 살아가면 세상 무엇에도 겁 날 것 없는 무지무지한 빽을 확보할 수 있을 것이다.

인산 사상

내 것 가져서 행복한 사람 있으면 다 주어야지.

—인산 선생님 말씀 중에서

인산 의학

"이용하는 자와 활용하는 자, 그리고 사랑하는 자의 차이는 하늘과 땅이다."

이용하는 자는 손익계산에 따라 언제든 마음을 바꿀 수 있는 자이고, 활용하는 자는 자신과 가족과 인연 닿는 사람들을 위해 적당히 타협하는 자이며, 사랑하는 자는 자신의 생각을 전혀 보태지 않고 힘들어 머리가 깨질지라도 끝까지 있는 그대로 실천해 보는 자이다.

물론 인연법에 따라 행하는 것이기에 꼬집어 크게 논하고 넘어갈 필요는 없을 것이다.

아버지는 사람들이 아버지께 알고자 하거나 배우고자 하는 자들이 질문을 하면 그 사람의 마음에 담고 있는 모습을 이미 다 알고 있기 때문에 같은 문제를 놓고도 열 사람이면 열사람, 백 사람이면 백사람에게 대답해 주신 내용이 다 달랐다.

어찌 그 큰 뜻을 헤아릴 수 있었겠는가!

그 사람들 자신이 직접 들었기 때문에 자신의 말이 정답이라고 우기는 일도 생기는 것이다. 하지만 정답이라는 마침표를 찍기 전에 자신이 어떤 사람인지를 먼저 알고 그 다음에 생각해 볼 일이다.

그래서 나는 사람들이 무엇이 맞다고 우기는 일들이 있을 때 먼저 그 사람의 마음자락을 보려고 노력한다.

'신약', '신약 본초', 그 얼마나 무서운 단어인가.

지금은 말법시대로 1,000년 전 죽은 귀신까지 이 세상에 나와 있는 것처럼 정말로 어려운 시대에 살고 있을 때 나온 것이 신약 세계이다. 그래서 무서운 것이다.

어떤 귀신도 다 잡을 수 있는 힘, 죽일 수 있는 힘, 정신과 마음이 사람 같은 짓을 하지 않는 인간들 때문에 무서운 방법으로 답해 주기 위해 준비하고 있는 하늘을 향해 막을 수 있고 감격을 줄 수 있는 힘, 바로 그 힘을 갖추기 위해서 노력을 하지 않고 섣부른 마음으로 신약 세계에 다가서면 더 큰 화를 자초하는 것이기에 나는 무조건 마음 갖추고 신약 세계로 들어서기를 바라는데 언제나 옳은 것은 적이 많은 법이라 잘 통하지 않는다.

옳지 않은 것은 고달프고 눈에서 피가 뚝뚝 떨어질 만큼 힘들다고 해도 결코 타협을 할 수는 없는 것이다.

《신약》에 나오는 몇 그램, 몇 량, 몇 돈 등 그 숫자는 귀신 세계를 다스릴 수 있는 힘이며, 귀신들이 무서워하는 숫자 또한 전자계산기나 사람의 머리로는 도저히 상상할 수 없는 엄청나게 묘한 힘을 가진 수라서 그대로 지키면 틀림이 없고 어떤 병도 다 낫게 할 수 있다고 하신 말씀을 아버지께서 해 주셔서 알고 있다.

이런 것들을 우습게 생각하고 지키지 않고도 살 수 있으려면 마음이 너무나 크고 맑아 천상의 모든 신들이 감동 할 수 있는 힘을 가지고 있다면 될 것이다. 하지만 그렇지 않은 사람이라면 섣부르게 자신의 생각을 집어넣으면 안 되는 것이다.

그러나 요즘 세상은 어떤가. 너무나 천재도 많고 너무나 똑똑한 사람도 많아서 내 말은 무식한 말이라 통하지 않을 것이라는 것을 안다. 그래도 어쩌랴. 바른 것은 바른 것이라 어떤 경우든지 변할 수가 없는 것이다.

신약 세계 그대로 행하는 것이 얼마나 힘든지를 안다.

어려운 시대에 어려운 병을 어떻게 쉽게 행해서 고칠 수 있겠는가. 어렵고 또 어려운 것이다.

인간에게 이번 생만 존재한다면 쉽게 가도 될 텐데 그렇지 않으니 그것이 마음이 짠하게 아플 뿐이다. 왜냐하면 너무도 무서운 세계를 가볍게 가는 댓가를 치루지 않으면 안 되기에 마음이 짠할 뿐이다.

그러나 어찌하랴. 모든 것이 다 각자의 업인 것을.

인산 의학의 실망

인산 의학에 온 몸을 담근 사람

인산 의학에 허리까지만 담근 사람

인산 의학에 발만 담근 사람

인산 의학에 발가락만 담근 사람

인산 의학에 발만 슬쩍 스친 사람

인산 의학에 슬쩍 지나친 사람

인산 의학을 구경만 해 본 사람

인산 의학에 온 몸을 담근 사람은 인산 사상·대도론·우주론을 심장에 담고 육신 전부를 인산 의학을 실천하는 데 던진 사람이다.

인산 의학에 허리까지만 담근 사람은 인산 사상·대도론·우주론을 머리에 담고 육신 또한 반 만 인산 의학을 실천하는 사람이다.

인산 의학에 발만 담근 사람은 인산 사상·대도론·우주론에 대해 알고만 있을 뿐 가슴에도 머리에도 없고 인산 의학에 대해 자신의 편리에 맞게 행할 뿐이다.

인산 의학에 발가락만 담근 사람은 오로지 인산 의학이 돈 되는 길이 뭐 없을까 하는 것만 언제나 생각하는 사람이다.

인산의학에 발만 슬쩍 스친 사람은 인산의학 10%에 자신의 생각을 90% 섞어서 자신이 더 훌륭하다고 말하는 사람이다.

인산 의학에 슬쩍 지나친 사람은 괜찮은 것 같아 들어가 보았더니 신통치 않아서 관심 가질 필요를 느끼지 않는다고 생각하는 사람이다.

인산 의학에 대해 말만 들은 사람, 즉 구경만 한 사람은 도대체 쓸만한 의론이 하나도 없는 무슨 사기집단 아니냐고 소문내고 다니는 사람이다.

세상에 수많은 사람이 존재하고 엄청나게 얽혀 있는 인연법을 풀기 위해 각자 자신이 가져 온 그릇대로 풀고 가는 것이므로 어떤 그릇으로 살아가든 위에 열거한 것들을 논하는 것이 허무한 말일 수도 있다. 하지만 언제나 그러나이다.

왜냐하면 이생에 다시 한 번 기회를 받은 그 시간들이 아깝고 사람으로 온 기회가 너무나 아까워 언제나 그 안타까움에 메여 가슴이 아파하는 세월이 50년 중반을 훌쩍 넘기고도 아직도 여전한 것을 보면 나도 참으로 질긴 사람이다.

그것은 인산 의학이라는 엄청나게 귀한 인연을 만나서 꼭 꽃을 피우기 바라는 마음이 간절하기 때문이다. 인산 의학을 만난 것이 얼마나 귀하고도 귀한 인연인지에 대해서는 웬만큼 아니 누구나 다 아는 사실이기 때문이다. 그러므로 귀한 인연 만난 것을 가벼이 여기지 말고 온 몸을 던져 꼭 꽃을 피워 후천 세계에 정말로 사람들에게 좋은 일하기 바라는 마음이 간절하다. 그것은 누구에게 좋은 것이 아니라 자신이 좋기 때문이다.

후천 세계를 준비하는 인연으로 인산 의학이 이 시대 얼마나 소중한 것인지 인연 있는 사람들은 다 알고 있다. 그런 사람들이 어둠속에서 헤매는 중생들에게 빛이 되기는커녕 실망과 더 나아가 원망을 사는 행동들로 그나마 말법시대에 방향 잃고 헤매는 사람들에게 너 짙은 어둠으로 끌고 가는 일들을 하고 있다.

결국은 그렇게 되면 인산 선생님을 따르는 사람들이 선생님에 대해 안 좋은 생각, 안 좋은 말들, 심지어 막말까지 하는 누를 끼치고 있는 것이다.

이렇게 말하는 나도 찔린다. 인산 선생님 자손들이 구심점이 되어 제대로 행하여 다른 사람들의 본보기가 되어야 하는데 그렇지 못하고 있으니 어찌 마음이 아프지 않을 수 있겠는가.

그러나 언제나 우리에게 손을 내미는 것이 있다. 그것은 희망이다. 희망이 내 제일 친한 친구이다.

인산 선생님 돌아가시고 나서 진짜가 가짜가 되고 가짜가 진짜로 둔갑하는 이 어지러운 세상에 인산 의학을 어둡게 물들이는 사람들이 늘고 있다.

제대로 행해도 이 말법, 혼돈의 시대에 인산 의학이 뿌리 내리기 어려운데 한 술 더 떠 인산 의학을 하는 사람들이 혼란에 동조를 하는 사람들이 늘어난다면 결국 자신들이 설 자리가 어려워지고 그러다 보면 사람보다 돈이 더 중요하게 되어 버린 이 물질만능시대, 말법시대에 자신도 남도 다 같이 죽는 무서운 일이 왜 안 일어나겠는가.

그나마 어렵사리 소수의 사람들이 인산 의학을 지키고 보존하기 위해 혼신의 힘을 다해 지키고 있다.

그들은 눈에서 피가 뚝뚝 떨어지는 고통 속에서도 오로지 인산 의학이 이 말법시대에 인간을 구하는 최고의 정답이라는 것을 알기에 지키고 또 지키며 견뎌내고 있기 때문이다.

이제는 그렇게 힘겹게 지켜 내 온 사람들끼리 서로 위로하고, 이해하고, 감싸고, 힘이 되어주기를 바라는 마음이 간절하다.

그래야 그동안 얕은 방법으로 인산 의학을 흐려 놓고, 혼란스럽게 해 놓고, 많은 사람들에게 가볍게 여기도록 해 놓고, 업신여기게 해 놓고, 외면당하도록 해 놓고, 심지어 짓밟히도록 해 놓은 사람들의 설 자리를 없게 만드는 것이다.

그렇게 하는 것이 너무나 힘들어도, 지키기 위해 고통스러워도 돌아 서지 않고 인산 의학을 지켜온 사람들에게 힘을 실어 줄 수 있기 때문이다.

그냥 얻어지는 것이 어디 있을 수 있을까 하물며 인산 의학 그 귀한 것을 얻는데 오죽 하겠는가. 고통과 시련이 따르는 것은 당연한 일이라는 것을 안다. 그렇기 때문에 금방은 되지 않겠지만 작은 것부터 출발해서 서서히 이루면 될 것이다.

인산 의학을 바르게 행하기 위해 애써 온 사람들의 힘이 합쳐지는 날이 꼭 올 것이라는 확신을 가지고 있다. 저절로 된다는 말씀처럼, 저절로 되어 가는 시기가 오고 있다.

가장 귀한 것을 얻는 것이야말로 얼마나 힘든 시련을 겪고 얻어지겠는가. 그 과정이 우리를 더욱 키우는 거름일 수도 있다. 그렇게 우리는 성장을 향해 참 많은 진통을 겪어 왔다.

이제는 정말 인산 의학을 위해 어른된 모습으로 이제는 서서히 준비를 해야 될 것 같다. 꽃 피우고, 실망들을 희망으로 바꿔 놓기 위해서 이제는 맑은 기운으로 서서히 움직여야 할 것 같다.

우주를 위해, 나라를 위해, 후손을 위해, 우리들 자신을 위해서.

인산 선생의 자비심

아버지께서 세상에 많이 알려지시기 전에는 우리 가족들도 그냥 여느 집 평범한 가정처럼 그리 살았다. 어쩌다 손님들이 오고, 가끔 기인들이 오고, 세상에 좀 유명하다는 사람들이 찾아올 뿐 그저 그렇게 살았다.

아버지께서 세상에 많이 알려졌을 때는 나는 대전에서 결혼해 살고 있었으므로 가끔 함양에 왔었다.

어느 날 나도 아는 사람인데 웅담을 들고 와서 아버지께 물었다.

"선생님 이번에는 정말 제대로 샀습니다. 선생님께서 진짜를 가려내는 방법을 알려 주신대로 보니까 맞습니다. 이번에는 진짜를 살 수 있었습니다."

"그래, 가격은 얼마나 주었는가?"

"네. 2000만원 주었습니다."

"그래, 잘 샀군."

"선생님 이번에는 제대로 잘 샀지요? 선생님 보십시오."

"제대로 잘 샀군 그래."

웅담을 형광등 불빛에 비추어 보면서 그동안 아버지께 배운 진짜를 가리는 방법을 그대로 이야기를 하였다.

그 사람은 기뻐하며 돌아갔다.

그 사람이 돌아간 뒤 아버지께 여쭈어 보았다.

"저거 진짜 맞는 거예요?"

"너, 내가 2,000만원 줄 테니 저렇게 똑같이 만들어 보거라."

그 말씀은 진짜가 아니라는 말씀이셨다.

"그런데 아버지 왜 진짜라고 하셨어요?"

"저것을 진짜로 완전하게 보이게 하기 위해서 그 사람이 얼마나 애를 썼겠느냐? 그리고 진짜라고 알고 산 저 사람이 진짜라고 먹으면 진짜 근처에라도 가는 효과가 있지만, 저것을 속았다고 생각하면 2,000만 원 주고 사고 병은 4,000만 원어치 드는 것이며 또 만든 사람하고 서로 싸우는 시간에 더 큰 병 얻으니 진짜라고 생각하면 아무 문제가 없는 것이다."

그때의 아버지 말씀이 인생을 살아가면서 다른 사람을 정말로 생각하는 자비심에 공부가 걸릴 때 내가 크게 깨달을 수 있는 지름길이 된 이야기이다.

예전에 죽염을 구워 아버지께 잘 구웠는지 확인 받고 싶어 들고 와 여쭈어 보면 언제나 한결같은 대답이셨다. 참 잘 했다는 말씀뿐이셨다.

그래서 하루는 "아버지, 왜 모든 사람에게 똑같이 대답해 주시는 데요." 하고 물으니까 "그냥 먹는 소금 보다 괜찮으면 그것이 좋은 것이니 무슨 말을 더 해 주랴. 맹물도 명약이라고 생각하고 먹으면 명약이지만, 명약도 맹물이라고 생각하고 먹으면 맹물이 된다."고 그렇게 말씀하셨다. 무엇이든 마음이 중요한 것이라는 말씀이셨다.

그런데 거의 대부분 사람들이 다른 사람의 마음을 챙겨 주는 것에 대해 가슴에 와 닿는 것이 하나도 없는 것을 보고 참 많이 쓸쓸했었다.

너무 따뜻한 아버지 마음에 싸여서 산 세월 때문에 밖으로 나와 얼음처럼 차가운 다른 사람들의 마음을 보고 공포에 가까운 충격을 느껴서 이렇게 적어 보았다.

인산 선생의 바람

인산 선생님께서 해방 직후부터 한의학과 양의학을 겸한 병원과 한의학 대학을 설립하고자 하신 바람이 미국인들의 반대에 부딪혀 이루어지지 않았다.

그 후에도 나는 자주 들었다.

산속 넓은 곳에 터를 잡아 찾아온 사람들에게 《신약》과 《신약본초》에 있는 대로 약을 만들어 시간 맞춰 약을 주고, 공기 좋고 물 좋은 곳에서 자연에 도움을 받고 약물에 도움을 받아 병원을 찾아온 환자들을 치료하면 많은 사람들이 병마로부터 구할 수 있다.

한의과 대학을 설립해 귀한 인재를 많이 키우면 그들이 많은 난치병이 창궐하는 시기에 어려운 사람들을 구할 수 있다.

또한 산속 넓은 곳에 큰 울타리를 치고 곰, 사슴을 방목하여 삼보주사(三寶注射)에 필요한 것을 구하고, 오리·염소·돼지·닭·개 등 오핵단(五核丹)을 만들 수 있는 동물들을 키우고, 산 다른 쪽에 옻나무·노나무·유근피 등 약 나무를 심어 활용하고, 자비심으로 죽염도 굽고 대형 가마솥에 장작불을 때 약도 달이고 난반·청반도 준비하고, 개개인을 치료할 수 있는 흙집 치료실도 지어 치료에 보탬이 되게 하고, 솔잎 땀들도 내어 몸 안의 독소를 빼낼 수 있는 방들도 준비하고, 서목태·밭마늘도 심어 사리 간장 만드는 데 사용하고, 유황 열무도 심고 홍화씨도 심어 사용하면 많은 사람들을 고칠 수 있다.

그래서 수많은 환자들을 치료하고 소문이 나면 특히 우리나라는 미국인 몇 명만 살려도 마음들이 싹 달라지는 미국 좋아하는 병들이 많기 때문에 세계적으로 무서운 병마로부터 많은 환자를 구하는 최고의 나라가 될 것이다.

이런 말씀을 자주 듣고 자랐다.

사람들이 언제나 인산 선생님께 궁금해 했던 것이 있다.

"이 난세 언제쯤 어려운 일이 일어날까요?"

"복잡하게 생각할 것 없어 부모가 자식 죽이고 자식이 부모 죽이는 때가 바로 그때야."

지금이 그런 세상이 되었다.

그토록 바라셨던 것이 안 이루어진다는 생각을 해 본적은 없다. 꼭 이루어질 일이고 다만 저절로 때가 되어야 한다는 것을 안다. 이제 그때가 되었다고 생각한다.

인산 선생님은 30년 후에 50년 후에 일어날 일도 꼭 내일 일어날 것처럼 말씀하신다. 언제나 천상의 숫자로 계산하시기 때문이라고 생각한다.

30년 전이든가. 택시를 타고 한강 다리를 건널 일이 있었는데 우연히 바라본 그 모습에서 보았던 그 슬퍼하시는 눈빛이 지금도 어제 뵌 것처럼 선명하다.

"왜 그리 슬픈 얼굴을 하고 계세요?"

"아파트를 바라보니 마음이 아파."

"왜요? 한강변 아파트에 살면 부자라고 다들 부러워하는데요?"

"저 아파트가 나중에 많은 사람들에게 마음과 육신을 병들게 할 거야. 그리고 같은 평수 위로 너무 많은 사람이 살아. 그래서 마음이 아프다."

30년 후의 지금 엄청난 아파트가 있고, 그 아파트가 편리하다는 얼굴 뒤에 얼마나 많은 아픔이 도사려 있던가.

그때의 그 표정이 내일 그런 일들이 일어날 것처럼 말씀하셨다.

공해 독, 농약 독, 화공약 독에 대해서도 내가 들었던 세월이 40년 전인데, 꼭 내일 그런 일이 생기는 것처럼 마음 아파하셨다. 그 중 공해 독을 가장 염려 하셨는데 공해는 사람의 모공을 침투해 심장을 상하게 해 사람들의 마음을 뒤집고 해를 가해 이상한 병들과 이상한 마음을 가진 사람들이 많이 생길 것이라 하시며 마음 아파하시는 것을 자주 듣고 자랐다.

이러한 것들에 대해서 준비하는 것은 1, 2년에 되는 것이 아니라 작게는 10년 정도이고, 기본을 갖추자면 30년인데 그렇게 보고 준비하자면 다들 숨 막혀 죽으려고 한다.

사람들은 참 공짜를 좋아 하는 것 같다. 좋은 것은 갖고 싶으면서 좋은 것을 가질 수 있는 자격을 갖추는 것은 하지 않으려고 한다. 언제나 그것이 사람들에게서 이해되지 않는 부분이다.

왜 어려운 일이 언제쯤 일어나느냐고 묻는지 모르겠다. 언제쯤 일어나느냐가 중요한 것이 아니고 어려운 일이 일어나는 것에 대비해 준비하는 세월이 너무 짧아서 안타까워 해야 되는 것 아니든가. 참 거꾸로 가는 것들을 보면 이해되지 않는다. 귀한 것을 취하려면 연습할 시간이 많이 필요한 것이 아니던가.

《신약》에 있는 그 보물들을 준비하고 그 준비한 보물들로 수많은 사람을 구하고 그 구한 것으로 천상에 가서 귀한 자리 차지하면 그것이 이생에서 훨씬 남는 장사로 사실 세월이 너무 짧게 남아 다들 슬퍼서 울어야 하는데도 불구하고 이상하게 그런 사람들이 하나도 없다. 너무나 세상이 탁하고 어두워 사람들이 독에 찌들어 느끼지 못하고 앞이 보이지를 않는 것인가.

인산 선생님의 대도론·우주론에 마음을 담고 이러한 일들을 할 수 있는 사람들이 많아져야 한다.

인산 선생님의 그 바람을 이루어 보자고, 뜻을 모아 보자고 하는 사람들의 숫자가 많아졌으면 좋겠다. 그러면 인산 선생님께서 천상 세계에서 내려 보시면서 얼마나 좋아하실까. 그러면 많이 도와주실 텐데……

인산 선생을 사랑하는 사람들

오늘 날처럼 혼돈스럽고 어지러운 난세에 인산 의학을 따르는 사람들은 자존심이 하늘을 찌르거나 만약 그렇지 않다면 교만하다. 물론 교만이 자신을 지키는 힘일 수도 있으므로 이해되지 않는 것은 아니다.

"내가 가장 인산 선생님 의론을 많이 알고 있다." "내가 가장 많이 인산 선생님을 뵈었다." "내가 가장 많이 인산 선생님에 대한 자료를 가지고 있다." "내게 가장 많이 인산 선생님께서 중요한 것을 알려 주셨다." "내가 가장 많이 인산 선생님이 말씀 하신 것을 실험했다." 등등 다 나열하기 어렵다.

그런데 못 들어 본 말이 있다.

"내가 가장 많이 인산 선생님의 정신, 마음 그대로 살고 있다."

이 말은 아직까지 듣지 못했고 또 그런 사람을 만나 보지도 못했다.

또 이 시대에 그렇게 용감하고 물질을 초월한 사람을 보지 못했고, 인산 선생님의 그 우주와 같은 자비심을 닮기 위해 뼈를 깎는 수행을 하는 사람도 볼 수 없었기 때문이다.

만약 그렇게 하면 전부를 얻을 수 있다고 인산 선생님이 그렇게 사시면서 답을 알려 주시고 가셨는데도 불구하고 그렇다.

모든 종교, 모든 성직자들도 물질을 초월하지 못한 시대에 살고 있으므로 그럴 수도 있다고 합리화 시키면 서로 편하겠지만, 그것은 아니다.

이왕이면 사람으로 태어나서 그 귀한 인산 의학을 만나는 인연을 만났으니 그냥 의론만 알아서 육신만 구하지 말고 더 귀한 영으로 엄청난 큰 힘을 이생에서 가지고 가면 얼마나 좋을 것인가!

언제나 인산 의학을 따르는 사람들에게 바라는 간절함이다.

부처를 따르는 사람들, 노자를 따르는 사람들, 예수를 따르는 사람들 모두 부처처럼 살아 부처가 되기 위해, 노자처럼 행해 자연이 되기 위해, 예수처럼 살아 예수에게 천국 가서 사랑 받기 위해 애써야 하는데 인산 선생님을 좋아하는 사람들은 인산 의학만 싹 뽑아 쓰고 나머지는 모르겠다고 하고, 무엇이 나쁘냐고들 말할 것이다.

맞다, 맞는 말이다. 뭐가 어쨌냐고 따지면 무슨 할 말이 있겠는가.

이왕이면 더 좋아지라고 한 말인데 그 안타까움 때문에 언제나 사람들을 향해 가슴이 저린다.

예전에 늘상 엄마가 입버릇처럼 하셨던 말이 있다.

"너는 아무도 알아주는 사람 없는데 너만 그런 마음을 갖는지 도대체 이해가 안 된다"

말법시대에 희망을 갖는 내 탓이지만 언제나 희망을 접지 않는 것도 또한 나다.

말법시대에 부처 팔아먹는 도둑놈이 천지고 자신만은 제대로 된 부처 제자라고 하는 사람들이 석가모니 부처가 왕의 자리도 놓고 왕궁을 나와 탁발하며 말로 표현할 수 없는 인욕 고행을 겪으며 깨달음을 얻어 부처가 된 그 제자가 아닌 다 왕궁으로 다시 들어간 싯달타 태자의 모습처럼 살아가니 말법시대는 정확하다.

노자처럼 도를 닦아 자연이 되는 것이 아니라 전부 인공적인 이론을 만들어 거꾸로 가고 있게 만들고 무위자연이 아닌 인위적인 혼돈을 가중시키고 있다.

대각자나 성인들의 비참함이 전해져 온다. 무엇이든 가장 큰 어려움을 통해 가장 귀한 것을 얻는데 하물며 사람의 영혼을 구하려고 온 분들은 오죽하겠는가.

예수 역시 비참함으로 일생을 마쳤다. 피 묻은 살이 뚝뚝 떨어지는데도 쇠사슬로 계속 매를 맞으며 그것도 모자라 그 몸으로 자신이 메달릴 십자가를 어깨에 메고 매를 맞으며 걸어가고, 그 광경을 눈물 흘리며 바라보는 예수의 어머니 성모 마리아. 그러나 그 모든 것이 예정되어진 것을 아는 성모 마리아이지만 얼마나 가슴이 아프겠는가.

인간을 구원하는 구세주는 그냥 구세주가 되는 것이 아니라 엄청난 고통을 겪고 구세주가 된 것이다. 예수가 인간 구원을 위해 그렇게 고통 받은 것을 예수를 믿는 사람들은 다 아는데 나는 아직까지 예수 같은 사람은 만나 보지 못했다.

그래서 나는 불교인이든 예수교이든 부처를 사랑하고 예수를 사랑하는 사람들은 하나도 없고 전부 팔아먹고 전부 이용하는 사람들 밖에 없다는 말을 한다.

팔아먹고 이용하는 것은 자기 이로운 쪽으로 부처든 예수든 사용하기 때문이다.

그것은 부처의 제자들은 다 거지가 되어 있어야 하고 예수의 제자들은 희생 봉사를 목숨 걸고 해 죽어야 하며, 부처를 사랑해 부처가 되고 싶은 사람들은 다 비워 티끌조차 남지 않아야 되고, 예수를 사랑하는 사람들은 희생과 봉사에 목숨을 바쳐서 해야 되는데 어떻게 세상이 이렇게 탁해 질 수가 있겠는가. 전부 팔아먹고 이용하는 자들뿐이다.

인산 선생님을 사랑하는 사람들, 위에 말한 부처를 팔아먹고 이용하는 사람들, 예수를 팔아먹고 이용하는 사람들처럼 인산 선생님을 팔아먹고 이용하는 사람들이 되지 말고 사랑하는 사람들이 되었으면 하는 간절함으로 적어 보았다.

인산 선생님 책자 어느 곳에 있는 구절처럼 인욕 고행은 수행의 근본이란 말씀과 내 것 가져서 행복한 사람 있으면 다 주어야지 하는 그 두 가지만 행하고 살아도 인산 선생님을 사랑하는 사람이라는 말을 할 수 있을 것이다.

인산 선생님을 사랑하고 인산 의학을 하면 자신의 영력도 증대되고 그 보너스로 가족과 주위 사람들도 인산 의학으로 구할 수 있는 힘을 받을 수 있을 텐데 이 시대 모든 종교인들이 거꾸로 가고 있듯이 인산 선생님을 아는 사람들도 거꾸로 가고 있다.

그런데 하신 말씀 중에 "가짜가 지나가야 진짜가 오는 법"이고 "겨울에 약 쓴다고 봄 되더냐. 돈 낸다고 봄 되더냐." 하셨듯이 언제나 저절로 되는 것인데 나는 언제나 내 마음 안타까워 사람으로 온 영들이 아까워 난리 치는 이것이 이생의 나의 숙제이기도 하다.

죽염과 함께 인생을 살아 온 사람들

죽염과 함께 인생을 보내온 사람들은 너무나 소중하고 아름답다. 그러나 아련히 가슴이 아픈 것도 있다. 그들이 죽염과 함께 산 인생은 죽염을 9회 녹일 때의 온도처럼 뜨겁지만, 용암처럼 흘러내려 엄청나게 단단한 돌덩어리로 변한 것처럼 마음들이 굳게 닫혀 있다. 힘들게 살아 온 세월이 그들의 마음을 닫아 버렸는지도 모른다.

죽염이 엄청난 효과가 있는 것을 자신의 몸을 통해 확인하고, 가족을 통해 확인하고, 가까운 친지와 지인들을 통해 확인했기에 죽염과 함께 인생을 산 사람들이 줄지 않고 계속 늘어나고 있다.

그런데 왜 죽염과 함께 인생을 산 사람들이 외로워 보이는 것일까?

죽염을 굽는 과정이 정말 눈물겹게 힘들고 그 힘든 만큼 그렇게 크게 세상은 알아주지도 않는다.

또한 그렇게 힘든 만큼 크게 넉넉한 생활이 주어지는 것도 아니다. 그런데도 죽염과 함께 인생을 사는 사람들이 왜 줄지 않는지 모르겠다. 그것은 아마 그들이 자신과 가족들이 죽염을 통해 건강이라는 큰 해답을 얻었기 때문일 것이다.

죽염은 결코 장사가 잘 되지 않는다. 죽염과 함께 인생을 산 사람들이 장사의 실력을 함께 가진 사람도 드물다. 거기다 다들 고집들이 만만치가

대나무가 타는 모습.　　　　죽염 굽는 과정.

않고 개성들도 너무나 강하다. 타협도 제대로 안 되며 잘 융화가 안 되고 진정으로 서로들 친하게 지내지도 않고 각자 외롭게 죽염 굽는 작업들을 하고 있다.

　고집스레 자신의 길을 갈 수 있는 힘이나 자존심은 교만할 정도로 강하다. 그렇지 않으면 버틸 수 없었을 것이다. 세상 사람들에게서 엄청난 관심을 받는 것도 아니고 그렇다고 죽염 굽는 과정이 편리하고 쉬운 것도 아니다. 고생한 만큼 돈을 벌 수 있는 것도 아니다. 자신의 세계에서 버틸 수 있는 것은 자존심이다.

　외면하고 딴 곳으로 인생을 바꾸고 싶은 마음이 일어날 법도 한데 30년 훨씬 넘은 사람부터 몇년된 사람까지 전부 그 자리에서 이동하지 않고들 있다.

아버지께서 죽염을 세상에 처음 내 놓으셨어도 이것이 정답이라고 하시거나 자세히 기록해 놓으시지 않았다.

화두 던지듯이 툭하고 큰 부분으로 던져 놓은 내용에 따라 자신들이 끊임없이 노력해 깨달아 가고 있다. 큰 부분으로 말씀해 놓으신 것이 가장 바른 정답이면서 또한 반대로 가장 큰 혼란을 가져올 수도 있는 것이다.

아버지께 듣고 배운 것이 정답의 전부라고 생각하는 사람들도 생기고, 말씀을 듣지 않은 사람들은 크게 풀어 놓으신 말씀 따라 자신들이 스스로 고행해 가며 터득해 가고 있다.

하지만 아버지께 직접 죽염 굽는 방법을 들은 사람도 누구보다도 더 잘할 수 있다고 말할 수 없다. 교만하지 않고 노력해 하늘에 닿는 마음으로 죽염을 굽는 날, 그때 제대로 된 죽염을 완성할 수 있기 때문이다.

아버지께서는 죽염 굽는 것에 대해 말하면서 정답은 이것뿐이라고 하지 않으셨다.

그때는 모든 사람들이 다 시작이었기 때문이다. 결코 시작인 사람들에게 끝을 이야기해 주시지 않으시고 각자 말씀을 듣는 사람들의 그릇에 따라 대답을 해 주셨다.

눈물겨운 고행, 끊임없는 노력, 언제나 마음을 비우고 탐욕하지 않고, 무심으로 겸손하게 하늘을 감동 시키려 하는 자세, 병마의 고통에 헤매는 중생을 도와주고 싶은 자비심과 같은 그런 마음들을 키우기 위해서는 몇 십 년이 걸려야 할 것이다.

그런데 요즈음 어떠한가? 끝까지 행하지 않고 행한 것처럼 큰 소리들을 치고 있다.

죽염과 함께 한 사람들이 갖출 것을 갖추고 몇 년을 노력했나 계산해 보면 알 것이다. 오로지 내 방법이 최고라고 이야기하는 사람들이 계속 늘어 가고 있다. 한 가지 방법이 아닌 수많은 사람들이 다양한 방법을 통해 고집스레 외치는 그 큰 목소리들이 뒤엉켜 죽염세계는 더욱 혼란에 빠지고 있다.

그러므로 그 와중에 죽염을 먹는 사람들만 혼돈스럽고 각자 자신들의 사람들과 인연 있는 사람들끼리 뭉쳐 서로 편 가르고 자신들의 세계에 갇혀 그 속에서 외로운 작업들을 하고 있다.

가장 바른 정답으로 가는 길, 인욕 고행을 친구 삼아 가지 않으면 결코 도달할 수 없는 길, 그러므로 죽염세계를 향한 길도 그와 마찬가지여야 할 것이다.

그런데 지금은 오로지 혼란 자체이다. 혼란은 진짜가 되는 길과 멀다. 자꾸 꾀가 생기고 조금 이루고 크게 이루었다고 자만심만 늘어날 뿐이다.

수행자들이 큰 깨달음의 세계를 향해 가는 길이 엄청난 인욕 고행을 통해서만이 도달할 수 있다는 것을 알면서도 그들은 간다.

깨달음을 이루기까지 교만하지 않고 마장에 걸리지 않도록 끊임없이 비우고 또 비우고 깨닫고 또 깨닫기 위해 노력해야 한다.

죽염 세계를 향해 가는 길도 그와 똑같다. 그래서 아버지께서 죽염 굽는 사람은 수행자의 마음과 자세가 되어서 구워야 한다고 하시지 않았는가.

혼란의 세월이 짧은 것이 아니다. 혼란의 목소리가 조용하지 않고 산을 뒤흔들 만큼 시끄럽다. 왜 혼란의 목소리가 산을 뒤흔들 만큼 시끄럽겠는가.

죽염과 함께 인생을 산 사람들이 힘을 합쳤으면 좋겠다. 죽염을 좋아하는 사람들이 힘을 합쳤으면 좋겠다. 힘을 키우자는 것은 마음을 합쳤으면 좋겠다는 뜻이다. 죽염을 위해 인생을 산 사람들이 서로 닫혀 있는 마음의 문을 열고 따뜻한 가슴으로 무장을 해 다른 사람을 품으면 그 훈훈함으로 옆 사람 또 옆 사람을 녹이넌 나중에 죽염을 9회 열처리해서 녹이는 그 온도로 사람들을 녹이는 일이 생길 것이다.

그러면 세상에 그 온도 속에서 녹지 않을 것이 무엇이겠는가. 나쁜 것은 다 녹이고 좋은 것만 뽑아 사람을 살리는데 쓰는 죽염처럼 서로들 사람을 향해, 세상을 향해 그렇게 살면 되지 않겠는가. 그것이 용화세계가 아니겠는가.

요즘 죽염을 굽는 사람들을 둘러보았다. 다들 정말 대단하고 뛰어난 사람들이다. 개개인마다 한 가지씩 다 특징을 가지고 있고 뛰어난 기술을 가지고 있었다. 정말 너무나 많은 고난의 세월 끝에 얻어진 것들이라는 것을 느낄 수 있었다. 나는 둘러보며 저들이 굳은 마음을 열고 서로 각자 가지고 있는 장점을 서로 나누어 최고치를 찾는다면 정말 어마어마할 텐데 하는 생각을 했다. 죽염을 위해 인생을 산 사람들이 서로 마음을 합친다면 더 질 좋고 귀한 죽염이 탄생할 것이고 죽염을 먹는 사람들에게 더 좋은 효과를 보게 해 주는 공덕이 될 것이며, 그렇게 된다면 마음들이 더욱 따뜻해지고 그 따뜻한 마음들을 바라보신 아버지께서 기쁘셔서 마음을 낸 사람들에게 엄청난 행복의 길이 열릴 수 있게 해줄 것 같다.

나는 이렇게 온순하게 말을 하면서도 좋은 것을 알기만 하고 행하지 않는 사람들에게 무지막지한 독설을 퍼 붓는다.

정말 이상하게도 그들이 어느 날 다 잘못되어 있다.

그것은 내가 한 말을 안 들어서 그리된다는 이야기가 아니고 아버지께서 말씀하신 것을 지키지 않은 것에 대한 답을 알려 주는 말을 내가 중계할 뿐이다.

그 이치는 우주를 다 품는 자비심으로 알려 주신 말씀으로 욕심을 부리면 안 되기 때문이다. 그 욕심의 끝은 화가 되기 때문이다.

내 것이 최고다, 나만이 알고 있어야 한다, 내 기술이 답이다, 그러므로 아무도 보여 주지 않겠다면서 교만을 떠는 사람들에게는 이제 독설을 퍼부어 대고 싶다.

왜냐하면 진정으로 중생들을 걱정해 죽염을 세상에 내 놓으신 아버지의 그 마음을 알고 있고, 그 마음이 퍼져야 그 귀한 죽염이 많은 병고에 있는 내 나라 국민들을 구하며, 다른 나라 사람들이 가져가 자기네들 것으로 만들 수 없기 때문이다.

죽염을 위해 인생을 살아 온 사람들이 이제 모두 굳었던 마음을 풀고 마음들을 하나로 합쳐 서로 가지고 있는 좋은 기술들을 서로 나누고 서로 각자의 장점을 살려 귀한 죽염을 생산해 낼 수 있는 한 마음이기를 정말로 간절히 바래본다.

마음들을 합치면 정말 엄청난 죽염이 탄생할 것 같다. 세계에서 가장 좋은 죽염을 탄생시킬 것 같다.

죽염을 다른 나라들이 넘보고 있다는 것을 알 만한 사람은 다 알 것이다. 다른 나라들이 넘보지 않도록 제발 서로 마음을 합치기를 바란다. 죽염을 위해 인생을 산 사람들 모두 인산 선생님의 깊은 뜻을 이루어 주기 바란다. 그것이 자신들의 인생에 좋은 끝맺음을 할 수 있는 유일한 해답이 아닐까 생각해 본다.

죽염의 유래
— 죽염의 유래와 본초학적 고찰

김윤우(전 단국대 동방학 연구소)

죽염의 유래에 대해서는 이 책의 마지막의 〈죽염의 본초학적 고찰〉이란 논고 '죽염의 기원' 항에서 본인이 오래전에 이미 그 사실을 어느 정도 언급한 바 있다. 그러나 그 내용을 수록한 월간지는 당시 세상에 별로 알려지지 않았던 건강잡지였고 또 잡지가 발행된지도 세월이 아주 오래되어 세상 사람들이 죽염의 유래와 기원 등에 대하여 그 진실을 잘 모르고 있는 것 같아 본란에서는 기존의 내용을 조금 더 보완하여 그 진실을 논급해 보려고 한다.

아래의 사진본 논고는 본인이 1987년 8월에 계간지 성격으로 창간된 《민속신약》의 뒤를 이어 1989년 7월에 (주)광제원에서 창간한 월간지 《민의약》 창간호에 게재한 글이다. 20년 전 본인이 쓴 글을 지금의 시기에 새삼 사진본으로라도 다시 올려 놓는 까닭은 본회 회원님들 및 이에 관심을 가지고 계신 많은 이들이 양심(良心)을 저버린 사업가들의 거짓 상술로 인해 오늘날 심하게 왜곡되어가고 있는 죽염의 역사를 정확히 인지해 주시기를 바람에서이다!

사진은 선생께서 김갑진 사장(사진 왼쪽에서 두 번째 사람) 등과 함께 죽염제조에 쓰일 왕대나무를 살펴보고 있는 모습.

죽염 유래에 대한 진실

아래 논고 중 '죽염의 기원' 항을 읽어보면 죽염의 유래에 관한 진실을 잘 알게 될 것이다. 근래에 죽염의 원조에 관하여 꽤 논란이 있기도 한데, 죽염의 원조는 어디까지나 '인산죽염'이고 이의 발명자는 생존해 계시면 금년에 만 100세가 되시는 인산(仁山) 김일훈(金一勳 : 1909~1992) 선생이시다.

본인은 1960년대 후반 중학교 시절부터 집(성혜한의원)에 상비약으로 갖추고 집에 찾아오는 손님이나 환자들이 위장병이 있거나 배탈 등이 있으면 늘 무료로 나누어 주었던 죽염을 처음으로 접한 이후 이를 수시로 먹으며 성장하였다. 물론 그 이전부터도 인산 선생은 죽염을 상비약으로 만들어 두고 많은 속병 환자들에게 이를 무료로 주며 복용케 하였으나 이 무

생전의 인산 선생 존영 – 함양 상림공원(대관림) 함화루에서.

렵 선생이 서울 충무로에서 한의원을 운영하고 계셨을 때의 원 살림집은 대전에 있었고 본인이 초등학교를 졸업하고 서울에 있는 중학교에 입학하게 되면서 선생이 계신 한의원 집으로 합류하였기 때문에 이때서야 비로소 죽염이란 것을 접하고 먹어보게 된 것이다. 이때 선생께서는 배탈 따위로 아프기만 하면 소금약(죽염)을 먹으라고 하셨다. 이처럼 본인은 1960년대 후엽부터 죽염을 수시로 먹으면서 성장한 사람이다. 또한 인산 선생이 '죽염'을 최초로 문자화하여 1980~1981년에 세상에 공개한《우주와 신약》및《구세신방》을 친히 집필하신 저술 원고를 본인이 분류, 정리하여 편집한 바 있다. 이로 인하여 누구보다도 죽염의 역사를 냉확히 알고 있는 사람으로서 최근에 이르러 죽염의 원조에 있어서 주객이 전도되고 죽염의 역사가 왜곡되는 것이 정도를 넘어 꽤 심화되고 있는 것을 보게 되면서 이를 계속 그대로 방치해 둘 수 없다는 생각이 들어 이 글을 올려 놓게 되었다.

　본인은 1980년《우주와 신약》출간 이후 이 책이 한문본에 가까운 문장으로 기술되어 일반 독자들이 쉽게 접근할 수 없을 것이라는 생각이 들어 선생께 건의하여 수정 증보판을 내셨으면 좋겠다고 말씀드려 인가를 받은 후 선생께 증보원고를 부탁드리고 나도 기존의 한문 문장들을 좀더 쉽게 한글화하였으며, 분류체계도 동의보감의 목록체계를 참조하여 좀 더 체계를 잡으려고 노력하였다. 그러다가 책 내용과 원고를 가지고 너무 시간을 보내고 있다고 꾸지람도 듣기도 하였다. 선생께서는 본래 이북 분이시라 성격이 상당히 급하신 편이었다. 그때 본인에게 하시는 말씀이 "이제는 죽염을 세상에 알릴 때가 되었다. 시간이 없으니 그렇게 세월을 보내면서 그만 쭈물덕거리라."고 말씀하셨다. 그때문에 당시 본인의 마음에는 아직 책 내용 등이 마음에 들지 않았으나 더이상 그 내용과 표지 디자인 등에 대하여 간여하지 못하고《우주와 신약》의 수정증보판이《구세신방 (救世神方)》이란 이름으로 종친인 김갑진 사장이 운영하던 제일사란 지방 출판사에서 발행되어 세상에 나오게 되었다.

　1984년 겨울 인산 선생은《구세신방》을 발행한 김갑진 사장 등과 함께 죽염을 제조한 일이 있다. 그 당시에는《구세신방》의 출간을 재촉하시던 선생의 말씀이 꽤 섭섭하게도 들리고 왜 그렇게 서두르시는지 이유를 몰랐으나, 이후 3년이 지난 시기부터 전국을 순회하며 건강강연을 하시게 되면서 말씀하시는 것을 들어보니 곧 미래에 닥쳐올 공해독, 농약독, 화공약독 등 환경오염 시대에 죽염이 그 주장약으로써 상비약으로 갖추어 활용할 시기가 멀지 않았다고 여기시고 빨리 세상에 전해주시고자 하신 구세제중(救世濟衆)의 깊은 뜻이 있었음을 알게 되었다.

천일염을 구운 소금으로 만들어 질병치료에 이용한 것은 중국이나 우리나라나 그 역사가 꽤 오래되었다. 이를 한의약적 용어로 초염(炒鹽)·오염(熬鹽)·연염(鍊鹽)·구염(炙鹽) 등으로 일컬어온 것을 살필 수 있으며, 그 중에서도 연염(鍊鹽)은 당(唐)나라 유우석(劉禹錫)의 전신방(傳信方)의 연염흑환방(鍊鹽黑丸方)에 보이는 구운 소금 제조법으로 소금을 넣는 용기만 도자기류의 자기병을 이용하는 것이 다를 뿐 죽염을 굽는 원리와 상당히 흡사한 일면을 살펴볼 수 있다. 그러나 천일염을 구운 소금으로 만들 때 대통을 이용한 용례 및 '죽염(竹鹽)'이란 용어의 용례는 한국과 중국의 각종 한의서류 및 중국의 《사고전서》, 우리나라의 《한국문집총간》의 각종 문집들 및 《조선왕조실록》 등 어떠한 서책에서도 그 예를 찾아볼 수 없었다.

천일염을 대통 속에 넣어 구워낸 죽염을 만들어 질병치료 등에 이용한 것은 인산 선생의 생전의 말씀에 의하면, 유의였던 선생의 조부(김면섭:1852~1926) 때부터였다. 이때 만든 죽염은 비록 대나무통 속에 천일염을 넣어 구워 만든 죽염이긴 하였으나 굽는 회수가 1~3회 정도 구운 죽염이었을 뿐 이를 구전금단처럼 9회 죽염으로 처음 만드신 이는 인산 선생이셨다. 선생과 생전에 많은 대화를 나누어본 경험이 있는 이라면 잘 알겠지만, 선생은 유가·불가·도가의 각종 경서에 두루 해박하신 분이고, 또 《구세신방》과 《신약》 및 《신약본초》 등의 저서를 보면 알겠지만 산천의 갖가지 초목과 동물들이 천상의 어느 별정기를 감응한 것이라는 성정론(星精論) 등을 거침없이 논하고 있는 일례를 보면 세상 어느 누구도 그러한 의철학적 논리전개를 쉽게 언급할 수 없는 독특한 분으로서 본래가 생이지지(生而知之)하신 분이다.

평생을 누구한테 배운 적이 거의 없는 분이시나 집안의 맏형(김봉진)이

1930년대에 전기시설물인 도전방지기(두꺼비집)를 발명하신 이로 일본 와세다대학에서 기계공학을 전공하신 이라 집안에 있었던 맏형의 서책을 탐독하여 자득한 후 그 영향으로 기계 따위에도 굉장히 밝으셨다. 일제시대에는 독립군 신분으로 세상 속에 숨어 지내던 중에 장진강수력발전소의 데깡노바시 공사감독도 하신 적이 있었던 분이다. 그러한 분이었기에 오늘 날 철학적이면서도 과학적인 죽염제조법을 발명하여 만천하에 공개하신 것이다.

선생께서 75세 때 필자인 본인에게 붓글씨로 써주신 다음과 같은 시가 있다.

道通天地無形外
思入風雲變態中
도는 천지간의 아무 형태도 없는 무형세계 경계까지 통하고,
생각은 풍운이 조화로이 변화하는 모습 가운데 잠기네!

늘 거실 입구에 걸어 놓은 위의 시를 보면서 선생이 집에 찾아오는 손님들에게나 우리들에게 내가 알고 있는 보이지 않는 세계의 원리들을 다 표현할 수 있는 문자가 부족하여 알고 있는 진리를 사람들에게 다 설명해 줄 수 없는 것이 늘 안타깝다고 하신 말씀이 생각나곤 한다. 그만큼 선생의 의철학사상은 고금의 어느 의서에서도 찾아보기 어려운 독특한 이론들이 많이 보인다!

늘 거실 입구에 걸어 놓은 시.

죽염의 진표율사 전래설에 관한 진실

어려서부터 인산 선생이 비록 불가의 송만공 스님, 오대산의 방한암 스님, 북한산 도선사의 이청담 스님 등과의 교유했던 내용과 일화 등을 손님들에게 이야기하시는 것을 많이 들은 바 있으나, 선생이 사찰에 전해지는 죽염제조법을 들었거나 배웠다는 이야기는 한 번도 들은 적이 없다. 통일신라 때의 진표율사가 죽염제조법을 개암사 주지들에게 전승해 주었다는 세간의 이야기는 거짓말이다. 이는 인산죽염이 상품으로 세상에 나온 후 뒤를 이어 2호 죽염으로서 세상에 나온 개암죽염이 개암사에서 효산이라는 불승과 함께 죽염을 만들게 되면서 상업상의 전략적 차원에서 퍼뜨린 이야기이다. 《삼국유사》, 《송고승전》 및 금석문 등에 전하는 〈진표율사사적)에 의하면 그가 죽염을 만들었다는 기록은 없으며, 또한 진표율사는 김제 모악산 금산사에서 출가하였고 득도 후 뒤에 금산사에 주석하면서 금산사를 크게 중창하며 미륵장육존상을 조성하기도 하였으므로 만약에 진표율사가 죽염제조법을 절의 주지에게 전승해 주었다면 그의 고향집과 같은 금산사 주지에게 전해주지 예나 지금이나 별로 보잘 것 없는 사찰로 진표율사가 들린 적도 머문 적도 없는 개암사 주지에게 비법인 죽염제조법을 전해 주지는 않았을 것이다. 진표율사가 가장 많이 머무른 확실한 고찰은 미륵신앙의 근본도량인 금산사 외에 동해안의 금강산 발연사가 있고, 한때 머물던 절로는 그가 수도 정진한 변산의 부사의방 및 영산사와 속리산 법주사의 전신인 길상사 등이다. 이 중에서도 진표율사가 불사를 행하고서 가장 오래 주석하신 절은 그가 출가하신 금산사와 만년에 머물다 입적하신 발연사이다.

개암죽염을 만든 이 모 경영위원장은 불교서적을 출간하는 밀알출판사의 사장으로 1980년대에 불교신문사 기자로도 있었던 현 (주)인산가의 김윤세 회장과 친분이 있는 사람이다. 그 인연으로 공전의 베스트셀러가 된 인산 선생의 저서 《신약(神藥)》을 밀알출판사의 계열출판사인 나무에서 발행하게 되면서 개암의 이 모 위원장도 새삼 죽염의 가치에 놀라게 되면서 죽염사업에도 뛰어들게 된 것이다.

《신약》이 베스트셀러가 될 수 있었던 것은 그 이전 인산 선생 저서인 《우주와 신약》《구세신방》보다 훨씬 더 평이한 문체로 읽기 쉽게 기술되어 일반 독자가 쉽게 접근할 수 있었고, 그 내용과 표지 디자인 등 책의 전반적인 문제에 대해서도 충분히 시간을 갖고 검토할 기회가 있었기 때문이다. 이에 있어서는 본인이 《우주와 신약》 및 《구세신방》을 편집, 정리한 경험축적과 문학적 소양과 필력이 있는 인산가의 김윤세 회장이 인산 선

'종신지원충효, 일생지망구세' 아버지가 쓰신 것이다.

생이 저술하신 〈인명과 체험의학〉〈수행인의 건강학〉 등을 불교신문 등
에 편집, 정리하여 발표한 내용을 수정, 보완하여 신약편이란 편목으로
수록하고, 또한 선생의 신비로운 구료일화를 덧붙였으며, 또 선생께서도
《구세신방》 출간 이후 틈틈이 집필해주신 의학론·우주론 등을 상당량 보
충해 주시고 더불어 본인이 선생께 문의하면서 새로 정리한 신방편 원고
등을 최종적으로 친히 수정·보완하시며 교열하여 주셨으며, 또 한학에
조예가 깊은 김윤수 교수(현 대전대 철학과 겸임교수)도 책의 전반적인
교열작업에 참여한 바 있어 총체적으로 좋은 책을 만들 수 있는 여건이 충
분히 구비되어 있었다! 80년대 후반 죽염이 혜성처럼 나타나 세상에 크게
주목받게 된 것은 당시 인산 선생의 순회 건강강연과 더불어 이 신약 책의
힘이 매우 크다고 볼 수 있다.

인산가의 김회장은 개암의 이 모 위원장 및 그의 형님이신 이향봉 스님 과도 돈독한 친분이 있는 사이이므로 죽염 유래와 관련한 이러한 문제에 대한 시시비비를 굳이 논하려 들지 않는다. 그것은 장충동에 가면 원조 족 발집이 여러 곳 있어 누가 원조인지 모를 지경이고 포천 이동에 가면 원조 이동갈비집들 또한 수북히 자리하고 있어 아는 사람 아니면 진짜 원조집 을 금방 알아볼 수 없는 것이 장삿속 생리임을 이해하기 때문이다. 그러한 관점에서 본인도 굳이 죽염의 원조를 별로 따져오지 않았으나, 최근에 보 니 죽염의 유래가 단지 사업상의 영업전략적 기록에만 등장하는 것이 아 니라 인터넷상의 사전류 등 공적인 기록에까지도 정착하고 있고 심지어 중국 인터넷상에는 공공연하게 죽염이 진표율사가 전해준 것으로 언급되 고도 있어 이제는 더 이상 방치만 해서는 안 되겠다는 생각이 들었다. 이 에 사업상의 장사꾼들 세계와는 거리가 먼 본인이 진실이 심하게 왜곡되 어가고 있는 죽염의 역사를 바로 잡고자 한 마디 하게 된 것이다! 거짓의 역사기록도 수십 년, 수백 년의 세월이 흘러가면 후세 사람들은 그 진위 를 가리기가 매우 어렵게 된다. 그 대표적인 예가 바로 영남과 호남에서 각기 주장하는 임진왜란 시기의 진주 삼장사설과 삼장사시의 작가이다.

신라시대의 진표율사가 세상에 죽염제조법을 전해 주었다면, 그는 당 대에 미륵불과 같이 존숭을 받았던 신승이므로 중생구제를 위해 수많은 사람들에게 그 제조법을 전해 주었을 것이고 그에 관한 기록도 반드시 남 아 있었을 것이다. 인산 선생은 그가 저서인 《구세신방》에 휘호로 남긴 '일생지망구세(一生之望救世)'와 즐겨 써주신 휘호 '박시제중(博施濟 衆)'이란 글귀를 보면 선생의 인술의 정신, 구세정신을 잘 알 수 있을 것 이다. 선생이 죽염에 대한 물질특허를 내지 않고 《우주와 신약》, 《신약》 등의 저서에 그 제조법을 누구나 만들어 먹을 수 있게 상세히 세상에 공개

하신 참 뜻은 어느 한 사람이 이를 독점하지 말고 공해 독, 화공약 독 피해가 심화되어 가는 미래의 환경오염시대에 대비한 상비약으로써 세상 사람 누구나 이용하라는 구세정신, 불가어로 말하면 자리이타(自利利他)의 자비심으로 세상에 전해 주신 최고의 보물인 것이다!

근래에 전라북도에서는 죽염을 제조하는 효 모 승려를 무형문화재로까지 지정한 일례도 있는데 우스운 일이다. 무형의 문화재라 하면 그 인물이 아니면 그 제조비법의 명맥이 끊어져 세상에 전해지지 못할까 염려되어 문화재로 지정하는 것이지 모 승려가 개암죽염에서 자리를 옮겨 소속된 S 죽염회사 말고도 전국에는 그러한 제조법을 더 잘 알고 있는 이들이 수도 없이 공장장 등으로 일하고 있는데 그러한 제조기술자가 무슨 문화재적 가치가 있다는 말인가? 오히려 원조 죽염의 역사까지 왜곡시켜 가면서 그러한 기술을 사리사욕과 명예욕에 눈이 어두워 이타심을 지녀야할 불제자의 본분에서 벗어나 장삿속 사업자들과 손잡고 그 제조기술을 자신의 전유물로 삼고자하는 이기심을 세상에 보여준 부끄러운 일예가 아닐까 한다!

빈센트 반 고흐(1853~1890)는 다음과 같이 말한 바 있다!

"그대가 진정한 화가가 되고 싶다면 아이 같은 마음으로 그림을 그려라!"

어느 곳에서 무슨 일을 하든지 양심(良心)에 따라 적자(赤子)의 마음을 잃지 아니하고 자신의 본래면목을 지켜 나가는 사람이 바로 진정한 대인(大人)일 것이다!(夫大人者, 不失其赤子之心者也)

죽염 값

죽염 값과 관련해 모진소리도 참 많이 들었다. 그리고 지금도 듣고 있다.

"가짜다."

"재료를 나쁜 것 쓴다."

"9번 굽지 않았다."

"상거래 질서를 무너뜨린다."

이런 말을 들으면 눈에서 피가 쏟아질 만큼 아프고 외롭다.

죽염을 굽는 사람 100명이 있다면 99명이 같은 생각일 것이다.

생각이 다른 나를 사람들은 끔찍이 비난한다. 이제 조금 있으면 또 미친년으로 몰아버릴지도 모르겠다.

죽염!

죽염에 대한 아픔이 참으로 긴 세월 동안 이어져 왔다.

마음이 같은 99명이 다른 1명인 나에 대해서 완전 무시하고 살면 될 것을 왜 그리 의식하고 비난할까?

99개를 가진 사람이 1개 가진 사람 것을 빼앗아서 100개를 채우려는 인가의 중단 없는 탐욕 때문일까?

죽염에 대해 나는 조그마한 움직임인데, 무시할 만큼 아주 초라한데도

9번째 높은 온도로 소금기둥들을 녹여 내려서 나온 죽염.

불구하고 왜 나를 건드릴까?

　잃을 것이 없는 나를 건드리면 아무도 이길 수 없을 텐데 말이다.

　내 아버지 나의 스승 인산 선생님께 목숨을 건 나를 왜 건드릴까?

　내 아버지 나의 스승 인산 선생님께서 라면이나 비누 같이 세상에 존재하는 수많은 것들을 이익을 남기기 위해 만드는 방법을 세상 사람들에게 알려준 분이던가?

　그런 것들 가지고 돈을 벌어 조금이라도 호강이라는 것을, 아니 호강은 고사하고 조금이라도 여유를 느껴보신 적이 있는 분이든가?

　그렇게 수많은 좋은 것들을 가지고 이익을 보고 또 그 이익을 기지고 털끝만큼의 편안함을 누리시고 가신 적이 있으신 분이든가?

　그런 분께서 말씀해 놓으신 것 가지고 최대 이익금을 내기 위해 정해진 가격을 맞추지 않는다고 비난하더니 서서히 미친 년, 나쁜 년으로 다시 몰기 시작한다.

이제는 그렇게 몰린다고 해서 뭐 마음 불편할 것이 없는데 왠지 죽염 값 단합하지 않는 다고 비난하고 외쳐대는 목소리들이 참으로 가슴 저린다.

그렇게 외치다가 내가 눈도 꿈쩍 안 하고 조금의 반응도 없으니까 어리석고 착한 내 형제를 동원해서 또 다시 외쳐댄다. 그래서 미동도 없이 꿋꿋하던 내가 조금 휘청거렸다. 그것은 뜻이 조금이라도 퇴색하려고 한 휘청거림이 아닌 너무나도 가슴 터지게 슬프기 때문에 휘청거린 것이다.

아버지께서 어떤 분이시고, 어떻게 사셨고, 어떻게 가르쳐 주셨는데 왜 같이 듣고 같이 자랐는데 같은 아버지 자식인데 이렇게 다를 수 있을까?

그러면서 나도 모르게 바로 튀어나온 말.

"쪼다 같은 인간"

아버지께서 늘 쪼다 같은 자식이라고 하신 말씀이 확인되는 순간 참으로 슬펐다.

그러면서 아버지께서 얼마나 가슴 터지게 아프셨을까?

하나같이 이익에만 밝은 어리석은 사람들이 그 주위 전체를 덮고 있으니 언제나 먹는 사람의 입장에 서서 만들고 가격도 정하라고 하시며, 생활 속에서, 삶속에서 한결 같이 행으로 보여 주셨는데, 그런 아버지의 자식이 그런 아버지의 뜻을 따른다는 인간들이 그런 아버지께서 말씀해 놓으신 것을 가지고 먹고 사는 사람들이 어찌 그리 아버지의 뜻에 똥물을 들이붓고 있는지 눈에서 피가 쏟아질 만큼 슬픈 것이다.

며칠 동안 눈에 계속 눈물이 고인다. 아버지께서 사시는 동안 어리석은 인간들을 바라보며 심장으로 날마다 눈물을 쏟으셨기에 말년에 심장이 완전히 까맣게 탔다는 진맥이 나온 것이다.

죽염, 아버지께서 값을 싸게 해 마음 편히 많은 사람들에게 먹게 하라고 하셨는데 지금 죽염 값이 너무 비싸 어찌 마음 편히 마음대로 먹을 수가 있겠는가.

그 말씀을 행동으로 옮기고자 준비한 세월이 20년이다.

그저 소리 없이 아주 조용히 아주 작게 조금이라도 아버지 뜻을 받들어 살고 있는 나를 정말 너무들 밟아댄다.

내 개인의 인생에 대해 똥물을 들어붓고 짓밟고 미친 년이라고 몰아대도 그것은 견딜 만하다.

그러나 죽염은 곧 아버지다. 아버지의 뜻을 받들려는 나를 밟으면 얘기가 달라진다. 뒤집어 말하면 나를 더 강하게 단련시켜 더 뜻을 펼치라는 뜻이 된다.

그저 조용히 인연된 사람들, 어려운 사람들만 정해서 뜻을 펼치려고 했는데 비싸게 받는 죽염 값에 같이 동참하지 않는다는 이유로 아버지 자식까지 앞세워 비난하는 사람들을 향해 더 무섭게 뜻을 굳히게 된다.

인산 선생님은 내 아버지이시고, 법을 전하러 오신 분이시기 때문이다.

화랑

아버지께서는 화랑정신 하나만 갖추어도 못 이룰 것이 없다고 하셨다. 나라를 위한 충과 부모를 향한 효, 언제나 강조하셨던 말씀이다.

바른 정신으로 바른 인연을 만나 바른 길을 가는 것이 충이고 효이다.

아버지께서 "겨울에 악쓴다고 봄 되더냐. 겨울에 돈 낸다고 봄 되더냐. 저절로 봄이 오게 되어 있다. 그러므로 모든 것은 절로 된다."고 하셨다.

이것을 알면서도 늘 참을성이 없어 마음이 급했다. 어서 할 일 하고 천상에 두고 온 내 집으로 돌아가고 싶다는 생각에서였다.

올해 4월 초 한통의 편지를 받았다. 내용은 이렇다.

김윤옥 先生님 귀하

참으로 榮光스럽게 迷惑한 學生이 先生님께 글을 올립니다.

千里길 걸어 찾아 뵙고 인사드리지 못하고 당돌하게 글을 올리게 되어 편지를 부치고도 냉큼 숨어버릴 듯이 몸둘 바를 모르겠습니다.

우러러 생각하옴은 몇 生 前이 될는지 알 수 없사오나 수生엔 다만 四年여 동안 잠시도 쉬지 아니하고 마음과 꿈이 오가면서 따를 길을 찾아 헤맸나이다.

學生은 본래 忠南 公州에서 태어나 일찍이 父母님 膝下에서 떠나

공부하기 위해 찾아온 차영철. 특전사 대위 때의 모습이다.

大學을 卒業 後 陸軍 將校로 任官하여 올 六月 末이면 軍 복무를 마치게 되어, 올해 나이 29살입니다.

十歲 때, 國軍 將兵들의 늠름한 모습을 보고 祖國에 忠誠하기로 盟誓하였으나 根性이 옅고 聰明치 못하여 偉人의 言行을 살피고도 믿지 아니하고 또한 믿는 것도 着實하지 못하여 不孝함이 많았습니다.

돌아보건대 學生의 짧은 삶, 어찌 이리도 薄福, 薄德한 경우가 있나 開心할 따름이며 배우는 者로서 부끄러운 行動만 하였으니 옛 賢人들이 出入을 愼重히 한 處事를 가히 짐작하겠나이다.

多幸히도 仁山 先生님의 法을 접하고 그 허물을 적게 하려는데 努力할 따름이었습니다. 사람됨이 이와 같사옵니다.

先生님께서는 萬福과 德을 갖추시어 어떠한 道로 風塵 世上에서도 날마다 禪定에 드셨사옵니까?

欽慕하고 부러워하는 마음이 거룩함이 되었나이다. 바라옵건데 先生님께서는 잘 보살펴 말씀해 주옵소서. 오직 不足한 줄 알겠습니다. 내달 5월 初를 기하여 나아가 뵈올 計劃이오나 現在는 斷定할 수는 없습니다. 거두어 받아 주시면 至極한 發願이 이루게 되리라 봅니다.

엎드려 절하옵니다.

2011. 4. 5. 화(火)

學生 車榮哲 올림

7월 초 그 귀한 청년이 이곳에 공부하기 위해 들어왔다.

제대하기 전 600km 행군을 마치고 특전사 대위로 제대했다. 서예를 공부해 글도 잘 쓰고, 활도 잘 쏘고, 십팔기 등 무예도 익혔고, 대금·퉁소 등에 관심을 가지고 배웠으며, 예(禮)도 알고, 무엇보다 하심을 내고 겸손하여 아래위로 모든 식구들과 너무나 잘 지내며, 그리고 인산 선생님을 20년, 30년 따른 사람을 만나서 대화를 하면 그 사람의 이야기를 다 듣고 이해한다는 것이 참으로 신기했다.

어릴 적부터 충성을 생각했고, 늘 국가를 걱정하며 살았다고 했다. 그러면서 충효를 생각하고 인산선생님의 법을 만난 그 행복을 복과 덕을 쌓는 것으로 더 발전시켜 후배들에게 법을 전할 것이며 난세에 국가를 위해 백성을 위해 지혜로운 힘으로 한 역할을 크게 하고 싶다고 했다.

그 귀한 사람을 시작으로 같은 뜻을 가진 고귀한 인연들이 모이는 때가 곧 지금이라고 생각한다.

3부

다벌마을 이야기

치과 의사의 어이없는 표정

현재 큰 아들이 27살이다. 그 아이가 초등학교 때 치과에 가서 엑스레이 사진을 찍고 그 결과를 들여다 본 의사의 표정을 지금도 기억하고 있다.

'당신 같은 사람이 무슨 엄마야' 하는 표정으로 엑스레이 사진을 보여 주며 "지금은 손댈 수 없으니 나중에 봅시다." 하는 것이었다.

엑스레이 사진을 보니 잇몸이 엉망이고 들쭉날쭉 엉망진창으로 이가 나와 있는 것을 엑스레이로 보며 내 스스로 보아도 정말 의사의 기막혀 하는 표정을 이해할 수 있었다.

손쓸 수 없다는 말에 잠시 아찔했지만 언제나 그렇듯이 죽염이 있는데 하면서 치과를 나왔다.

큰아이 이가 그렇게까지 될 때는 의사의 표정대로 엄마의 역할이 큰 것이다. 어른, 아이 할 것 없이 하고 싶은 것 못하고, 먹고 싶은 것 못 먹으면 스트레스를 받는데 참는 힘이 약한 아이들은 어쩌겠는가.

"아이들은 간절히 하고 싶은 것을 못하거나 간절히 먹고 싶은 것을 못 먹으면 심장이 상하니 아이들이 간절하게 원하는 것은 다 들어 주어라. 그래야 심장이 상하지 않는다. 아이일 때 심장이 상하면 모든 병이 거기에서 출발하여 심하면 손쓸 수 없으니 아이가 간절하게 원하는 일을 만들지 마라. 만약 만들었다면 원을 들어 주어라.

아버지 외손자인 정훈이, 정민이의 어릴 적 모습.

또 아이가 간절한 울음을 울게 하지 마라. 그런 것들이 다 아이의 심장을 다쳐서 모든 병의 원인이 되게 한다. 어른도 스트레스가 심하면 나중에 뭉쳐 큰 병으로 오는데 아이는 오죽하겠느냐. 그러니 아이들의 마음을 상하게 키우지 마라."

아버지께서 해 주신 말씀이다.

그 말씀을 듣고 산 나는 아이들이 먹고 싶다는 것은 다 사 주었다. 요즘 아이들이 먹는 것에 단것 아닌 것이 몇 개나 되겠는가. 아무튼 그렇게 된 것은 아이들이 원하는 대로 해준 결과이기도 했다.

어쨌든 치과를 나와 정신이 번쩍 들이 아이에게 해준 것은 칫솔에 죽염을 듬뿍 묻혀 이와 잇몸을 골고루 구석구석 닦아 주기 시작하였다.

매일 잠자기 전 골고루 닦아 준 것이 전부였다. 아이가 스스로 하면 죽염을 조금 묻혀 하므로 내가 일부러 죽염 양을 듬뿍 묻혀 닦아 주었다.

결과는 참으로 신비로웠다. 조금씩 좋아지는 듯하더니 하루, 한 달이 지나고 일년 정도가 지나니 거짓말처럼 아이 이가 아주 고르게 위치를 잡았다.

지금은 자칭 미남이라 말하는 준수한 청년이다.

가슴 터지게 했던 딸 아이의 이

신약촌을 꿈꾸고 임야 6만 평을 사서 군청에 허가를 받아 2만3천 평을 개간하기 위해 애쓸 때 딸아이의 잇몸과 이가 거의 다 망가져 있는 것을 보아야 하는 아픈 세월이 있었다. 그때 딸아이 나이가 3살이었다.

할머니가 손녀딸 예쁘다고 달라는 것은 다 주었다. 딸아이는 외할아버지가 좋아하셨던 사이다를 너무나 좋아했다. 사이다를 좋아해서 입에 달고 살았고 온갖 사탕과 과자 등을 다 먹인 결과 이가 다 썩어서 빠졌고 아이가 웃을 때 이 다 빠진 할머니 모습처럼 되었다.

억장이 무너졌지만 바로 손도 못쓰고 그저 개간에만 매달릴 수밖에 없었다.

그 넓은 땅을 개간한다는 것은 재벌도 어려운 일인데 아무 것도 모르는 봉사인 내가 한다는 것은 정말 고난의 날이었다.

딸아이의 이를 보면서 이가 다시 날 때는 괜찮아 지겠지 하는 한심한 위로를 하면서 세월이 흘렀고 아이의 이가 새로 날 때는 정말 가슴 터질 듯하게 아픈 결과가 생긴 것이었다.

이와 이 사이가 모두 넓게 벌어지면서 새 이가 나왔고, 그 벌어진 곳에서 나야 할 이가 입천장에서 나온 것이었다. 입천장에서 이가 나온 딸을 바라보는 내 가슴은 날마다 무너져갔다. 그때 이미 모든 이가 나온 상태로

외손자 정훈이, 정민이, 외손녀 민영이의 어릴 적 모습.

딸아이가 초등학교 3학년 때이니 내 가슴 아픔이 어떠했겠는가.

딸아이는 김연아 선수처럼 얼굴이 참 예쁘다. 그런 딸아이가 웃을 때 앞니가 넓게 벌어진 상태로 보일 때는 가슴에 하나 가득 눈물이 고이는 것이었다.

개그맨처럼 아니 가장 간단한 표현은 앞니 빠진 영구였다. 웃으면 바로 앞니가 없는 바보로 보였다.

우선 마음을 가다듬고 먼저 서울에 있는 애 아빠의 한국에서 나름 유명한 후배의 치과에 가서 입천장에 난 이를 뽑았다. 이곳 함양에서 치료하자니 실력에 대한 의심도 생기고 하여튼 정말 마음이 아프고 심란한 상태였다.

바로 손쓸 수 없었던 것은 그때 만 원짜리 한 장 없을 만큼 아주 가난했을 때였다. 모든 재산을 어렵고 힘든 사람들 살리는 곳에 다 쓰고 완전히 거지가 된 상태였다.

입천장에 난 이를 뽑고 날마다 자기 전 죽염을 듬뿍 칠해 이를 닦아 주었다.

딸아이 스스로 하면 죽염을 조금 묻혀서 할까봐 내가 직접 죽염을 많이 묻혀 이를 닦아 주었다.

그런데 놀라운 기적이 일어났다. 그것은 벌어진 이 사이가 전부 붙은 것이었다. 입천장에 난 이가 원래 나야 할 그 자리로 옆에 있는 이들이 전부 옮겨진 것이다.

정말 기적이 따로 없었다. 물론 죽염을 100% 믿고 있었지만 믿는 마음에 보여 준 것은 기적이었다.

딸아이가 웃을 때 아주 고르게 난 이를 보면 그때 가슴 터지게 아팠던 그 기억이 순식간에 사라진다.

지금은 17살의 아름다운 숙녀가 되었다.

진실의 목소리

진실의 목소리는 얼마나 커야 들을 수 있을까?

진정한 목소리는 얼마나 높아야 들을 수 있을까?

너무들 똑똑해서 계산을 잘하고, 또한 너무나 영악해서 힘든 길은 잘 피하며, 이번 생은 그냥 대충 살아도 괜찮겠지. 뭐 어떻게 되겠어 하며 살아간다. 또 많은 사람들이 머무는 곳에 답이 있으니 그곳에 가서 끼어 살면 같이 묻혀 어려운 길은 피하겠지, 또 절대적인 신이 잘 봐 주시겠지 하며 살아간다.

그런 사람들이 세상을 덮고 있는 지금의 시대에 진실의 목소리, 진정한 목소리들은 땅을 뚫거나 하늘을 뚫을 것처럼 크지 않고 높지 않으면 묻히고 만다.

진실의 목소리, 진정한 목소리들이 묻히지 않게 해야 하는 공부, 불속에 물속에 들어갔다 두드려 맞는 끊임없는 담금질, 끝날 것 같지 않은 인욕 고행, 처절한 비참함, 처절한 고독, 최소한 이런 것들을 동무삼아 다 이겨내는 오랜 세월이 있어야만 처절한 공부를 제대로 해내면 진실의 목소리가 커지고 진정한 목소리가 높아져 하늘에서 우리들이 상상할 수 없는 도움이 내려오게 되어 있는 것이다.

그런데 사람들은 자신의 머리 위에 하늘이 있는 것을 잊고 살까? 왜 하늘의 힘을 모를까? 하늘은 언제나 끊임없이 기다리다 안 되면 하늘 판이 회전하게 되어 있는데 왜 그렇게 어리석을까?

하늘에서는 몇 백 년을 사람에게 고통을 주어 보아 견디나 시험하지 않고, 그냥 몇 십 년정도 그 고통만 견뎌 내면 엄청난 힘을 보태 주어 이루고자 하는 일은 하게 해 주는데 요즘 죽염 파동을 보면서 내 아버지 인산 선생님께서 예언하신 일들이 일어나고 있는 것을 알 수 있어서 마음이 많이 아프다.

인산 선생님 당대에 태어난 우리들은 꽃피는 인연이 아니다. 우리들은 아주 푹 썩은 거름이 되어야 하는 인연들이다. 그러나 모든 사람들이 푹 썩으려고 하지 않는다. 푹 썩지 않은 거름은 작물들을 다 죽게 만든다. 아주 제대로 푹 썩어야 작물들이 싱싱하게 큰다. 꽃피우는 다음 세대들을 위해 우리는 정말 제대로 썩은 거름이 되어야 하는데 대충 썩은 거름이 되어 있는 상태에서 입이 터지도록 자랑을 한다.

아버지는 그냥 지나치는 말씀도 다 맞아 솜털이 일어날 만큼 무서운데 예언하신 일은 어찌 되겠는가.

백의종군!

삼도수군통제사였던 이순신 장군께서 일반 군사들 속에서 백의종군하신 그 심정을 나는 느낄 수 있다. 그것은 나라를 위하는 마음이 개인의 자존심, 고통보다 더욱 컸기 때문에 백의종군할 수 있었던 것이다.

아버지께서 해 주신 말씀으로 살아가고 있는 내가 해야 되는 일은 바로 때를 기다리는 것이다. 아버지께서 말로 표현할 수 없는 비참하고 처절한 인고의 세월을 살면서도 때를 기다려 세상에 《우주와 신약》을 시작으로 《신약》 등을 세상에 내 놓으셨으니 오늘도 나는 참다 죽더라도 힘든 것을 참고 살아야 한다.

하늘이 정해 놓은 때는 인간이 사정해도 때를 멈추거나 바꾸지 않는다.

대충 썩은 거름으로 다음 세대들을 꽃피지 못하게 하는 사람들이 때가 되었을 때 사정해도 하늘은 들어 주지 않는다.

그러므로 지금이라도 푹 썩은 거름이 되기 위해 힘들어도 바른 길을 향해 가기를 바래본다. 그렇게 시간이 많이 남지 않았는데도 불구하고 사람들은 참으로 여유롭다.

건강 테마마을

뒤돌아보니 10년이 훌쩍 넘었다. 이곳 함양 산속에 터를 잡기 위해 4년을 큰 땅을 찾아 다녀—함양을 택한 것은 지명대로 볕이 골고루 다 비추는 땅이라는 것 때문이고 아버지께서 말씀하신 부분도 있기 때문에—다행히 마땅한 터를 잡았다.

동남향, 경사가 완만한 곳, 지리산 천왕봉까지 바라다 보이는 굽이굽이 산들이 보이는 탁 트인 이곳의 임야 6만평을 사서 2만3천 평을 개간했다.

그 많은 평수를 개간한 것은 20가구 정도 살게 하기 위해서 였고, 1가구당 650평 정도면 집짓고 논농사 밭농사 지어서 살 수 있을 것 같다는 생각으로 그리 평수를 잡았다.

지금 생각해 보면 참으로 겁이 없었다. 아니 무식했다.

개간 허가를 받는데 관공서를 1년 여 동안 쫓아 다녀야 했고 준공 허가까지는 수많은 시련을 겪었다.

아무 상관도 없는 너무나 한참 떨어진 마을 사람들까지 민원을 넣으면서 힘들게 하는 데에는 웬만한 정신력 가지고는 견딜 수가 없었다.

1km가 훨씬 넘는 곳을 방어벽까지 있는 아스팔트 도로를 만들었고, 급하게 전기·전화 끌어 들인 것은 돈으로 다 계산이 되지 않을 정도였다.

아무것도 모르는 봉사가 오로지 뜻만 가지고 시작했다. 처음에는 '08

포클레인' 중고를 사서 경험 있다는 사람에게 맡겼는데 중고는 힘들다고 해서 10포클레인을 새 것으로 다시 샀다.

이 부분에서 사람들은 나를 보고 참으로 어리석다고 한다.

장비를 사는 것도 그렇고 그 큰 평수를 개간하는데 사람말만 믿고 더럭 공사를 맡긴 것도 그렇다는 것이다.

어쨌든 참 많은 돈이 들었다. 개간을 해보니 전체가 돌산이었고 흙이 부족해 25톤 덤프트럭이 쉬지 않고 흙을 날라 부었다.

그 큰돈을 들이고 그 큰 수고로움을 행복한 마음으로 한 것은 뜻이 있어서였기 때문이다.

이 시대의 모든 답은 자연 속에서 사는 것이라는 생각과 그런 뜻을 가진 사람들끼리 산속 한 공간에서 살며 좋은 것들을 각자 다르게 가꾸어 서로 나누고 건강한 정신과 육신으로 서로 따뜻하게 나누며 살고자 하는 그 뜻이 있기 때문이었다.

자연의학, 한의학, 양의학을 한 곳에 모아서 무엇이든 자신이 원하는 쪽으로 건강을 챙길 수 있도록 선택하며, 그것을 위해서 황토 치료실, 명상 수련원, 약초단지, 숲길 산책로, 양·한방 병원을 짓고 그곳에서 경제 생활과 건강을 거의 다 해결할 수 있도록 해야겠다는 그 뜻이 어떤 힘든 것도 힘들다는 생각을 들지 않게 했다.

도시생활을 접고 자연생활을 할 때 경제적으로 아주 넉넉한 사람이 아니면 실생활에 대한 고민이 많을 것 같았다. 그래서 생각해 낸 것이 자연에서 나는 모든 약초와 각 가정에서 기르고 재배하는 동물과 식물과 야채들을 가공하여 건강식품으로 생산하면 같은 마을에서 살아가는 사람들은 좋은 자연을 누리고 경제적으로 큰 걱정 없이 살아 갈 수 있을 것이라고 생각했다.

정부 기금을 받아 1,000평을 다시 개간해 200평 넘는 공장을 지었다. 그렇게 시작하려 할 때 알고 있는 사람이 겨울 방송 촬영할 것이 없다고 사정을 해서 '6시내고향'에 나간 것이 내 인생에서는 상상할 수 없는 일이 생긴 것이다.

방송 내용 중 내 인터뷰 부분에 "나중에 공장에서 돈 벌어 어려운 사람들은 다 돕겠다." 하는 말을 했었다. 그런데 그 피디가 편집한 것은 "나중에 돈 벌어 어려운 사람들은 다 돕겠다."고 한 말을 빼고 "어려운 사람들은 다 돕겠다." 하는 말만 방송에 나갔다.

경치 좋은 자연 속에서 큰 공장 지어 놓고 "어려운 사람들은 다 돕겠다." 하는 내 인터뷰와 리포터가 "누구든 다볕 마을로 다 오세요."(가칭으로 함양의 순우리말이라 그렇게 지었다)라는 말을 아주 착실하게 곁들여 해 준 것이다.

그 방송이 나간 직후 전화벨이 울리기 시작하는데 혼이 빠진다는 말이 맞았다. 공장에 5대의 전화가 대표 전화하고 연결되어 있기 때문에 한 번호만 연결되어도 5대의 전화기가 계속 울려댔다.

사업 망한 사람, 직장 잘린 사람, 아이들 놔두고 집 나간 여자 때문에 괴로워하던 사람, 아이들 차에 태우고 일주일 동안 차에서 자면서 죽을 궁리만 하던 사람, 살던 집이 경매에 넘어가 오갈 데 없는 사람, 약병 들고 바닷가로 죽으러 가던 사람들이 역 대합실에서 '6시내고향' 방송 보고 저기 한번 가보고 죽자 해서 찾아 온 사람까지 하여튼 기막힌 개인사들을 가지고 정신 못차리게 이 산속까지 찾아 들어 오는데 숨을 쉴 수가 없을 만큼 힘든 시간들이었다. 하루 종일 밥 한 끼도 못 먹을 때가 많았다.

전화 거는 사람들은 마음이 아프지만 그나마 얼굴을 보지 않기 때문에 거절을 할 수 있지만 찾아와서 마주본 얼굴을 향해서는 차마 거절할 수가 없었다.

아이들 손을 붙들고 찾아와 이곳 아니면 애들하고 같이 죽을 수밖에 없다고 할 때는 더욱 거절할 수가 없었다.

그렇게 해서 몰려든 사람들과 살아온 3년 세월 동안 이곳을 거쳐간 사람들이 600명이 넘지만 죽은 사람들은 없었다. 몸과 마음이 망가진 사람들에게 필요한 것은 정신과 몸을 추수를 수 있는 공간과 시간이 있어야 했다.

망가진 육신을 치료할 수 있는 조건은 건강을 되살릴 수 있는 약과 다시 일어날 수 있는 정신력을 회복하는 일이 먼저인 것 같았다.

건강식품을 만드는 능력은 있으니 만들어 몸과 정신이 죽어 가는 사람들에게 먼저 먹이고 정신을 일으킬 수 있도록 편안하게 도와주어 다시 재기 할 수 있도록 해주는 것은 조건 없는 배품이었다.

돈, 정말 중요하다. 요즘처럼 정신도 영혼도 다 해결할 수 있을 것처럼 지배하는 것이기에 그렇다고 생각한다. 그러나 사람 목숨보다 중요하지 않다는 생각은 예나 지금이나 마찬가지이다.

그래서 한 푼 없이 다 망할 때까지 그 일을 해냈다. 그 결과 세상 모든 사람들이 어이없어하고 어리석다하고 비웃기까지 하는 사람들도 있다.

그리고 돈을 버는 것도 바쁘겠지만 망할 때도 아주 바쁘다. 모두 다 경매로 넘어가고 그 후유증을 8년 동안 겪었다. 금융권, 카드회사들은 참 최선을 다해서 들볶았다. 그래도 참 내 스스로 대단하다고 생각한 것이 그렇게 볶이는 대도 마음이 괴롭지가 않았다. 그것은 나를 위해 쓴 것이 아니라 남을 위해 썼기 때문에 그렇게 평화로울 수가 있었던 것 같다.

"내것 가져서 행복한 사람 있으면 다 주어야지."

"제 먹을 것 남 주면 하늘 곳간에 재물 쌓인다."

아버지께서 유산으로 주신 말씀으로 내가 꼭 붙잡고 사는 말이다.

지혜

지식이 많은 사람은 지혜가 부족하다.

지식이 많은 사람은 교만하다.

지혜가 많은 사람은 겸손하다.

지식이 많은 사람은 욕심이 많다.

지혜가 많은 사람은 욕심이 없다.

지식이 많은 사람은 세상 사람들이 받들어 주기를 바란다.

지혜가 많은 사람은 하늘에서 인정해 주는 사람이 되기 위해 노력

한다.

말법시대의 탐·진·치

말법시대의 탐·진·치는 곧 죽음이다. 왜 그렇게 극단적으로 표현하느냐고 사람들은 말한다. 그런 사람에게 참 용감하다고 대답한다. 그러나 그것은 진정으로 용감한 것이 아니라 어리석은 용감함이다. 왜냐하면 이 무서운 말법시대에 여유를 부릴 시간들이 어찌 그리도 많이 남아 있는지 참으로 대단하다.

극단적인 표현을 해도 사람들은 참으로 여유로운데 부드럽게 표현해 주면 그 늘어지는 여유들을 바라보는 속이 까맣게 된다.

아버지께서 숨 쉬기 힘들 만큼 호흡이 곤란하시면 병원의 산소호흡기의 힘을 잠시 빌려야 할 때가 있었다.

그렇게 병원에서 며칠 숨을 고르신 다음 다시 세상 속으로 나오셔서 또 사람들의 안타까움을 들어 주셔야 했다.

어느 날 대한민국에서 둘째가라면 서러워하는 아주 맥을 기가 막히게 보는 분과 함께 아버지 계시는 병원에 같이 문안을 드리러 간 적이 있었다.

그분께서 아버지 맥을 보시고 이런 저런 이야기를 나누신 다음 같이 오게 되었는데 그 분 말씀이 "맥을 짚으니 선생님의 심장이 새까맣게 다 타서서 없는데 어찌 아직 살아 계시는지 의학적으로는 절대 설명할 수가 없다."고 하셨다.

　이 말법시대에 법을 전하고 난세에 살아남을 사람들에게 방법을 알려 주시러 오셨는데 오히려 이 세상이 아버지의 심장을 새까맣게 타들어가게 하고 있지 않은가.

　온 세상이 탐·진·치로 넘쳐 모두들 죽음으로 가기 위해 몸부림치는 사람들이 안타까워 전해 주시는데 알아듣는 사람은 얼마나 되며 그 알아들은 사람들조차 말법시대의 탐·진·치에서 제대로 벗어나지 못하고 허우적거리는 그 모습을 바라보신 심장이 까맣게 타지 않을 수가 있겠는가.

　이러는 나도 찔린다.

　왜냐하면 나도 심장이 까맣게 타들어 가는데 도와드리는 행동만 했을 뿐 기쁘게 해드린 것이 없었기 때문이다.

　말법시대의 탐·진·치는 죽음이다. 왜 이 시대의 탐·진·치가 죽음이겠는가? 그것은 조절이 되지 않으며 어디다 기준점을 두어야 하는지 혼란스러울 뿐이며 타협이라는 단어를 옆구리에 끼지 않으면 모두들 금방 숨이 멎어 버릴 만큼 사람들은 심장이 다 쪼그라들어가고 있다. 그러므로 어찌 조화로울 수 있으며, 중용의 도에 대해서 말한다고 해도 귀의 한 부분에라도 들어가겠는가.

　말법시대의 가장 큰 적이며 가장 큰 스승인 돈을 벗어나 살 수 없고, 그렇다고 완전히 빠지면 안 되는 그것이 지금의 모든 사람들의 영혼과 숨통을 쥐고 있다.

　돈이 인간의 탐·진·치를 다 붙잡고 있다. 돈에 대한 욕심이 끝이 없고, 돈으로 인해 최고치의 스트레스와 분노를 다 안고 있고, 돈으로 인해 그 입구조차 잊어버리고 어둠 속에 헤매는 어리석음에 빠져 살고 있다.

　탐·진·치 중 하나만 차도 인간은 살아 내기 어려운데 탐·진·치 세 가지가 다 찼다면 그것은 죽음을 넘어서 영혼 파멸로 가는 것 같아 정말로 가슴이 아프다.

그런 사람들에게 돈에 대해 어찌 조화롭기를 바랄 수 있으며 어찌 중용의 도를 알면 쉽다고 얘기할 수 있겠는가.

모든 종교 지도자들이 마음을 비우라는 말을 계속한다. 그러나 그렇게 말하는 당사자들이 하나도 비워 내지 못하고 있는데 그들을 바라보는 일반 중생들이 어찌 비울 수 있겠는가.

따라서 온갖 방법들이 동원되고 그 사이를 비집고 온갖 편법들이 판치고 있는 것이다. 그 틈바구니에서 중생들이 갈길 잃고 헤매고 있는 것이다.

돈을 초월하라는 것이 아니다. 돈에 모든 것을 걸지 말라는 것이다. 돈은 의·식·주밖에 해결할 수 없는 것이다.

인간이 육신만 있다면 의·식·주가 전부라고 할 수 있을 것이다. 그러나 인간은 정신도 마음도 영혼도 육신 속에 담고 있지를 않는가. 그러므로 어찌 육신만 위하라는 말을 할 수가 있겠는가. 이것은 돈을 초월하라는 것이 아니라 전부라는 생각을 바꾸라는 것이다.

돈이 전부라는 생각을 바꾸지 못하면 적당한 때에 돈을 놓지를 못하는 것이다.

돈은 들어 올 때와 나갈 때가 정해져 있는 것이다. 나갈 때가 되었을 때 보낼 줄을 알아야 때 되면 자연스럽게 다시 들어오게 되어 있다.

그러나 돈이 전부라고 생각하면 놓을 때 놓지를 못하고 놓으면 죽는 줄 안다.

무엇이든 자연이 가장 좋은 것이다. 억지는 화인 것이다. 자연은 돈만 놓으면 되는데 억지는 돈도 목숨도 같이 가져가 버린다. 그러므로 화는 넘치면 죽음인 것이다.

무엇이든 적당한 것과 저절로 되는 것이 가장 좋은 것이다. 그러나 아무리 애타게 이야기 해주어도 탐·진·치를 악을 쓰고 붙들고 놓지를 않는다. 그런 사람들을 바라보는 마음이 아프다.

산속에 앉아 별로 사람들과 왕래가 없는 나도 이런데 탐·진·치로 모든 것을 다 잃고 영혼까지 소멸될 것 같은 사람들이 날마다 와서 절규하는 그 소리를 들은 아버지의 심장이 완전히 새까맣게 탔다는 그 말을 나는 이해할 수 있다.

취모검

취모검은 솜털까지 잘라내는 명검을 말한다.

자비심을 말할 때 빼놓지 않고 하는 말이다. 우주를 품을 것 같은 사랑이기도 하지만 솜털까지 잘라내는 예리함도 필요한 것이 자비심이다. 그 솜털까지 잘라내는 예리한 명검이 바로 취모검이다.

자비심은 중생에게 즐거움을 주는 것이 자(慈)이고, 중생의 고통을 덜어주는 것이 비(悲)라고 알고 있다.

그러므로 자비심을 말할 때 우주를 품을 수 있는 큰 사랑이기도 해야되지만 솜털까지 잘라내는 예리함도 있어야 그것이 곧 진정한 자비심인 것이다.

우주를 품을 것 같은 사랑을 보일 때는 사람들은 다 좋아한다. 하지만 솜털까지 잘라내는 예리함을 보일 때는 다 싫어하고 잔인하다고 말한다. 그러나 그 잔인함 속에 우주를 품을 것 같은 자비심이 들어있는 것을 모른다.

그래서 사람들은 오로지 보이는 것만 가지고 그것이 전부라고 믿고 착각하고 살고 있는 것이다.

사람들에게서 오늘 보이는 모습, 행하는 모습이 내일 죽음에 이르는 어리석은 행동들을 보일 때 취모검을 사용한다.

정말로 안타까워 "그렇게 마음먹으면 안 된다." "그렇게 생각하면 안 된다.” “그렇게 행동하면 안 된다.” 고 간절히 얘기해 주면 당장 보이는 답이 없는데 왜 자꾸 답인 것처럼 얘기 하느냐고 오히려 화를 내고 어떨 때는 원수가 되어 버릴 때도 있다. 그러면 아무리 안타까워도 더 이상 애타하지 않는다.

자신이 죽으려고 몸부림치고 또 죽으러 가는 길을 스스로 선택할 때는 도대체 어찌 할 수가 없는 것이다.

그래서 취모검을 사용해야 될 때가 있다. 내가 당장 욕을 먹어 나중에 다른 사람이 살아날 수 있다면 어찌 당장 먹는 욕이 무서워 취모검을 휘두르지 않을 수 있겠는가.

그러나 사람들은 참으로 영악하다. 어찌 그리 취모검에 맞지 않고 잘들 피하고는 사람들은 당장은 즐거워한다. 하지만 나는 속으로 가슴이 찢기는 슬픔에 빠진다. 세월이 조금만 흐르면 저 사람이 환경으로나, 마음으로나, 육신으로나 죽을 일이 생기기 때문이다. 그때의 모습이 떠올라 가슴이 너무나 아픈 것이다.

그렇게 겪는 세월이 이제 50년 중반을 훌쩍 넘기었기에 아마 나도 가끔은 인간의 육신을 가지고 있기 때문에 지칠 때도 있다. 그때의 극약 처방은 바로 아버지이시다. 아버지의 살아오신 모습을 떠올리면 금방 회복이 된다. 그래서 다시 힘을 얻어 또다시 사람을 향해 마음을 열어 놓는다. 어떤 인연 있는 사람이 내 가슴에 닿아 또 도와주어야 할지에 대해서.

행복과 외로움

인산 선생님은 불(佛)이시며 또 불(火)이시다. 자비심이 있고 겸손한 사람에게는 불(佛)이시며, 욕심이 차 있고 교만한 사람에게는 불(火)이시다.

내게 최고의 수행 스승이신 인산 선생님의 법대로 살아가기 위해 뼈를 깎듯이 노력하고 있다.

좋은 사람은 더 좋은 사람이 되도록 도와주고 나쁜 사람은 더 나빠지지 않도록 도와준다. 그것은 나쁜 사람은 더 나쁜 행동을 하지 못하도록 절대로 도와주면 안 되는 것이다. 그 방법이 사람들 눈에 보면 너무나도 잔인한 방법일 때도 있다. 그래서 한 가지 방법으로만 대할 수가 없는 것이다.

사람들은 정말 이해가 안 될 때도 있다. 좋은 사람은 좋다고 기뻐해 주고 나쁜 사람은 나쁘다고 화를 내면 다들 내게 이해되지 않는다고 난리들이다. 하지만 나는 그런 이들이 오히려 이해되지 않는 것이다.

나는 그럭저럭 좋은 것이 좋은 것 아니냐고 살아가는 사람들과는 다른 길로 왔고 다른 인연으로 살아가는 정신을 가지고 왔기 때문에 바뀔 수가 없는 것이다.

내가 지나치다고 혹자들은 말한다. 그리고 내게 와서 "그렇게 살지 말고 부드럽게 이렇게 사십시오."라고. 설득한다.

그럼 나는 깊이 그 말을 생각하고 또 생각한다. 그 생각은 언제나 아버지께서 해주셨던 말씀과 전해 주셨던 생각과 사신 모습, 그리고 행하신 모습을 떠올리는 것이다.

그러면 언제나 사람들이 '내가 지나치다'는 것과 '이러 이러하게 살라'고 설득했던 말들이 틀리고 내가 옳았다는 것이다. 그것은 오로지 내가 수행자이기 때문이다.

그렇기 때문에 언제나 최고의 수행 스승이신 인산 선생님께서 사신 모습, 생활 속에서 말씀해주신 것을 떠올리며, 생각하고 또 생각하면 안 풀리는 화두가 없다.

어리석은 자의 말

"설마 그럴 일이 있겠느냐?"

"그렇게 될 줄 정말 몰랐다."

"그렇게 하지 말라고 더 강력하게 말해 주지 그랬냐?"

어리석은 자는 위에 말을 순서대로 꼭 말하는 자이다. 위에 말을 순서대로 한 자는 이미 수습할 수 없는 일에 부딪힌 뒤이다. 그 순서를 밟지 않도록 아무리 이야기 해주어도 안 듣는다. 그러므로 어리석은 자는 죽을 일을 스스로 강력하게 부른 것이기에 그때는 절대로 도와줄 수가 없는 것이다.

어리석은 자들이 한결 같이 보너스로 가지고 있는 마음은 교만이다. 그냥 착한 자의 말은 무조건 "몰랐어요"라고 말한다. 그래도 그것은 죄가 된다.

지혜롭지 않은 착함은 자신도 해치고 남도 해친다. 어리석으면서 교만한자는 자신도 죽고 남도 죽인다. 죽을 만큼 어리석기에 꼭 그런 사람들에게 따라 붙는 것이 교만한 것이다.

그런 사람들은 이렇게 말한다.

"뭐 그런 일이 일어나겠어. 일어난다 해도 나는 아닐 거야."

자신의 어리석음과 그것도 모자라 보너스까지 붙은 교만으로 자신의 정신과 마음과 행동을 전혀 볼 줄 모르는 자이다.

산다는 것을 아주 단순하게 표현하면 겸손하면 다 이길 수 있는 것 아니겠는가. 자연 앞에서 인간이 겸손하면 자연은 그 몇 배 도와주지 않는가. 인생도 자연과 똑같이 살아내며 겸손하게 모든 것을 받아들이면 어떤 어려움이나 고통도 크게 사람을 헤치지 않고 지나가게 되어 있다.

인생에 봄만 있을 수 없고 겨울만 있을 수 없듯이 모든 것은 자연스럽게 순행하는 것처럼 그렇게 살면 되지 않겠는가.

그러나 정말로 인생을 그렇게 소화해 내는 사람들이 없다. 만나기가 너무 힘들다. 소화할 것처럼 조금 행동하다가 힘들다고 다 도망간다.

봄이면 봄만 존재 하는 것처럼 교만하고, 겨울이면 겨울만 존재하여 금방 다 죽는 것처럼 난리들이다. 그러니 어리석고 교만한 사람들에게 돌아오는 것은 죽음이라는 극단적인 일만 남아 있을 수밖에 더 있는가.

자연이 순행하는 것을 거스르면 엄청난 재앙으로 답해 주듯이 인생도 순행을 거스르면 엄청난 재앙으로 답이 돌아오게 되어 있는 것이다. 날마다 인연 있는 사람들이 어려운 길을 비켜 갈 수 있도록 간절히 애타하는 내 마음을 알아주기를 절대 바라지 않는다.

오직 비켜 가도록 말해 주는 나의 말에 행을 하는 용기 있는 사람을 만날 수 있기를 오늘도 간절히 바란다.

나를 위한 일은 하지 않아야 한다. 왜냐하면 나는 너무 부자이기 때문이다. 그러므로 제발 사람들이 잘 되기를 바랄 뿐이다. 그래서 같이 부자가 되고 싶다. 참으로 간절한 마음으로······.

말법시대의 공부 제목

이 시대 최고의 공부 제목은 돈과 사랑이다. 모두들 돈을 위해 몸과 마음을 투자하고, 사랑을 위해 정신과 영혼을 투자한다. 돈을 지나치게 좇아 육신을 망가뜨리고, 사랑을 지나치게 좇아 영혼을 망가뜨린다.

이 시대 법복 입은 사람들, 재가 불자들 모두가 돈과 사랑에 전부 걸려서 통과하지 못하고 있다. 전부 아닌 것처럼 포장하고 있지만 스스로들 알고 있을 것이다.

우리는 지금 2011년도에 살지만 진리를 행함에 있어서는 3000년 전의 방법 그대로를 행하여야 한다는 것을 알고 있다. 그러므로 이 시대 최고의 공부 제목이 돈과 사랑일 수밖에 없는 것이다. 왜냐하면 지금은 물질이 사람의 영혼까지 흡수할 만큼 무서운 세상에 살고 있기 때문이다.

최고의 공부 제목인 돈과 사랑이 던져 준 숙제는 인연법이다. 인연법으로 돈이라는 숙제를 풀어 막힘없고 걸림 없다면 전부 거지, 빈털터리, 빚쟁이가 되어야만 한다.

그러나 모두들 숙제를 안 하면 안 했지 이 생을 걸림 없이 가지 못해 다음 생에 더 많은 업보를 받는다 해도 해내지를 못하고 있다.

돈이라는 공부 제목은 인연법도 걸림 없이 제대로 풀고 가는 길도 주지만 보너스로 인욕 고행이라는 숙제까지 얹어 주어 더 크게 깨닫게 해 준다.

그리고 이 시대 또 다른 최고의 공부 제목인 사랑이다.

법이 사라진 말법시대인지라 기본인 음양의 조화가 깨지고 혼란으로 치달아 생겨난 사랑은 음양의 조화가 깨져 온통 세상을 뒤엉켜 놓았다. 남과 여, 부부 대부분이 거짓으로 존재하고 있다. 뒤엉켜 깨진 것을 아닌 척하고 사는 것은 영혼이 병들고 정신이 썩어 들어가고 있다. 아닌 것을 그런 척 하고 그런 것을 아닌 척 한다고 해서 그렇게 세상은 돌아가는 것이 아니다. 그러기에 모든 것이 썩어 들어가고 있다.

부부의 정신이 썩으면 가정이 썩는다. 그 속에서 자식들이 썩는다. 남들에게 보여지는 것들 때문에 얼마나 많은 위선으로 가족들이 병들어 가고 있는가.

남들에게 보여지는 것들이 걱정 되면 걱정 되는 행동들을 없애면 된다. 자식들이 잘못 되는 것들이 걱정 되면 걱정되게 만드는 행동들을 안 하면 된다.

그러나 어떻게 하고 있는가. 자식들이 잘못한 짓을 해도 그런 적이 없는 것처럼 시치미를 뚝 떼고 포장하며 산다. 어찌 하늘을 손바닥으로 가릴 수 있겠는가!

하늘에게 들켜 버린 행동을 했다면 인간들에게도 들켜야 한다. 포장하지 말아야 한다. 하늘에게 들킬 일이 없다면 인간들에게도 들킬 일도 없고 포장할 필요도 없는 것이다.

이미 하늘에게 들켜 버린 행동들을 했다면 인간들이 어떻게 보든 인간들에게도 들켜 버려야 한다. 인간들 무서워하면서 어찌 하늘은 무서워하지 않는지 정말 대단하다.

이런 내 말에 많은 사람들이 펄펄 뛴다. 왜냐하면 그것은 엄청난 대가를 치러야 하기 때문이다. 고통을 좋아하는 사람들이 어디 있겠는가. 그러나 무서운 하늘에게 들켜 버린 행동을 했다면 엄청난 인욕 고행을 통해서만 해결할 수 있다.

그것은 하늘이 주는 면죄부이기 때문이다. 하늘이 사람의 마음을 다 내려다보고 있는데 정말 인간처럼 용감한 것이 또 있을까. 스스로 지은 업을 덜고 복과 덕을 쌓을 수 있는 힘으로 바꿀 수 있는 것은 인욕 고행이 지름길이다.

이 시대 최고의 공부 제목인 돈과 사랑이라는 인연 망에 걸려 죽어 가고 있는 많은 사람들이 인욕 고행을 통해 인연 망에 걸린 것을 풀고 인연법 숙제를 잘 풀어 다음 생 영혼이 소멸되지 않기를 간절하게 바래본다.

모든 종교 지도자들이

모든 종교 지도자들과 성직자, 수도자들이 가지고 있는 재물을 다 내놓으면 슬퍼하는 사람들의 아픔을 다 해결해 줄 수 있을 텐데 하는 생각을 늘 한다.

부처님을 목숨 걸고 사랑하는 사람들, 예수님을 목숨 걸고 사랑하는 사람들, 공자님을 목숨 걸고 사랑하는 사람들, 마호메트님을 목숨 걸고 사랑하는 사람들, 하늘의 이치 자연의 이치에 대해 도통한 이런 모든 분들이 재물을 십시일반 모으면 고통 받는 사람들이 다 사라질 텐데…….

나는 나의 아버지께서 "내 것 가져서 행복한 사람 있으면 다 주어야지." 하신 그 말씀을 꼭 지키고 행하다 보니 이리도 마음이 재벌이다.

모든 불경, 성경 그 외에 세상에 존재하는 모든 경전에는 다 그렇게 쓰여 있고, 종교는 우리나라가 전 세계에서 가장 최고로 많이 믿고들 있는데 왜 슬픈 사람들은 줄어들지 않고 날마다 늘어나는 것인지 모르겠다.

사람을 만나면 그 사람의 아픔이 무엇인지를 먼저 알아보고 그 아픔을 도와주고 싶어하는 나를 아는 사람들은 나에게 뉴스도 보지 말고 사람도 만나면 그럭저럭 지내라고 언제나 아기 달래듯이 이른다.

언제나 상대방의 입장이 곧 내 입장인 것처럼 바꾸어서 생각해 보는 일

아버지께서 돌아가시기 전 85세 때의 모습.

을 끊임없이 연습하였고, 그 연습한 세월이 길어서인지 이제는 앞에 부분
조금만 이야기해도 그 사람이 살아 온 세월을 모두 다 느낄 수 있는 정도
가 되다보니 이것은 정말 힘든 것 중에 가장 힘든 일이다.

사람이 둥글어지는 것이 아니고 자꾸 모가 나진다. 그래서 중용의 도를
깨우치기 위해 날마다 화두를 붙들고 마음 공부를 하고 있지만 언제나 부
족해 아직도 너무 모가 나 있다.

사람들로부터 쏟아지는 아픔들이 왜 느껴지는지 또 무서운 착각이라고
스스로 위로하고 사는데 꼭 확인해야 할 일이 생기는 것이다.

그런데 정말 느끼지 않으려고 하는데 지금까지 다 들어맞는 것이다.

너무 긴 세월 철저히 연습을 하고 공부를 해서인지 금방 사람들의 마음
이 읽어지니 정말 괴로운 일이다. 그런 내게 산소 같은 아이들 없으면 숨

이 멎었을 것이다. 모난 나를 아프지 않게 잘 다듬어 둥글게 해 주고 있다. 그래서 숨을 쉬고 살 수 있는 것이다.

벼랑 끝에서의 여유로움

요즘 진정한 인생을 살고 있다. 실감나게 처절하게 살맛나게 진하게 살고 있다.

현실과 이상.

현실은 사람 사는 세상에 내가 존재하는 것으로 그것이 내게는 현실일 뿐 다른 것은 존재하지 않는다.

그리고 다른 사람들이 이상이라 말하는 것이 내게는 현실이다.

어쨌든 나 아닌 다른 사람들이 이상이라 말하는 내게는 현실인 그 삶의 모습을 요즘 내가 살고 있다.

온통 산과 숲뿐인 깊은 산속에 들어와 숲을 비워 내고 평평한 땅을 만들고 집을 짓고 도로를 만들고 전기를 끌어오고 전화를 놓는 등 그 모든 것은 개척자 이상의 삶의 모습으로 열심히 살았다.

내게는 아무렇지 않은 너무도 평범한 일을 사람들은 입을 벌려 다물지 못하고 놀래기만 한다.

표현상 이곳의 살아온 모습이 세상 사람들 이야기로 피를 흘린 것이라면 나는 그 흘린 많은 피로 이곳 6만 평에 도배를 했을 것이다.

그만큼 다른 사람들의 이상을 현실로 사는 내 경우에는 그냥 평범한 일일뿐이다.

그렇게 넓은 땅에 많은 일을 벌려 놓았던 내가 늘 이상이 현실이다 보니 돈 되는 길, 답 나오는 길에 대해서는 전혀 몰랐기에 요즘 내게 다가선 인생이 세상 사람들의 모습이라면 아마 숨 쉬지 못했을 것이다.

이 넓은 땅에 많은 세월 동안 흘린 땀과 정성, 그리고 들어간 돈 몇십 억이 돈 되는 길을 모르는 내게 닥친 일은 경매로 넘어 갔다는 것이다. 그러나 하나도 놀랍지도 않고 괴롭지도 않다.

이곳을 이렇게 해 놓고 수많은 사람들이 이곳에서 영혼을 가꾸고 정신을 맑게 하고 마음을 키운 것을 생각하면 지금 일어 난 결과가 힘들거나 괴로운 일이 아니기 때문이다. 내가 잃은 돈 속에는 수많은 사람들이 살아났기 때문이다. 한 500~600명이 내가 잃은 돈 속에서 먹고 자고 입으며 다시 살아났기 때문이다.

간단히 적자면 방송에 한 번 소개 되었는데 직장 잃은 사람, 사업 망한 사람, 이혼한 사람, 아이들 놓고 아내가 집 나간 사람, 경매로 모든 것을 잃고 차 속에서 숙식을 해결하며 아이들과 죽어야겠다고 생각하고 전국을 돌아다니던 가장 등이 거쳐 갔다.

나는 어떤 계산이나 걸림 없이 그때마다 주어지는 대로 날마다 치러 내는 것이 인연법을 풀어내는 것이라고 생각하고 행하는 사람이다.

그렇게 수많은 사람들이 살아야 할 땅을 이렇게 잘 개척해 놓았기에 누군가 인연 닿은 사람이 임자가 된다면 그 사람이 우리가 애쓴 것만큼 이로울 것이기 때문이다.

누군가들에게 엄청난 이로움이 골고루 베풀어졌기에 다른 사람을 행복하게 해주는 길에는 당연히 고통이 대가로 뒤따르겠지만 멀리 보면 서로 행복인 것이다.

또 다른 내용을 갖춘 인연이 닿아 다른 삶의 모습을 살아갈 일이 생긴 것뿐이다.

물론 은행 빚, 사채 등 빚이 남아 있다. 그렇다고 금방 삶의 끝인 것처럼 인생을 바라본다면 나는 수행자가 아니다. 수행자는 금방 일어난 어려움에 예민한 반응을 보이지 않는다. 멀리 보면 지금 일어나는 일이 아무 것도 아니기 때문이다. 더 큰길을 가는 길에 있는 공부일 뿐이다.

그래서 빚은 지금 갚지 못하는 것에 마음이 메이면 빌려준 사람도 해를 받을 것이고, 가져다 쓴 우리도 해를 받을 것이다. 하지만 돈을 가져다 사람을 살리는 곳에 사용했고, 그 돈을 절대로 갚지 않겠다는 생각을 한다면 그것은 해로움일 것이다.

그러나 모든 것이 끝이 아니고 늘 시작인 사람에게 모든 빚들은 잠깐 사용 중인 것이 되는 것이다. 그래서 그 모든 사용 중인 빚을 내가 어느 날 많은 사람들을 살린 그 빚을 갚을 시간이 오고 그 돈에 진짜 주인들은 수많은 사람들에게 도움을 주는 곳에 사용했으므로 그들은 어떤 어려움이 온다면 다른 사람들에게 도움을 준만큼 어려움이 비켜 갈 것이기 때문이다. 그런 나를 이해해 주는 사람이 세상에는 존재하지 않는다고 생각하고 살면 늘 마음이 가볍다.

그러나 누군가 한 사람이라도 이해해 주는 사람이 있다고 생각하면 그 순간부터 마음이 힘들어지는 것이다. 그리고 잘 행하고 살은 모든 내용이 한 순간 날아가 버리는 것이다.

사람들이 말하는 이상이 현실이 되어야 하는 세상이 언젠가는 꼭 올 것이고 또 그래야만 한다는 생각에는 내가 이 세상에서 살아 있는 동안에는 변함이 없을 것이다.

그런 세상이 와야 한다는 원을 세우고 살기 때문에 나는 세상 사람들에게 인정받으려는 마음도 없고 또 거기에 마음이 메이거나 일어나지도 않기에 사람들이 말하는 이상이 내게는 늘 현실인 것이다.

요즘 이제까지 살아온 시간들보다 더욱 여유롭게 살고 있다. 더 이상 현실에서 어려움은 일어 날 수 없을 만큼 그렇게 지금 상황이 벌어져 있기에 이럴 때는 더 마음을 평화롭게 더 여유롭게 더 고요하게 살고 있다. 그래야만 그 여유로운 마음속에 다시 시작되는 어려움에 대해 아주 편안하고 자유롭게 받아들여 벌어지는 모든 일에 대해 기운을 내서 살아갈 것이기 때문이다.

그러기 위해 몸부림치지 않고 여유롭게 지금 일어나는 모든 상황을 바라보고 있는 것은 다른 말로 표현하면 충전중인 것이다.

요즘 더 안정되고 더 고요하게 삶을 진행시키고 있다. 이 마음이 계속 진행되어야만 수행에 목숨을 건 내 원이 이루어 가고 있는 것을 확인할 수 있기 때문이다.

내가 이제까지 수없이 내 자신에게나 다른 사람들에게 뱉어 놓은 말들에 대해 행으로 옮길 수 있는 기회가 온 것이고, 내 자신은 스스로가 가짜가 아닌 진짜였는지 자신을 시험해 볼 수 있는 기회가 온 것이기 때문에 너무 잘된 것이다.

세상에서 말하는 벼랑 끝까지 몰려 떨어져 있는 지금 이 상황에서 내가 마음이 흔들리고 어려움에 대해 어떻게 억지로라도 비켜 보기 위해 몸부림친다면 나는 지금까지 살아온 내 생이 전부 사기인 것이다.

벼랑 끝에 서서 여유롭게 웃을 수 있고 떨어져서 아파도 웃을 수 있는 여유와 내일을 바라보고 다시 한 번 날기 위해 마음의 평화를 유지할 수 있다면 진정 나는 수행자로써 살아가는 남은 세월에 대해 부끄럽지 않을 듯 싶다.

이 모든 마음은 아버지께서 물려 주신 정신의 유산으로 해결했기 때문에 가능할 수 있는 일이다. 아버지께서 행으로 보여 주지 않으셨다면 언제나 이론에만 빠져 큰 걸음을 걷지 못했을 것이다.

유유자적

'유유자적(悠悠自適)'

'속세를 떠나 아무 것에도 속박되지 아니하고 자기 하고 싶은 대로 조용하고 평안히 생활하는 일'이라고 국어사전에 적혀 있다.

요즘 내가 살아가고 있는 모습과 같아서 적어 보았다.

산 속에서 느끼는 깊은 적막감이 오히려 내 모든 정신과 영혼을 여유롭게 해주는지라 이보다 더 좋을 수가 없다. 그러면서 언제나처럼 또 내게 다가와 쿡 찌르는 것이 있다. '나만 이렇게 행복하게 살아서 미안해서 어쩌나' 하는 생각 말이다.

이렇게 말하면 모든 것이 풍부하기 때문에 그런 생각을 하고 사는가보다 할 것이다. 그러나 나는 지금 이제까지 살아온 내 인생 중에서 제일 경제적으로 가난한 환경이 되었지만 가장 행복한 삶을 느끼고 있다.

가지고 있지 않으면 생기는 불안감, 조금밖에 남지 않았다는 초조함, 무언가 채우려는 몸부림과 같은 것들이 없이 전부 비어 있기 때문에 생기는 여유로움이다.

어쨌든 전부 놓아 버리니 전부 비어 있고, 그 속에서 넉넉하고 평화롭게 피어나는 연꽃, 그 아름다운 꽃을 이미 석가모니 부처님께서 중생들에게 답을 알려 주셨는데 중생들은 엉뚱한 풀이로 그 답을 외면해 버린다.

농장에서 밤을 줍고 계시는 아버지.

보이는 세계에서 깨달음을 전부 얻어낼 수 없고, 보이는 모든 물질세계가 사람들에게 평화와 행복을 주는 것이라면 석가모니 부처님께서는 왜 왕궁을 나오셨으며, 왜 왕의 자리를 내놓으셨겠는가? 그 왕궁에서, 사바세계의 가장 높은 왕의 자리에서 구하셔도 됐을 텐데.

그래서 나는 이번 생 문제를 잘 풀어서(업장과 인연) 이미 알려 주신 답을 놓치지 않으려고 날마다 마음 들여다보기 바빠서인지 세상 사람들이 좋다는 것, 보이는 그 많은 좋은 것들을 들여다 본 시간이 없어서 인지라 마냥 이렇게 유유자적한 산속 생활이 너무나도 행복한 것이다.

그러다보니 사람들이 두려워하는 것들을 나는 하나도 두려워하거나 어렵다는 생각이 들지 않는 것이다.

세상에 무서운 것이 한 가지도 없으니 이보다 더 큰 행복이 어디 있겠는가.

그것은 마음이 부자인 것에, 정신이 부자인 것에, 영혼이 부자인 것에 매달려 한없이 구하려고 몸부림치는 시간들을 많이 가지고 있어서인가보다.

언제나 오늘이 금생이라 생각하며 산다. 오늘 하루 잘살면 내일 곧 다음 생이 걱정이 되지 않게 된다. 그런 삶의 모습이 탄력이 붙으니 내일 먹을 것이 없다 해도 무섭거나 불안하지 않게 된다.

없으면 불편한 마음이 생기도 것은 사실이다. 그러나 어찌 좋은 것을 구하려고 할 때 공짜로 얻겠는가. 그러니 어려운 일이 생기고 불편한 일이 생기면 좋은 것을 구하려고 할 때의 대가이니 고마운 일이 되는 것이다.

불편한 마음이 생겨도 그것에 꺼둘지 않으면 그 다음에 불편함까지 없어지는 좋은 인연의 시간들이 다가오는 것을 알기에 아무 것도 무서운 것이 없게 되는 것 같다.

이렇게 나만 행복해서 미안하다고 생각하는 내가 이 산속 삶을 시작하면서 행하고 싶어 세운 원이 있다.

정신적 · 영적으로 가난한 사람들에게 마음과 육신으로 치료하고, 쉬고, 충전해서 사람으로 다시 태어난 그 복을 탕진하고 가지 않도록 도와줄 수 있는 환경을 만들어 보고 싶다.

지난 번 월드컵 구호인 "꿈은 이루어진다"고 하는 그 확고한 신념이 재산이기에 오늘도 꺼둘리는 마음자락 조사하면서 열심히 살고 있다.

주위 산세가 너무나도 아름다운 환경이므로 이곳에 절도 짓고, 심신 수련원도 세우고 싶고, 무료 치료소도 세우고 싶은 원을 가지고 산지 오래 됐다.

이번 생이 아니면 안 된다는 그런 생각은 아니다. 이번 생에 이루면 좋고 이번 생에 안 되면 다음 생에라도 꼭 이루고 싶다.

요즘 마음이 너무나도 가난한 사람들이 많아져 세상 많은 곳을 슬픔으로

물들이고 있어 부처님께서 얼마나 마음 힘드실까 하는 생각을 자주 해 본다.

　　그래서 답을 주신 아버지 은혜를 조금이라도 갚고 갈 수 있는 길은 열심히 마음 닦아 내며 세운 원 그 꿈을 이루어 마음 가난한 사람들이 슬프게 만드는 세상을 조금은 밝게 하는 일을 하여 아버지를 기쁘게 해 드리고 싶고 또한 조금이라도 은혜를 갚고 싶은 그 마음으로 살아가고 있다.

석삼극 무진본(析三極 無盡本)

아무리 수만 갈래로 갈라져 보여도 근본은 변하지 않는 것인데, 56년을 산 인생이 앞으로 100년을 더 살면서 사람들하고 부대껴서 그 내용을 담은 삶을 산다 해도 그 깊이에 맞는 사람들이 존재하겠는가.

그러나 사람 사는 세상에서 숨을 쉬고 땅에 발을 디디고 살며 사람과 어우러져 살고 있는 현생의 내가 완전히 희망을 접을 수는 없는 것 아니겠는가.

늘 희망을 가질 것이고 언제까지나 희망을 접지 않을 것이다. 그래서 내게 남은 훈장은 상처이다.

이번에 벼랑 끝에서의 삶의 내용에 대해 공부할 수 있는 환경의 인연만큼 사람들과도 벼랑 끝에서 인연들을 바라 볼 수 있는 또 다른 공부를 할 수 있는 기회가 온 것이다.

벼랑 끝에서의 바뀌는 환경 공부, 그것은 내게 별로 마음 작용이 없다.

그러나 벼랑 끝에서의 바라보는 사람과의 인연은 결국 희망을 접지 않되 기대를 하지 말아야 하는데 늘 내가 어리석은 것은 그래도 기대를 한다는 것이다.

어리석음의 끝은 상처인데 변하지 않는 본성을 보았으면 무수히 뻗어나간 그 보이는 모습에 본성을 파괴시키는 사람들의 얄팍한 마음에 늘 상처를 받으며 인연을 정리하고 그 인연들을 정리하며 세상사는 모든 사람들을 접었다가 다시 또 비우고 사람을 담고 그렇게 하기를 56년 동안 해왔지만 본성보다는 보여지는 모습에 마음들이 메여 본성까지도 외면해 버리는 인간들의 우매함이다.

나는 다른 능력은 아무 것도 없으면서 워낙 본성을 보려는 마음을 오랫동안 행하고 살다보니 본성을 보는 마음은 누구보다 능해졌다.

나는 사람들을 모든 이들의 본성의 그 마음을 다시 확인하기 위해서 수많은 모습을 보여주기 시작했다. 때로는 잔인하게 때로는 서럽게 때로는 처절할 만큼 고통스럽게 때로는 눈물이 고여 앞이 안 보일 정도로 때로는 미친년이 해코지하는 것처럼 그런 모습을 보여 주었다.

그런데 답들이 보이기 시작했다. 내 본성을 알면서 본성을 보았으면서 그 본성을 뒤로 한 채 보여 주는 퍼져 나간 모습에 대부분 다 무릎을 꿇었다.

세상에 존재하는 수많은 경전, 수많은 사상가들의 그 사상과 깨달았다는 모든 이들의 이론, 존재하는 많은 좋은 글의 책들 그 모든 것들의 본질을 보려는 사람들이 볼 수 있는 마음을 가지고 보았다면 지금 세상이 이렇게 혼란스럽고 어둡고 고통스럽고 슬프게 돌아가지는 않을 것이다.

본질들을 뒤로 한 채 퍼져 나간 모습에 마음들이 메여 결국은 가장 중요한 것을 잃게 되는 것이다.

나는 끊임없이 56년 세월동안 내가 행하려고 노력한 것이 있다면 인간들을 바라 볼 때 그들의 본성을 보려고 했다는 것이다.

그러다 보니 보여지는 모습보다는 어느 정도 본질을 볼 수 있는 마음이 많이 갖추어 가고 있는 중이다.

그런데 이번에 내가 또 사람들의 본성을 새삼 확인해야 되는 일이 생긴 것이다. 사람들은 무엇을 느끼고 슬프다고들 하는가. 나는 사람들의 본성을 보고 그들이 정말 깊고 넓은 세계를 향해 갈려 하는 마음이 준비되어 있지 않은 사람들을 보고 가슴이 또 찢겨 나가는 고통 중에 있고 상처가 또 꽤 오래 갈 것 같다.

외롭고 너무나 처절하게 외로워서 그 외로움에 깔려죽는다고 해도 나는 본성을 보려는 마음을 바꿀 수가 없고, 그 본성을 보려는 마음을 가진 사람이 한 명이라도 이 세상에는 존재 할 것이라는 희망을 완전히는 접지 않을 생각이다.

그것은 지금이 아니더라도 정말 아름다운 세상이 꼭 올 것이라는 원을 안고 살기 때문이다. 본성을 보려는 마음들이 많아지는 그 세상이 정말 아름다운 세상이기 때문이다.

법복을 입고 입었다면······

요즘 내가 법복을 입고 있었다면 조금은 편안하게 갈 수 있었을 텐데 하는 어리석은 생각을 자주 해 본다. 왜냐하면 같은 말이라도 법복을 입고 한 말이 훨씬 더 크게 받아 들여 주니 말이다.

평복을 입은 사람이 법복을 입은 사람이 하는 말이나 행동을 한다면 그 것을 일반 사람들은 이해하기 어렵고 감당할 수 없는가 보다.

법복을 입은 사람들도 자신의 말대로 행동하기가 어렵다고 하는데 하 물며 평복을 입은 사람이 자신이 말한 대로 행동을 한다면 그것은 법복을 입은 사람의 말보다 더 그 내용이 깊을 수밖에 없기 때문이다.

혼자 하는 수행, 가족들과 다 같이 하는 수행, 규율과 계율에 맞춰 하는 수행, 자유 속에서 아무 틀 없이 하는 수행처럼 똑같은 내용을 가지고 수 행을 하고 있다면 과연 어떤 것이 더 어렵겠는가.

내가 이곳에서 수행 터를 이루기 위해 온 몸의 피를 다 쏟았을 때 법복 입은 수행자로 수행 뿌리를 내렸다면 이렇게 큰 고통을 느끼지는 않았을 것이다. 수행 마을을 만들고 같은 공간에서 정신세계를 지향하기 위해 노 력한 것이 언제나 아무런 표시가 없는 것은 언제나 사람들의 가슴속 내면 깊숙한 곳에 다 포장을 좋아한다는 이야기이다.

그 뜻은 내가 똑같은 부피로 아니 법복 입은 사람보다 더 간절히 수행을 해왔다 하더라도 어느 정도 포장이라는 것을 하고 수행 뿌리를 내리려 했어야 하는데, 나는 티끌만한 포장 없이 수행 뿌리를 내리려 하니 어찌 사람들이 그 깊은 내면을 들여다 봐줄 수 있겠는가.

그러니 법복 입고 내가 늘상 하는 말을 하고, 그 한말대로 행을 했다면 사람들은 지금 난리가 났을 것이다.

그런데 그냥 평복 입고 한 말인데다 평복 입고 내가 한말대로 행동을 하니 사람들은 그저 그러려니 하고 아무 반응 없이 바라볼 수밖에 없는가 보다.

그런 속에서 내가 원하지 않아도 또 산속이라 하더라도 인연망은 피할 수 없는 것이다.

수많은 사람들과 인연이 닿았고 하루를 살아도 전생연이 클진대 여러 날, 여러 달, 여러 해를 살면서 사람들과 더불어 수행을 하며 그 수행 뿌리를 내리려 하니 진통만 클 뿐이지 결코 수행 뿌리가 내려지지 않는 것보고 깨달은 것이 또한 많을 수밖에 없다.

왜 꼭 어떤 종파를 갖추어 놓고 수행을 하고 공동체 생활을 하며, 어떤 특별한 사상을 내세워 어떤 규율과 계율을 만들어 놓고 같은 색깔 가진 사람들끼리 모이려 하는 것인지 이해된다는 뜻이다.

그렇게 하지 않으면 사람들이 결코 모여지지도 않거니와 모였다 하더라도 제대로 행을 해낼 수 없기 때문인 것이다.

어떤 각종 종파나 사상, 규율이나 계율에 묶어서 수행을 하고 공동체 생활을 해도 늘 사람 많은 곳은 서로 뜻이 갈라지고 서로 갈등을 느끼며 내면 깊숙이 서로 마음이 합쳐지지 않아 힘들어들 하는데 하물며 이곳 같은 곳은 두말할 필요가 없는 것이다.

사람들은 어떤 경전이든 법전이든 도덕경의 사상이든 그런 것들을 법복 입은 사람이 행을 하며 이끌어 주면 큰 무리 없이 따라가지만, 평복 입은 사람이 똑 같은 행을 하며 이끌어 주면 불편한 눈으로 바라보는 마음들이 보이는 것을 느끼며 누군가 어떻게 보는가에 매달려 조금이라도 흔들렸다면 내가 진정으로 남의 영력 쌓는 것에 보탬이 되며 내 영력 쌓는 것에 보탬이 될 수 있었겠는가.

정말 가장 깊은 세계에는 발을 들여놓지 못하고 혼란 속에서 헤매이며 아주 극도의 포장을 한 인간으로 살았을 것이다.

언제나 그 내 마음속에는 아버지가 살아 계신다. 그래서 이토록 어렵고 힘든 길을 가면서도 날마다 생생해지고 씩씩해 지는가보다.

자신의 인연망을 알면서 피하지 않고 부드럽게 때로는 거칠지만 뒤돌아보면 그것이 서로를 살리는 길이기도 한 그 인연법에 따라 인연의 날들이 펼쳐지고 그 인연을 꼭 풀어내야 걸림과 막힘이 없어 다음 생에 더 좋은 인연으로 만나게 되는 것인데, 사람들은 그 무서운 부모자식의 연부터 부부의 연, 형제의 연, 이웃의 연, 스치는 연 할 것 없이 그 인연에도 포장이 따르고 누가 나를 이렇게 볼 것인데 하는 영악함을 발휘해 인연을 피하거나 더 악화시키거나 더 꽁꽁 묶어 다음 생 그 엄청난 인연의 고리로 서로 얽어매어 고통 받을 인연들을 만들어 가고 있는 것을 보면서 세상에 사람보다 무서운 것이 없고 그 무서운 사람들을 위해 각 부처님들이나 성인들이나 사상가들이 그토록 피를 토하고 알려준 뜻들이 사람들의 그런 영악스러움을 벗어버리고 진정으로 큰 세계를 향해 가도록 하기 위해 애쓰셨는데도 사람들이 하는 행동들을 보고 얼마나 힘들어 하시면서 천상에서 바라보시고 계실까 하는 생각을 해 본다.

내가 법복을 입지 않고 수행할 때 그것이 물질에 관계된 것이든, 어떤 행동으로 보여준 것이든, 말로써 한 것이는, 육신으로 한 것이든, 그런 것들이 사람들 자신들의 마음에 어떤 때가 되어 불편해지면 금방 안면을 바꾸고 행동을 바꾸고 말을 바꾸고 마음을 바꾸어 버리는 것을 수없이 많은 날들을 당하면서 내가 그런 그들에게 조금이라도 깨우쳐 주기 위해 어떤 말을 받아치면 금방 더 돌변해 버린다.

그럴 때 가끔 너무도 허무해 내가 법복 입은 사람으로서 그만큼 행하고 보여 주었고 베풀어 준 것이 있었다면 그때에도 사람들이 저렇게 할 수 있을까 하는 어리석은 생각을 잠깐 해 본다.

물질이든, 마음이든, 육신이든, 말이든 나만 위한 것이라면 가장 깊숙이 내면을 파고 들어가 나를 챙긴 것이라면 그럴 수도 있겠지만 언제나 나보다는 다른 사람을 진정으로 위하는 것만 생각하며 행하였는데 법복을 입은 것과 안 입은 것의 차이가 많다는 것을 참 많이 느낀다.

그렇지만 아무리 힘들어도 진정으로 좋은 것은 멈출 수가 없는 것이다. 그래서 오늘도 더 큰 지혜를 향해 가는 걸음을 멈추지 않는다.

더 큰 지혜는 나를 키우고 다른 사람을 키우기 때문이다.

죽염(竹鹽)의 본초학적 고찰

김윤우(전 단국대 동양학연구소)

이끄는말

죽염(竹鹽)이란 만(萬)의 용도를 가진 한 신약(神藥)으로서, 집집마다 의료기관이 되고 사람마다 의료인이 되어 "의료기관도 의료인도 의료술도 처방도 필요 없는 사회", 바로 '질병 없는 사회'의 구현을 제창한 인산(仁山) 선생이 세상에 내놓은 신비의 식품의약이다.

이 죽염이 세인의 주목을 끌게 된 것은 그리 오랜 일은 아니다. 바로 인산(仁山) 선생의 저서인 《신약(神藥)》이 지난 1986년 6월에 출간된 이래 세간의 비상한 관심을 모으며 비소설류의 베스트셀러로서 이미 수만 부가 세상에 보급되면서 부터 죽염(竹鹽)은 크게 주목받기 시작하였다.

《신약(神藥)》을 보면 죽염을 비롯하여 암치료약으로 일컫는 삼보주사(三寶注射)와 오핵단(五核丹) 등 전대미문의 특이한 신약(神藥)의 제조 및 활용방법이 자세히 설명되어 있으며, 그 밖에도 각종 난치병에 대한 신비방(神秘方)이 공개·서술되어 있다. 그런데 삼보주사와 오핵단, 또는 여러 비방의 원료로써 이용되는 웅담·사향 및 산삼·녹용 등의 약재는 워낙 희귀하여 구하기가 매우 어렵기 때문에 이것으로 수많은 서민들을 온갖 질병의 위험 속에서 구원한다는 것은 지극히 어려운 일이다.

아버지께서 구운 죽염 원석.

그러나 죽염(竹鹽)은 바닷물[해수(海水)] 속에 내재한 함성(鹹性)을 추출하여 만든 소금[천일염(天日鹽)]을 주원료로 하므로 이는 전 인류를 질병의 위기로부터 구원하고도 남을 만큼 그 원료가 무궁무진하다. 그러면서도 죽염은 위(胃)와 장(腸) 등 소화기 계통의 제질환과 눈병, 입 안의 제병, 축농증·중이염·치질·독감·종창 및 뇌막염·기관지염·폐렴 등의 각종 염증으로부터 심화된 여러 암병에 이르기까지 인체의 거의 모든 질병에 두루 불가사의한 효능을 발휘하고 있다. 이러한 점 때문에 바로 죽염이 세인의 주목을 받게 된 것이라 하겠다.

그렇다면 죽염 속에는 과연 어떠한 약성들이 합성되길래 그와 같은 신비의 효능을 발휘하게 되는 지 매우 궁금하여진다. 본고에서는 이에 죽염(竹鹽)의 본초학적(本草學的)인 고찰을 통하여 죽염 속에 내재되어 있는 제약성을 한 번 구명(究明)하여 보려고 한다.

죽염(竹鹽)의 기원(起源)

죽염의 주원료는 소금이다. 소금은 인간의 식성과의 밀접한 관계로 인하여 아득한 옛날, 지구가 빙하시대(氷河時代)로부터 벗어나 육지가 드러나고, 초목이 생하고, 인류가 탄생 되었을 때부터 인간에 섭취되었을 것으로 추리된다. 바다의 염도나 무기질의 농도가 사람의 체액과 비슷하다는 생리학적 연구발표가 있는데, 이는 동물들은 옛적부터 바다로부터 육지로 올라왔을 것이라는 사실을 유추할 근거가 되기도 한다. 이러한 견해는 인산(仁山) 선생의 말씀에 의해서도 그 추리가 가능하여진다.

선생은 곧 "지구의 1겁(刧)은 129,600년으로, 이를 1원(元)이라고도 하며, 1겁은 자·축·인·묘·진·사·오·미·신·유·술·해(子丑寅卯辰巳午未申酉戌亥)의 12회(會)로 나뉜다. 이 중 술회(戌會)·해회(亥會)·자회(子會)에는 지구가 수중(水中)에 잠기어 있는 시대이다.

지구가 수중시대에 있다가 축회(丑會)에 이르러서야 비로소 물 속에서 나오게 되며, 인회(寅會)에 이르러 초목(草木)이 화생(化生)하고 이후 어족지류(魚族之類)가 상륙진화(上陸進化)하여 동물세계를 형성하면서 이 무렵에 인류도 그 탄생을 보게 된다.

묘회(卯會)에 이르러 만물의 성장과 인류의 문화가 대성(大成)하여 가다가 진회(辰會)에 이르러 수고장(水庫藏)이 되면서 다시 수중시대로 들어간다. 사회(巳會)에 다시 만물이 시생(始生)하여 오회(午會)에 이르러 인류문화가 대성하고[문화예술사회], 미회(未會)에 이르러 신천지(新天

地)의 문화가 이룩되는데[불로장생사회], 지금은 미회(未會) 초이다. 신·유회(申酉會)를 지나 술회(戌會)에 이르러 다시 수중시대로 들어간다."고 말씀하신 바 있다(《민속 신약(神藥)》, 창간호, p.68 참조).

위의 술·해·자회(戌亥子會)의 수중시대를 지금의 용어로 표현하면 곧 빙하기(氷河期)이고, 진회(辰會)의 수중시대는 간빙하기(間氷河期→간빙기(間氷期))라 하겠다. 또한 위의 축회(丑會)와 인회(寅會)의 변화에 대한 말씀은 곧 "지벽어축 인생어인(地闢於丑 人生於寅)"이라고 한 동양사상적인 견해에 기초한 것이 아닌가 생각된다.

아무튼 선생의 말씀에 의하여 추리해 보더라도 인류는 바다와 아주 밀접한 관련이 있으며, 그 바닷물 속에 내재하고 있는 자연생명력(自然生命力)은 인간의 체내에 있어서 매우 귀중한 역할을 할 것으로 추리해 볼 수 있다. 이로써 볼 때 소금은 아득한 옛날부터 인간에게 필수 불가결한 것으로 식용(食用) 또는 약용(藥用)으로 이용되어져 왔을 것으로 생각해 볼 수 있다.

후한(後漢) 화타(華陀)의 제자인 오보(吳普)가 편술한 《신농본초경(神農本草經)》, 융염조(戎鹽條)에 "융염(戎鹽)(=호염(胡鹽): 중국에서 나는 굵고 거센 소금)은 눈을 밝게 하고 눈의 통증을 주치(主治)하여 주며, 기운을 돕고, 피부와 뼈를 견실하게 하며, 독충(毒蟲)을 제거하여 준다. 대염(大鹽)은 사람으로 하여금 악물(惡物) 따위를 토하게 한다. 노염(鹵鹽)은 맛이 쓰고 본성이 차다. 심한 열과 소갈(消渴)·광번(狂煩)을 주치하여 주고, 피부를 부드럽게 하여 준다."고 한 것을 보면 동양에서는 일찍부터 소금의 의약적 측면에 대해서 주목하고 있었음을 알 수 있다. 그런데 소금을 약용으로 쓰는데 있어서는 이를 구워 쓰는 것이 아주 탁월한 효능을 발휘하는 것으로 보인다.

본고에서 다루고자 하는 죽염도 3~5년 된 왕대나무 속에 서해안의 천일염을 다져 넣어 소나무 장작불에 구워낸 소금임을 생각할 때 그 기원은 바로 이 점에 기초한 것이라 볼 수 있다. 그러나 역대 문헌기록상에서 이 죽염이라는 용어가 쓰인 예는 전혀 찾아볼 수 없다.

필자는 '죽염'이라는 용어의 전거에 대하여 한 번 찾아본 일이 있다. 곧 사전류로서 《대한화사전(大韓和辭典)》(총12책)과 《중문대사전(中文大辭典)》(총10책) 및 《중국의학대사전(中國醫學辭典)》(일명 동양의학대사전(東洋醫學大辭典)), 그리고 청(淸)나라 때 중국 고금의 각종 저술을 총망라한 총서류의 사고전서(四庫全書) 및 유서(類書)류의 책으로서 청(淸)나라 진몽뢰(陣夢雷)가 편찬한 6,109부(部) 1만권의 《고금도서집성(古今圖書集成)》, 청나라 성조(聖祖)의 칙찬(勅撰)으로 총 450권의 《연감류함(淵鑑類函)》과 의방서(醫方書)로서 명(明)나라 이시진(李時珍)의 《본초강목(本草綱目)》, 명나라 이정(李梴)이 편집한 《의학입문(醫學入門)》 및 우리나라의 의방서(醫方書)로서 조선 세종(世宗) 15년(1433년)에 완성된 《향약집성방(鄕藥集成方)》과 선조(宣祖)때 허준(許浚)이 편찬한 《동의보감(東醫寶鑑)》 등에서는 죽염이라는 용어, 또는 소금을 대나무 속에 구워 약용으로 쓴 예를 찾아볼 수 없었다. 또한 우리나라 최고(最古)의 문헌이라 할 수 있는 《삼국사기(三國史記)》《삼국유사(三國遺事)》에서도 대나무 속에 소금을 넣어 구워 쓴 예는 고사하고 소금을 약용으로 이용하였다는 용례조차 전혀 찾아 볼 수 없다.

소금을 약용으로 구워 쓴 기원을 구체적으로 밝히기는 어려우나 대체로 고려시대부터 민간요법으로 조금씩 구워 쓰다가 조선시대에 와서야 비로소 적극적으로 활용하게 된 것으로 대략 추정된다.

곧 《향약집성방(鄕藥集成方)》 권3, 풍문(風門) 중풍반신불수조(中風半

身不隨條)에는 고려시대 김영석(金永錫, 1079~1166년)이 편찬한《제중입
효방(濟衆立效方)》의 처방을 인용하여 "송엽(松葉) 5되 가량에 소금 2되
를 넣어, 증열(蒸熱)한 뒤에 그것을 전대 속[대중(岱中)]에 담아 수족불수
(手足不遂)한 동통(疼痛)의 부위에 찜질을 한다."고 한 것을 볼 수 있고,
조선 시대에 이르러서는《향약집성방(鄕藥集成方)》권76,〈향약본초개론
(鄕藥本草概論), 제품약석포제법도조(諸品藥石炮製法度條)〉에 "식염(食
鹽)은 약간 볶아서 미세하게 갈아 쓴다[초과연세(炒過硏細)]"고 한 예와
《구급간이방언해(救急簡易方諺解)》(성종(成宗) 20년에 완성된 민간요법
적 한방의서)에는 각종 질병치료에 소금을 불에 볶아 쓴다는 말로서 "초
염(炒鹽)" 또는 "오염(熬鹽)"의 허다한 용례가 있음을 살필 수 있다.

　이를 보면 조선시대에 이르러서는 이미 활발하게 소금을 약용으로 볶
아 쓴 예를 살필 수 있다. 더군다나《구급간이방언해(救急簡易方諺解)》
권2, 구규출혈조(九竅出穴條)에는 잇몸 출혈이 그치지 않는 병증의 처방
으로 "울금(鬱金)·백지(白芷)·세신(細辛)을 각각 똑같이 나누어 가루로
만들어 이[치아(齒牙)]에 비빈 후 죽엽(竹葉)·죽피(竹皮)를 진하게 달여
소금을 조금 넣어 입에 머금고 있다가 삼킨다. 또는 소금을 볶아서[초염
(炒鹽)] 붙이기도 한다."고 하여 민속약(民俗藥: 향약(鄕藥))의 하나로 죽
염이 탄생될 수 있는 가능성을 엿보이게 한다. 중국에서도 예부터 소금을
불에 구워 쓴예는 많이 살필 수 있다.《본초강목(本草綱目)》석부(石部),
권11, 식염조(食鹽條)를 보면 "소금은 온갖 병[백병(百病)]의 주장으로, 백
병에 이를 쓰지 아니함이 없다. …… 심장을 돕는 약으로 초염(炒鹽)을 쓰는
것은 심장이 괴롭고 허하여 짠 것으로써 그것을 돕기 때문이요, 비장(脾
臟)을 돕는 약으로써 초염(炒鹽)을 쓰는 것은 허하면 그 어미를 도와야 하
는데, 비장은 바로 심장의 아들이기 때문이다."라고 언급하고 있다.

또 같은 책의 부방조(附方條), 연염흑환방(鍊鹽黑丸方)에 의하면, 매우 특이한 방법으로 소금을 구워 쓰는 예를 볼 수 있다. 곧 "소금 가루 한 되를 자기병[자병(瓷甁)] 속에 넣고 잘 다져서 가득 채운 다음 병의 아구리를 진흙으로 막은 후 처음에는 잿불[당화(燼火)]로 태우다가 점차로 숯불[탄화(炭火)]을 가하되 병이 깨어지지 않게 한다. 아주 빨갛게 달아오르기를 기다려 소금이 수즙(水汁)과 같이 되면 곧 불을 제거하고 굳어지기를 기다렸다가 식으면 병을 깨고 소금덩이를 꺼낸다."고 하였다. 이는 본래 당대(唐代) 유우석(劉禹錫)의 전신방(傳信方)에 전하는 최중승(崔中丞)의 연염흑환방(鍊鹽黑丸方)이다. 연염흑환이란 곧 위와 같이 구워낸 소금을 다른 약재와 함께 섞어 꿀에 개어 오자대(梧子大)로 환(丸)을 지은 검은 알약을 지칭하는 말이다.

위와 같이 소금을 구워내는 방법은 죽염을 제조하는 방법과 매우 흡사한 일면을 살필 수 있다. 그러나 필자가 과문한 탓인지는 모르나 중국의 문헌기록에서는 죽염처럼 왕대나무 속에 소금을 다져 넣고 진흙으로 대의 아구리를 봉한 다음 이를 불에 구워 쓴 예는 찾아볼 수 없다.

이로써 볼 때 소금을 불에 구어 약용으로 쓰는 것은 동양에서는 이를 초염(炒鹽), 오염(熬鹽), 연염(鍊鹽) 또는 속칭 구염(炙鹽)이라고도 하여 각국이 다 비슷하게 행해져 왔지만, 이를 왕대나무 속에 다져 넣고 불에 구워 제조한 "죽염"은 바로 한국인의 독특한 지혜 속에서 창조된 것임을 알 수 있다.

바로 이 죽염이 문헌기록상에서 최초로 등장한 것은 곧 1980년 7월, 동문출판사에서 간행한 인산(仁山) 선생의 저서《우주(宇宙)와 신약(神藥)》에서이다. 이 책은 곧 선생의 독특한 우주론(宇宙論)과 의학론(醫學論)에 대한 저서로서 제자들의 간청에 의해서 선생이 생애 처음으로 저술한 것이다. 바로 이 책의 후편(後篇)《신약(神藥)의 비밀(秘密)》에서 비로소 죽염에 대한 제조 방법과 의약적인 활용법을 논한 것이다.

필자는 어려서부터 선생이 죽염을 만들어 두었다가 집에 찾아오는 환자들에게 대부분 돈을 안받고 그냥 주시는 경우를 많이 보았는데, 그때는 그냥 "소금약"이라고만 하였다.

그러다가《우주(宇宙)와 신약(神藥)》이라는 저서의 원고를 친히 집필하시면서 그 원고에서 처음으로 소금약을 "죽염(竹鹽)"으로 문자화한 것을 볼 수 있었다.

죽염의 문헌적 근거에 대하여 항시 궁금해 하던 필자는 얼마 전 이에 대하여 선생께 한 번 여쭈어 보았더니, 곧 다음과 같이 말씀하였다.

"죽염이란 말은 내가 창조한 말인데 문헌에 나올 리가 있겠느냐? 우리 조상들은 예부터 소금을 불에 구워 양치 소금으로 쓰고, 눈병에는 눈에 넣고, 중이염에는 귀에 넣고, 헛바닥에 백태가 끼면 그것으로 바르기도 하였다. 예전에는 소금을 대나무에 다져 넣은 후 진흙을 바르기도 하고, 또는 바르지 않는 채 그냥 불에 구워 썼다. 그런데 할아버지께서는 흙을 바르는 것이 좋다고 하시면서 반드시 심산에서 진흙을 캐다가 대나무의 아구리를 바른 다음 겻불(모닥불)에 묻어두고 불로 태웠다. 3일 후 겻불이 다 사위면 소금 덩어리가 나오는데 그것을 꺼내어 약용으로 썼다. 그때는 지금처럼 약이 별로 없는 시대라 어떤 이는 급하면 양재기에 소금을 넣고 그냥 불에 구워 쓰는 등 별짓을 다 하였다. 그런데 할아버지의 방법과 같이 겻불에 한 번 구워 쓰는 것은 내가 볼 때는 큰 신비가 나오지 않을 것으로 생각되었다. 한방에서는 전통적으로 약재를 법제

함에 있어 '구증구포(九蒸九曝), 구전영사(九轉靈砂)' 라 하여 9번 법제하는 것이 원칙이다. 때문에 나는 죽염을 만들 때 예전의 방법과는 달리 송진[송지(松脂)] 등으로 불의 온도도 고도로 높이고 불에 구워내는 회수도 9번으로 늘리어 약용으로 쓴 것이다. 물론 한번 구워낸 것도 약용으로 쓸 수는 있으나, 9번 구워내야만 그 속에서 진정한 신비가 이루어진다."

한방의 전통적 법제에서 9번을 행하는 것이나, 또는 도가(道家)에서 장생불사(長生不死)의 단약(丹藥)을 만들 때 9번 달구어 만든 선약(仙藥)을 "구전단(九轉丹)" 또는 "구전금단(九轉金丹)"이라 하여 단약(丹藥)을 9번 순환 변화시키는 것[구전(九轉)]이나, 선생이 죽염을 9번 구워낸 것은, 곧 "9(九)"는 수의 끝[수지종(數之終)], 또는 양(陽)이 끝나는 수로서의 양(陽)의 변수(變數), 또는 9(九)자가 굽어서 끝나는 형상을 상징한 글자라고 하는 동양사상적 수리관(數理觀)에 기초한 방법이 아닌가 생각된다.

1988년 4월 30일, 제1회 "민속약 연구발표회" 때 발표자의 한 분인 전홍준 박사(외과 전문의)는 다음과 같이 말한 바 있다.

"지난해 본인은 일본의 암 센터와 미국 하버드 대학의 공중보건대에서 1년 가량 연구할 기회가 있었다. 그때 한국의 죽염에 관해 소개하였더니, 일본이나 미국의 의사들은, 죽염은 한국사람 최고의 지혜라고까지 극찬을 아끼지 않았다."

죽염의 본초학적(本草學的) 고찰

죽염이란 3년 이상 된 왕대나무를, 한쪽은 뚫리고 한쪽은 막히도록 마디와 마디 사이를 차례로 자른 다음, 그 대나무통 안에 서해안 천일염(天日鹽)을 잘 다져 넣고 심산 속의 거름기 없는 진흙[황토(黃土)]으로 입구를 봉한 후 소나무 장작 등으로 불을 때며 대나무가 타는 불 위에 송진[송지(松脂)]를 뿌려가면서 극도의 고열로써 천일염을 구워내되, 같은 방법으로 9번 구워낸 천일염을 지칭하는 말이다. 이는 곧 대나무의 죽력(竹瀝)·죽여(竹茹)의 약성과 소금[식염(食鹽): 천일염(天日鹽)]의 자연 생명력이 내재된 생명소(生命素)와 소나무의 송진[송지(松脂)]과 진흙[황토(黃土)]의 약성이 종합되어 이루어진 합성신약이다.

본장에서는 각종 질병에 두루 신비의 효능을 발휘하고 있는, 죽염 속에 내재된 종합적 약성을 구체적으로 조명해 보기 위하여 위의 4종 약재에 대한 본초학적(本草學的)인 고찰을 시도하여 보기로 하겠다.

271

대나무[죽목(竹木)]

필자는 인산(仁山) 선생께 대나무는 죽염에서 어떠한 약리적 작용을 하는지에 대해서 여쭈어 보았더니, 곧 다음과 같이 말씀하였다.

"새파란 대나무의 제일 겉층에 있는 아주 야문 깍데기에는 백금(白金) 기운이 들어 있는데, 거기에 바로 신비가 있다. 그것을 죽여(竹茹)라고 한다. 또한 대나무의 진액으로서 죽력(竹瀝)이라고 하는 것이 있는데, 그 속에는 아주 미묘한 염분이 들어 있다. 대나무 속에 소금을 넣어 9번 구워내는 동안 그 소금 속에 죽력이 스루 스루 배어들어가 신비의 효능을 발휘하는 것이다. 이들은 바로 해독(解毒)·해열(解熱)·치풍(治風)의 약성을 지니고 있다."

선생은 또《신약(神藥)》(p.36)에서 다음과 같이 말씀한 바 있다.

"물을 이루는 원료인 금(金)을 신(申)이라 하고, 그 모체(母體)인 토(土)를 진(辰)이라고 하며, 진(辰)의 힘을 얻어 신(申)에 의하여 이루어진 수정(水精)을 자(子)라고 한다. 대나무는 이 신자진(申子辰) 수국(水局) 중 수정(水精)인 자(子), 즉 동짓달 기운을 근원으로 화생한 물체인 것이다. 땅 속의 유황정(硫黃精)과 수분 속의 핵비소(核砒素)를 흡수, 성장하므로 종기나 창중(瘡症)의 치료제인 유황성분을 다량 함유할 수 있게 되며 특이한 보음(補陰)·보양(補陽) 효능도 지니고 있다."

선생의 이러한 말씀에 근거하여 죽여(竹茹)와 죽력(竹瀝)에 대한 약성을 전통적 한방의서(韓方醫書)에서 살펴보면 다음과 같다.

죽여(竹茹)

- 중국의학대사전(中國醫學大辭典), 11획, 담(淡)자조

담죽여(淡竹茹): 성질…맛이 달고, 약간 차며 독이 없다. 공용…피를 청량하게 하고, 열을 제거하며, 온기(溫氣)·한열(寒熱)·상한(傷寒 : 한사(寒邪)가 인체를 손상시켜 발하는 병증)·노복증(勞復症: 병이 치유된 뒤에 너무 일찍이 노동하여 재발되는 것)·토혈(吐血)·타혈(唾血: 타액(唾液)에 피가 혼합된 것)·폐위(肺痿: 열이 상초(上焦)에 있어서 해수가 나며 심하면 침 가운데 붉은 실과 진한 피가 섞여 나오는 병증)·위열(胃熱)·열격(噎膈: 식도암 등 음식물을 삼키기 어려운 병)·구얼(嘔噦: 구역질과 딸국질)·상초(上焦)의 번열(煩熱)·오치(五痔: 5가지 치질, 곧 수치질·암치질·장치(腸痔)·혈치(血痔)·맥치(脈痔))와 부녀(婦女)의 붕중(崩中: 심한 자궁출혈 또는 혈붕(血崩) 태동증(胎動症: 임신 중 하혈하면서 복통이 생기는 것 또는 태아의 위치가 움직이지 아니하는 것)과 소아의 열간(熱癇)을 치료하여 준다.

- 편주의학입문(編註醫學入門), 내집(內集), 권2, 치열문(治熱門)

죽여(竹茹): 본성이 약간 차다. 허번(虛煩: 가슴이 답답하며 편안치 못하여 누워도 불안하고 일어나 앉아도 불안한 것)을 다스리고, 폐위(肺痿)·육혈(衄血: 코피가 나는 것)·혈붕(血崩: 다량의 자궁출혈)을 맑게 한다. 또 구얼(嘔噦)을 치료하며, 열격(噎膈)을 소통시키며, 상한노복증(傷寒勞復症)에 음근(陰筋: 외생식기(外生殖器))의 근육을 유익하게 한다.

원주(原註) 죽여(竹茹)는 곧 대의 푸른 껍질을 긁어 버린 것이다. 담죽(淡竹)·근죽(菫竹)이 다 좋다. 맛은 달고 독이 없다. 주로 열옹(熱壅)·허번불면(虛煩不眠: 가슴이 답답하고 불안하여 잠을 못자는 것)과 온기(溫氣)로 인한 한열(寒熱)을 내리게 하며, 폐위(肺痿)·타혈(唾血)·코피·토혈(吐血)·붕중(崩中)·구얼(嘔噦)·열격(噎膈)과 상한노복증(傷寒勞復症)으로 음근(陰筋)이 종축(腫縮)하며 복통(腹痛)이 나는 것을 멈추게 하고, 오치(五痔)와 임신중에 놀람으로 인한 심통(心痛)과 소아간질과 구금(口噤: 입 다물고 말하지 못하는 병증)과 체열(體熱: 신열(身熱))을 겸하여 다스려 준다.

죽여(竹茹): 구얼(嘔噦)과 해역(咳逆: 딸국질)을 다스리고, 폐위(肺痿)와 토혈(吐血)·타혈(唾血)·비육(鼻衄: 코피)·붕중(崩中)을 그치게 한다. 곧 푸른 대의 껍질을 긁은 것이다[본초(本草)].

죽력(竹瀝)

담죽력(淡竹瀝): 성질…맛이 달고, 본성은 크게 차며 독이 없다. 공용… 화기(火氣)를 내려주고, 담(淡)을 내리게 하고, 건조한 것을 윤활하게 하고, 피를 길러주고, 위(胃)를 맑게 한다.

번민(煩悶)·소갈(消渴)·자한(自汗: 무시로 땀이 나며 운동하면 더욱 심한 병증)·중풍·구금(口噤)·실음불어(失音不語: 산후(産後)의 무어증(無語症))·풍담(風痰)·허담(虛痰)·담미(痰迷)·전광(癲狂: 정신병. 癲은 음증, 狂은 양증)·해수(咳嗽: 담(痰)이 없는 기침)·폐위(肺痿)·흉중대열(胸中大熱)·반위(反胃: 음식물이 위속에 다 들어가지 못하고 오래 자라서 다시 반출(反出)되는 병증)·풍비(風痺: 풍에 의한 신경마비 등의 증세)· 풍경(風痙: 풍에 걸려 등이 굳어진 병증)·노복(勞復)·임부자모(姙婦子冒: 임신 중의 감기)·산후허한(産後虛汗)·소아적목(小兒赤目)을 치료하여 준다. 사망독(射罔毒: 부자즙을 달인 것의 해독, 곧 부자독)을 풀어주고, 단석(丹石: 광물성 약물)의 독이 발동하는 것을 그치게 한다.

죽력(竹瀝): 맛이 달고 본성이 차다. 가장 자음(滋陰)하는 작용이 있고,

갈증과 땀을 그치게 하며, 심번(心煩)을 제거한다. 구창(口瘡)과 눈의 통증을 치료하며, 태산(胎産)에 발하는 제병증을 구치(救治)하고 중풍의 담옹(痰壅)과 실음불어(失音不語)를 치료하여 준다.

원주(原註) 주단계(朱丹溪)가 말하기를 "독이 없고 본성이 완화(緩和)하여 능히 음허대열(陰虛大熱)을 제거하고, 본성이 크게 차서 소갈(消渴)·구갈(久渴)·자한(自汗)·다뇨(多尿)·흉중번열(胸中煩熱)·광민(狂悶)·경계(驚悸: 놀라면서 가슴이 두근거리는 병증) 및 구창(口瘡)·목창(目瘡)·두풍(頭風)·두통(頭痛)·중풍실음(中風失音)·풍비(風痺)와 일체의 담화(痰火)로 인하여 기혈이 허하게 되어 소식(小食)하는 자에 마땅히 써야 할 것이다."

또 이르기를 "담(痰)이 사지에 있는 경우 이것이 아니면 개통시키지 못한다."고 하였다. 부인태전(婦人胎前)의 자번(子煩)과 머리가 돌아 졸도하거나 태동불안정(胎動不安定) 및 산후(産後)의 강직(强直)·구금(口噤)·소아경간(小兒驚癎)·천조(天釣: 불안정하고 눈이 뒤집혀 동자가 올라가며 두목(頭目)을 치켜보는 등 고기가 낚시에 낚여 올라오는 것과 같은 형상을 하는 병증)·야어(夜語)를 치료하고, 겸하여 금창(金瘡: 외상, 상처, 쇠·칼날 등에 의한 상처로 생긴 창증)으로 입 다물고 죽으려 하는 것, 시행(時行: 유행성 질환)과 온역(溫疫: 역려(疫癘)·유행병)으로 정신이 미민(迷悶)한 것을 치료하여 준다. 대저 본성이 차나 능히 보(補)하여 주니 반드시 그 찬 성질만을 의심할 것이 아니다.

- 동의보감(東醫寶鑑), 탕액편(湯液篇), 권3, 본부(本部)

죽력(竹瀝): 사나운 중풍과 흉중대열(胸中大熱)·번민(煩悶)과 갑자기 발병한 중풍으로 인한 실음불어(失音不語)와 담열혼미(痰熱昏迷)·소갈

(消渴)을 다스리고, 파상풍·산후발열·소아의 경간(驚癎)과 일체의 위급한 질병을 다스린다. 고죽력(苦竹瀝)은 구창(口瘡)을 다스리고, 눈을 맑히고, 구규(九竅)를 통리(通利)하여 준다. 죽력은 생강즙이 아니면 경(經)에 운행하지 못하니, 죽력 6푼에 생강즙 1푼을 넣어 쓴다[입문(入門)].

소금[식염(食鹽)]

인산(仁山) 선생께 죽염의 주원료인 소금은 어떠한 약리적 작용을 하는지 여쭈어 보았더니, 다음과 같이 간략하게 말씀하여 주었다.

"소금은 소염살충제(消炎殺蟲劑)이며, 장근골제(壯筋骨劑)이며, 고치경골제(古齒硬骨劑)이며, 해갈해독제(解渴解毒劑)이다."

선생은 또 다음과 같이 소금에 대하여 논급한 일이 있다.

"물 가운데서 응고(凝固)하는 수정(水精)이 곧 소금이다. 소금의 간수(簡水) 속에 만가지 광석물의 성분을 가진 결정체를 보금석(保金石)이라 하고, 보금석 가운데 비상(砒霜)을 이룰 수 있는 성분을 핵비소(核砒素)라고 하는데 이것이 곧 수정(水精)의 핵(核)이다. 핵비소는 양을 지나치게 섭취하면 살인물(殺人物)이며 적당량을 섭취하면 활인물(活人物)로서 만병의 신약(神藥)이 된다. 바닷물 속에는 지구상의 모든 생물이 의지해 살아갈 수 있는 무궁한 자원이 간직되어 있다. 이러한 자원 가운데에 가장 요긴한 약성을 지닌 것이 바로 핵비소이다."

이에 대하여 전통적 한의서에서는 소금의 약리적 작용에 대하여 어떻게 언급하고 있는지 한번 살펴보기로 하겠다.

대염(大鹽): 〈기미(氣味)〉 달고 짜다. 본성이 차나 독이 없다. 〈주치(主治)〉 장(腸)·위(胃)의 결열(結熱: 실열(實熱)이 속에 맺힌 상태)·천역(喘逆: 숨이 차고 기(氣)가 거꾸로 오르는 증세)·흉중병(胸中病)은 사람으로 하여금 토하게 한다(본경(本經)). 상한(傷寒)·한열(寒熱)에 쓴다. 흉중의 담벽(痰癖: 흉격간(胸膈間)의 수병(水病))을 토하게 하고, 심복졸통(心腹卒痛)을 그치게 한다. 귀고사주(鬼蠱邪疰)의 독기(毒氣)와 하부닉창(下部䘌瘡: 음창(陰瘡), 질농창(膣膿瘡) 따위)을 죽인다. 피부와 뼈를 튼튼하게 한다[별록(別錄)]. 풍사(風邪: 감기 따위)를 제거하고 오물(惡物)을 토하거나 내리게 한다. 살충하며, 피부의 풍독(風毒: 전이성(轉移性) 농종(膿腫) 또는 각기(脚氣) 따위)를 제거한다. 장부를 조화하며, 묵은 음식을 소화시킨다. 사람으로 하여금 건장하게 한다. 장기(臟器), 수장(水臟: 신장(腎臟) 또는 방광(膀胱))·심통(心痛)·금창(金瘡)·눈을 밝게 하는 일을 돕는다. 풍루(風淚: 눈물이 과다한 병증. 바람을 쏘이면 눈물이 나는 병)와 사기(邪氣)를 그치게 한다. 일체의 충상(蟲傷)·창종(瘡腫)·화작창(火灼瘡)에 살이 나게 하고 피부를 보(補)한다.

대소변을 소통시켜 주고, 산기(疝氣: 허리 또는 아랫배가 붓고 아픈 병)를 치료하며, 오미(五味)를 증진 시켜 준다. 공심(空心)에 이[치(齒)]를 문지르고 그 물로 눈을 씻으면 밤에도 잔글씨를 본다. 견권(甄權).독기를 풀어주고, 피를 청량하게 하며, 건조한 것을 윤활하게 한다.

일체의 시기(時氣: 한서습냉(寒暑濕冷)) 등의 시후(時候)에 감염되어 앓는 병, 또는 전염성 질환 따위)·풍열(風熱: 풍과 열이 상합(相合)된 상태)·담음(痰飮: 수독(水毒)으로 기인되는 모든 질환 또는 체내의 진액이 변해서 초래되는 병, 또는 위장(胃腸)내의 정수(停水) 따위)·관격(關格:

277

소변불통과 토역(吐逆)하는 병증)의 여러 병에 토하게 한다[시진(時珍)].

- 편주의학입문(編註醫學入門), 내집(內集), 권2, 치열문(治熱門)

식염(食鹽): 콩팥에 들어간다. 맛이 짜고 본성이 차다. 능히 한열(寒熱)을 제거하며, 완강한 담(痰)을 토하게 한다. 심복통(心腹痛)을 그치게 하며, 고독(蠱毒: 소장(小腸)이 답답하고 열이 나고 아프며 전음(前陰)으로 온갖 통증이 새어 나오는 증상)과 주(疰: 질병, 십주(十疰))가 있다.《동의보감(東醫寶鑑)》참조)를 죽인다. 닉창(䘌瘡)과 치혈(齒血)도 능히 말려 낫게 한다.

원주(原註) 식염(食鹽)은 곧 먹는 소금이다. 염(鹽)은 담그는 것[엄(淹)]이다. 물질을 담가두면 괴멸하지 않는다. 독이 없고 능히 다른 약을 끌고 콩팥에 들어간다. 주로 상한한열(上癖寒熱)을 치료하며, 흉중담벽(胸中痰癖)을 토하게 하며 심복졸통(心腹卒痛)을 그치게 한다.

귀사(鬼邪)·고독(蠱毒)·주독(疰毒) 및 하부닉창(下部䘌瘡)의 충(虫)을 죽이거나 감살(減殺)하며, 치아를 단단하게 하며, 잇몸의 출혈을 그치게 한다. 또 초염(抄鹽)을 청포(靑布)로 싸서 부인음통(婦人陰痛) 및 화작창(火灼瘡)을 다리미질 하듯이 한다. 용해시킨 탕수(湯水)로 지렁이 독을 씻는다. 소아가 갑자기 오줌을 누지 못하게 되는 경우 소금을 배꼽 가운데 놓고 뜬다. 공복(空腹)에 소금으로 이를 닦고 그 물을 토해내어 눈을 씻으면 밤에도 작은 글자를 볼 수 있다.

- 동의보감(東醫寶鑑), 탕액편(湯液編), 권3, 석부(石部)

식염(食鹽): 본성은 따뜻하다.[필자주(註): 우리나라의 의서인《동의보감》·《향약집성방》에서는 중국의《본초강목》·《의학입문》 등에서 "차다"

고 한 것과 견해를 달리하고 있다.] 맛은 짜며 독이 없다. 귀고(鬼蠱)·사주(邪疰)·독기(毒氣)를 죽인다. 중악(中惡·악기(惡氣)에 감촉, 손상되어 발하는 병증. 갑자기 환상이 보이며 졸도하여 인사불성, 사지궐냉(四肢厥冷), 구비출혈(口鼻出血) 등의 증상이 수반됨)과 심통(心痛)을 주관하며, 곽란(霍亂)·심복졸통(心腹卒痛)을 그치게 하며, 하부닉창(下部䘌瘡)을 치료하며, 흉중담벽(胸中痰癖) 묵은 음식을 토하게 한다. 오미(五味)를 맛나게 한다. 많이 먹으면 폐를 상하며, 기침이 난다. 끓여서 모든 창(瘡)을 씻으면 종독(腫毒)을 소독시켜 준다. 바닷물을 끓여서 만들어 눈처럼 흰 것이 품질이 좋다.

소나무[송목(松木)]

죽염을 제조함에 있어서 불을 땔 적에 소나무 장작으로 때며, 또한 소금을 다져 넣은 왕대나무통이 불에 탈 때 그 위에 자주 송진[송지(松脂)]을 뿌린다. 그 이유에 대하여 인산(仁山) 선생께 여쭈어 보았더니, 다음과 같이 말씀하여 주었다.

"소나무는 독이 없기 때문에 소나무 장작으로 불을 땐다. 연탄불로 밥을 하면 밥에 탄 냄새가 밴다. 대통 위에 송진을 뿌려 주는 것은 고도로 온도를 높이는 역할도 하지만, 송진 기운이 소금으로 스며들어 가게 하는 것이다. 송진은 곧 장근골(壯筋骨)·치어혈(治瘀血)·소염(消炎)·소종(消腫)·소창(消瘡)·살충(殺蟲)하며, 눈을 밝게 하여 주고, 썩은 살을 제거하는 동시에 새 살이 나오게 하는 약리적 작용을 한다. 송진이 죽염에 합성되어 그 힘을 얻으면 모든 생물체에 아주 좋다. 피가 맑아지고 뼈가 견실하게 된다."

이에 대하여 전통적 한의서에서는 송진의 약성에 대해서 어떻게 언급하고 있는지를 살펴보기로 하겠다. 지면 관계상 한국과 중국의 대표적 의방서인《의학입문(醫學入門)》과《동의보감(東醫寶鑑)》에서만 살펴보기로 한다.

- 편주의학입문(編註醫學入門), 내집(內集), 권우이(券又二), 치창문(治瘡門)

송지(松脂) : 맛은 쓰며 달다. 본성은 따뜻하며 독이 없다. 풍비(風痺)와 악풍나창(惡風癩瘡: 모진 풍병과 나병에 의한 창증)과 아울러 두창(頭瘡)·백독(白禿: 백선균(白癬菌)에 의하여 생기는 전염성 피부병)을 치료한다. 위장복열(胃腸伏熱)을 깨끗이 제거하며, 심폐(心肺)를 윤택하게 하고, 진액이 생하게 하며, 치아를 견고하게 하고, 귀와 눈을 밝게 한다.

원주(原註) 소나무의 진이 땅으로 흘러 엉겨서 된 것이다. 주로 악풍(惡風)으로 인하여 역절위통(逆節痿痛: 관절의 동통)·풍비(風痺)·사기(死肌)·옹저(癰疽: 큰 종기 및 피육이 굳어지면서도 종기가 일어나지 않은 병증의 총칭)·악풍나창이 발생하는 것과 소개(瘙疥: 옴)·두양(頭瘍: 머리가 허는 병증)·백독(白禿)을 치료한다.

전고(煎膏)로 만들어 제창누란(諸瘡瘻爛: 여러 창증이 새고 문드러진데에)에 붙이면 농(膿)이 배설되고, 피부가 생하고, 통증이 그치고, 풍(風)이 추출되고, 살충된다. 위장 속에 잠복한 열을 제거하고, 심폐를 윤택하게 하며, 생진(生津)·지갈(止渴)·고치(固齒)·총이(聰耳)·명목(明目)케 한다. 자보약(滋補藥)에 넣어 혼합하여 복용하면 양기가 건장하여지고 음경(陰莖)을 충실하게 하여 사람으로 하여금 자손을 두게 하고, 오래 복용하면 몸을 가볍게 하며, 나이를 연장시켜 준다.

송지(松脂): 본성이 따뜻하다. 맛은 쓰고 달며(고감(苦甘), 일운평(一云平)), 독이 없다. 오장을 편하게 하고, 열을 제거하고, 풍비(風痺)의 사기(死肌)를 다스리고, 모든 악창(惡瘡)·두비(頭痺)·백독(白禿)·개소(疥瘙)를 주치하고, 사기(邪肌)를 제거하고, 이롱(耳聾)과 치아의 풍치로 인한 구멍을 다스리고, 모든 창(瘡)에 붙이면 피부가 생하고, 통증이 그치고, 충(虫)을 죽인다. 일명 송고(松膏) 또는 송방(松肪)이라 한다. 6월에 스스로 흘러나오는 것을 취하는 것이 굳은 것을 따거나 혹은 달여서 취한 것보다 낫고, 통명(通明)하여서 훈육향(薰陸香)과 같은 것이 좋다.

진흙[黃土]

황토는 죽염을 제조할 때 깊은 산에 있는 질이 좋은 것을 취하여 소금을 다져 넣은 왕대나무통 위를 봉하는데 쓰인다. 예전에는 대나무 속에 소금을 구울 때 진흙으로 봉하지 않고 그냥 굽기도 하였는데, 인산(仁山) 선생은 죽염을 만들 때 반드시 봉한다. 그 이유에 대해서 한번 여쭈어 보았더니, 다음과 같이 말씀하여 주었다.

"대나무통 아구리에 봉한 황토는 고열로 인하여 흙물이 녹아 죽염 속에 배어 들어간다. 만약(萬藥)의 성분을 다 가지고 있는 것이 바로 황토이다. 황토는 보중익기(補中益氣)의 약리적 작용을 한다. 황토에는 토생금(土生金)의 원리로 백금(白金) 성분이 조성된다. 대나무 껍질에는 태백성정(太白星精)이 있고, 소금 자체도 태백성정으로 온다. 이들의 백금(白金) 성분이 매개체가 되어 공간에서 유황성분이 따라와 죽염 속에 합성된다. 죽염에는 천연성의 유황성분이 약 30% 정도 합성된다. 때문에 죽염은 유황 냄새가 물씬 나는 것이 좋다."

이에 대하여 한방의서에서는 황토의 약성을 어떻게 언급하고 있는지를 한 번 살펴보기로 하겠다.

- 중국의학대사전(中國醫學大辭典), 12획, 황(黃) 자조

황토(黃土): 성질…맛이 달고 평평하며 독이 없다. 공용…갑자기 눈이 어두워지는 병증과 계종심통(瘈瘲心痛: 계종은 어린아이가 경풍(驚風)으로 맥박이 빨라지는 증세)과 냉열(冷熱)로 인한 피똥설사·이질과 배안의 열독으로 비트는 것처럼 아픈 통증과 하혈과 소아가 흙을 먹은 것과 오사경풍(逆乍驚風: 콜레라 따위로 인한 경풍)을 치료하고, 여러 약독과 육독(肉毒)·합구초독(合口椒毒)과 야균독(野菌毒)을 풀어준다.

- 동의보감(東醫寶鑑), 탕액편(湯液編), 권1, 토부(土部)

호황토(好黃土, 좋은 누런 진흙): 본성이 화평하고, 맛이 달며 독이 없다. 설사와 적리(赤痢)·백리(白痢)와 배안의 열독으로 인하여 비틀리듯이 아픈 병증을 주치하여 준다(본초(本草)). 또 여러 약독 및 육독·합구초독·야균독을 풀어 준다. 또 소고기·말고기의 육독과 간중독(肝中毒)을 풀어준다(본초(本草)). 대개 흙의 석자 이상을 분(糞)이라 하고, 석자 이하를 토(土)라 한다. 마땅히 위의 오물을 제거하고 물기가 스미지 않게 한 것이라야 진토(眞土)이다(본초(本草)). 토지는 주로 만물의 독을 수렴하고, 옹저(癰疽)가 등에 발하는 것과 졸환으로 인한 급황(急黃: 급성 황달 따위)과 열이 성한 병증을 다스린다.

이상으로써 한국과 중국의 대표적 한방 의서를 통하여 죽염을 구성하는 4가지 약재의 약성을 살펴보았다. 이는 의약학적인 입장에서 4종 약재를

살펴본 것이다. 이를 정리하는 의미에서 근래의 민간요법에서는 이들 4종 약재를 어떻게 활용하였는지 이를 민속약(民俗藥)·향약(鄉藥)적인 측면에서 조사, 정리한 이선주(李善宙) 박사의 《이런 약은 이런 병에 쓴다》(한국민속약(韓國民俗藥), 서문당(瑞文堂), 1976년)에서 한 번 살펴보기로 하겠다.

- 대[竹]의 즙(汁): 치통·멍든 데·웅혈·홍역·통경·기침·이뇨·대하증·요통·무좀·새우중독·태독·폐결핵·부종·종기·중풍·강장제·찔린 데(금창·창상).
- 소금: 감기·두통이나 현기증·가슴앓이·속이 막힐 때·위산부족·복통·어금니 나지 않을 때·폐결핵·위병·감체·식체·서체·안질·두드러기·부스럼·옻·목 아플 때·편도선·종기·피맺힌 데·수족이 못에 찔린 데·편두통·머리비듬·파상풍·난산·치통·소독.
- 송지: 종기·부스럼·담·가슴 결리는 데·타박상·유암·치통·풍치·치담·칼에 베인 데·철독·버짐·거담·폐결핵·폐렴·돼지에 물린 데·위장병·외상.
- 황토: 관절염·배멀미·안질.

이에 의하면 죽염을 구성하는 4종 약재는 근래의 민간요법 차원에서도 여러 병증에 아주 다양하게 활용됨을 살필 수 있다.

맺는 말

이상으로써 죽염의 기원 및 죽염의 본초학적인 측면에 대해서 고찰하여 보았다. 소금을 불에 구워 약용으로 쓴 것은 한국이나 중국이나 동양에서는 상당히 오래전부터의 일이다. 그러나 우리나라에서는 예전부터 소금을 구워 쓰는 방법에 있어서 중국과는 달리 이를 대나무 속에 넣고 불에 구워 양치소금·소화제 등으로 활용하여 왔다.

그런데 죽염이란 창조적 용어와 함께 그 제조방법을 철의학적(哲醫學的)이며 과학적인 특유의 방법으로써 합성하는 방법을 발명하여 오늘날과 같은 만(萬)의 용도를 가진 한 신약(神藥)으로서 죽염이 탄생된 것은 바로 인산(仁山) 선생에 의해서이다. 선생은 이미 일찍부터 이를 만들어 각종 질병에 두루 활용하여 왔지만, 이를 책자를 통하여 세상에 처음 공개한 것은 바로 1980년에 간행된《우주(宇宙)와 신약(神藥)》에서이다.

죽염이란 곧 대나무와 소금과 송진 및 황토의 주요 약성이 종합되어 이루어진 합성신약이다. 이 4종 약재를 본초학적 측면에서 고찰하여 본 결과 죽염은 바로 다음과 같은 여러 약성이 종합되어 그 신비의 효능을 발휘하고 있음을 살필 수 있었다.

- **죽여(竹茹)**: 피를 맑게 하고, 열을 제거하고, 온기(溫氣)·한열(寒熱)·상한(傷寒)·노복증(勞復症)·코피·잇몸출혈·토혈(吐血)·타혈(唾血)·폐위(肺痿)·위열(胃熱)·열격(□膈)·구얼(嘔噦)·상초번열(上焦煩熱)·오치(五痔)·부녀붕중(婦女崩中)·혈붕(血崩)·태동증(胎動症)·소아열간(小兒熱癎)·허번(虛煩) 등을 치료하는 약성.

- **죽력(竹瀝)**: 화기(火氣)를 내리고, 담(痰)을 내리고, 건조한 것을 윤활하게 하고, 피를 길러주고, 위(胃)를 맑게 하고, 번민(煩悶)·소갈(消渴)·자한(自汗)·중풍(中風)·구금(口噤)·실음(失音不語)·풍담(風痰)·허담(虛痰)·전광(癲狂)·폐위(肺痿)·흉중대열(胸中大熱)·반위(反胃)·풍비(風痺)·풍경(風痙)·노복증(勞復症)·임부자모(姙婦子冒)·산후허한(産後虛汗)·사망독(射罔毒)·단석독(丹石毒)·구갈(久渴)·다뇨(多尿)·구창(口瘡)·목창(目瘡)·두풍(頭風)·경계(驚悸)·야어(夜語)·금창(金瘡)·시행(時行)·온역(溫疫) 등을 치료하는 약성.

- **식염(食鹽)**: 장위(腸胃)의 결열(結熱)·천역(喘逆)·흉중병(胸中病)·사람으로 하여금 토하게 하고, 상한(傷寒)·한열(寒熱)에 쓰며, 흉중담벽(胸中痰癖)을 토하게 하고, 심복졸통(心腹卒痛)을 그치게 한다. 귀고사주(鬼蠱邪痒)의 독기와 하부닉창(下部䘌瘡)을 죽이며, 피부와 뼈를 튼튼하게 하며, 감기를 제거하고, 오물(惡物)을 토하거나 내리게 하며, 살충하며, 피부의 풍독(風毒)을 제거하며, 장부를 조화하며, 묵은 음식을 소화시킨다.

  곽란(霍亂)·심통(心痛)·금창(金瘡)·풍루(風淚)를 치료하며, 눈을 밝게 하고, 일체의 충상(蟲傷)·창종(瘡腫)·화적창(火灼瘡)에 살이 나게 하고 피부를 보(補)하여 주며, 독기를 풀어주고 피를 맑게 하며, 건조한 것을 윤활하게 하고 통증을 진정시켜 주며 가려움증을 그치게 하며 일체의 시기(時氣)·풍열(風熱)·담음(痰飮)·관격(關格) 등을 치료하는 약성.

- **송지(松脂)**: 풍비(風痺)·악풍나창(惡風癩瘡)·두창(頭瘡)·백독(白禿)

을 치료하고 위장 속에 잠복한 열을 제거하고 심폐(心肺)를 윤택하게 하며 치아를 견고하게 하고 귀와 눈을 밝게 하며 역절준통(歷節疼通)·사기(邪肌)·옹저(癰疽)·옴병·두양(頭瘍)을 치료하며 살충 생진(生津)·지갈(止渴)하고 자보약(滋補藥)에 넣어 혼합하여 복용하면 양기가 건장하여지고 오래 복용하면 몸을 가볍게 하고 연령을 연장시켜 주는 등의 약성.

• **황토(黃土)**: 설사와 적리(赤痢)·백리(白痢)와 배안의 열독으로 비틀리듯이 아픈 병증을 치료하고, 여러 약독과 합구촉독(合口椒毒)·야균독(野菌毒)과 소고기·말고기의 육독·간중독(肝中毒)을 풀어주며, 옹저(癰疽)·급황(急黃) 등을 치료하여 주는 약성.

죽염은 바로 위의 다섯 종류의 제약성이 종합되어 이루어진 합성신약이다. 그런데 죽염의 주장 약재인 소금에 대해서는 문제를 제기할 소지도 있을 것이다. 그것은 "소금을 과잉 섭취하면 해롭다." "소금은 고혈압을 악화시킨다." "소금은 신장이나 위장에 나쁘다."는 등등의 소금에 대한 일반적 편견 때문이다. 이는 어디까지나 발육불량·비만·불임을 유발시킴은 물론 병에 대한 저항력마저 악화시키고 있는 염화나트륨으로 구성된 정제염(精製鹽) 곧 염기성 탄산나트륨 등으로 화학처리한 생명력이 상실된 가공염 때문에 인식된 편견이라 하겠다.

그러나 죽염의 제조에 있어서는 서해안 천일염으로 제조하고, 또 그 천일염을 1천도 이상의 고열에 9회나 구워냄으로써 본래부터 소금 속에 내재된 약간의 유해성마저 제거된 것이므로 일반적으로 인식되고 있는 그러한 해는 미치지 않는다. 다만《동의보감》등의 식염조(食鹽條) 기록에 의하면 "해수(咳嗽)나 수종(水腫)이 있는 사람은 전혀 금해야 한다."고 하며, 또는 신장(腎臟)이 나쁜 사람은 염분을 갑자기 다량으로 섭취하게 되면 몸이 붓기도 한다.

　이는 물론 죽염이 아닌 일반 식염의 경우를 이르는 말이다. 그러나 죽염의 주장 성분도 함성(鹹性)인 만큼 이러한 환자들은 죽염이 영약이라고 하여 체내에 거부반응이 일어나도록 마구 복용할 것이 아니라 소량의 복용으로 몸에 적응시켜 가면서 자신의 질병을 치료해 나가는 것이 현명한 방법일 것이다.

내 영혼의 스승, 아버지

초판 인쇄 2011년 12월 20일
초판 발행 2011년 12월 30일

지은이 김윤옥
펴낸이 이규만
펴낸곳 참글세상
교 정 임동민
디자인 서진
등록일자 2009년 3월 11일
등록번호 제300-2009-24호
주 소 (우)110-320 서울시 종로구 낙원동 58-1 종로오피스텔 1020호
전 화 02-730-2500, 725-2800
팩 스 02-723-5961

ISBN 978-89-94781-04-4 03810